三島由紀夫

Mishima Yukio

豐饒之海 春之雪

春雪

はるゆき

陳系美◎譯

一

同學們在學校談起日俄戰爭的話題時，松枝清顯問他最好的朋友本多繁邦，是否清楚記得當時的事？繁邦也已記憶模糊，只隱約記得當時曾被帶到大門口看慶祝勝利的提燈遊行。清顯認為，那場戰爭結束時，兩人都已十一歲，理應記得更鮮明些。其實那些得意洋洋談著當時情景的同學，大多只是從大人那裡聽來的，妝點自己若有似無的記憶罷了。

松枝家族裡，清顯有兩個叔叔在那時戰死。如今祖母仍在領兩個兒子的遺族撫恤金，但她沒動用這筆錢，一直供在神龕裡。

或許因此之故，家裡的日俄戰爭照片集，清顯最銘刻於心的是，拍攝於明治三十七年（一九〇四）六月二十六日，題名「憑弔得利寺附近戰死者」的照片。

這張深褐色油墨印刷的照片，與其他雜亂的戰爭照片截然不同，構圖神奇地很有繪畫感，數千名士兵配置得宜，怎麼看都像畫中人物，所有的效果都朝中央一塊高高的白木墓碑集中而去。

遠景是斜度平緩的朦朧山巒，左邊是遼闊的原野徐徐往右邊隆起，最後與右邊遠方幾棵零星小樹，一起沒入黃塵瀰漫的地平線，接著是彷彿代替山巒的成排高聳樹林往更右邊徐徐高起，林間透著黃色天空。

近景共有六棵參天大樹，各自保持適當距離屹立。不知是什麼樹，但亭亭聳立，樹梢的茂葉遭強風吹得悲壯飄舞。

遼闊原野的遠方泛著微光，前方的荒草低伏地。

畫面中央，恰好是小小白木墓碑與白布飄動的祭壇，看得見祭壇上擺著許多鮮花。

此外都是士兵，數千名士兵。近景的士兵都背著身子，頭戴垂著兩塊白覆布的軍帽，肩上斜佩武裝帶，沒有排成整齊隊形，只是凌亂群聚，個個都低著頭。唯有近景左側角落的幾名士兵，宛如文藝復興時期的畫中人物，看得到神情黯然的側臉。此外左後方也有無數士兵形成巨大半圓形，一直延伸到原野盡頭，人數當然也多到無法逐一辨識，遠遠地群聚在樹林間。

無論前景或後景的士兵，都籠罩在奇異沉鬱的微光裡，他們的綁腿與長靴的輪廓泛著白光，低垂的脖子與肩膀線條也閃閃發光，整個畫面瀰漫著難以言喻的沉痛氣氛。

一切的一切，都朝著中央的小小白色祭壇、鮮花與墓碑，如波浪般湧去獻上誠摯的心。這個延展到原野盡頭的巨大集團，散發出一種難以訴說的哀思，徐徐往中央而去，扣緊那重鐵般的巨環……

清顯覺得這張老舊的深褐色照片，醞釀出無盡的悲哀。

清顯現年十八歲。

儘管如此，這種哀傷消沉的想法會占據他細膩的心，可說不是來自他生養家庭的影響。

在澀谷高台的寬廣宅邸中，想找個和他心思類似的人都很難。松枝家雖是武士門第，但父親侯爵依然恥於幕府末期的家世背景，遂將幼時的嫡子清顯寄養於公卿家。若非如此，清顯可能也不會長成這種性情的青年。

松枝侯爵邸，坐落於澀谷郊區，占地遼闊，多達十四萬坪，屋宇鱗次櫛比。

主屋是日式建築，庭園一隅有棟英國設計師建造的華麗洋館。這種穿鞋就能進去洋館，據說以大山元帥邸[1]為首，全國僅有四棟，松枝邸便是其一。

庭園中央，有一座以紅葉山為背景的遼闊池塘，池裡可以划船，也有池中島，池面開著萍蓬草花，也採得到蓴菜。主屋的大廳與洋館的饗宴廳都面向這座池塘。

池畔與島上各處，裝置了兩百多盞燈籠。島上佇立著三隻鐵鶴，一隻俯首，兩隻仰天。

紅葉山有瀑布口，瀑布順著層層岩石傾洩而下，流經山腰，流過石橋下，注入佐渡赤石後方的瀑布潭，再流入池裡，滋潤著初夏綻放的美麗菖蒲花根部。池裡釣得到鯉魚，也釣得到鯽魚。侯爵甚至允許小學生一年兩次來此遠足。

清顯幼時曾遭僕人嚇唬，因此非常怕鱉。那是祖父生病時，有人送來一百隻鱉給祖父滋補身子，家人將牠們全部放生到池裡繁殖，僕人卻對清顯說，如果手指被鱉吸住了就拔不出來，

1 大山巖（1842-1916），元帥，陸軍上將，日俄戰爭時任滿洲軍總司令官。

因此清顯非常怕鱉。

此外還有好幾間茶室，也有大型撞球室。

主屋後面有一片祖父種植的檜木林，這一帶常能挖到野生山藥。林間小徑有兩條，一條通往後門，另一條步上平緩山丘，就來到家人稱為「神宮」的神殿，坐落在寬闊草坪的一隅。這座神殿祭祀著祖父與兩位叔叔。石階、石燈籠與石鳥居都照一定的規矩設置，石階下方兩側通常該擺置狛犬[2]之處，卻放了一對日俄戰爭留下來漆成白色的大砲砲彈。

比神殿稍低之處也奉祀著稻荷神，前方有優美雅緻的紫藤棚。

祖父的忌日在五月底，每年全家聚集在此舉行祭典時，正值紫藤花盛開，女人們為了防曬都躲在紫藤棚下，妝化得比平時精緻的白皙臉上，無不映著紫藤花影，彷彿優雅的死亡之影。

女人們……

這座宅邸裡，確實住著無數女人。

最年長的當然是祖母。祖母住在離主屋稍遠的隱居處，有八名隨身女僕伺候。無論晴雨，母親已習慣一早梳洗打扮完畢，帶著兩名女僕去向祖母請安。

每當母親來請安，身為婆婆的祖母總會對媳婦端詳一番，瞇起慈愛的眼睛說：

「這個髮型不適合妳。明天梳個時髦的髮型看看，一定更適合妳。」

於是翌晨，母親梳了時髦的髮型去，祖母又說：

「都志子，妳是古典美女，時髦的髮型不適合妳。明天還是梳丸髷[3]來吧。」

因此在清顯的印象中，母親的髮型總是變來變去。

梳頭師與弟子長時間待在家裡，不僅要為主人梳頭，還打理四十多名女僕的頭髮。這位梳頭師關心起男人的髮型只有一次，那是清顯就讀學習院中等科一年級，要去參加宮中的新年慶賀會，擔任牽裙襬的角色時。

「雖然學校規定要理光頭，可是你進宮得穿那種大禮服，不可以理光頭。」

「可是頭髮長長了會挨罵。」

「別擔心，我稍微幫你做個髮型。反正你大多戴著帽子，不過我會讓你脫帽後，比其他少爺更帥氣。」

儘管梳頭師這麼說，十三歲清顯的頭還是被剃到有些泛青，感覺涼颼颼的。梳子碰到頭很痛，髮油也滲進皮膚，不管梳頭師如何誇讚自己的技術，清顯也看不出鏡中的頭有變好看。

可是在這場新年賀宴上，清顯獲得罕見的美少年稱譽。

明治天皇曾一度駕臨松枝邸。當時為了接待天皇，在庭園舉辦天覽相撲[4]，以大銀杏樹為

2 狛犬，並非現實中的動物，乃傳說中的神獸，守護神明的「差使」，外型似獅子或狗犬，通常置於神社、寺院入口的兩側或本殿・本堂的正面左右。

3 丸髷，日本已婚婦女的傳統髮型。

4 天覽相撲，天皇觀賽的相撲大賽。

中心張起幔幕，陛下在洋館二樓陽臺觀看相撲比賽。當時清顯被允許謁見天皇，天皇還摸了摸他的頭。從那時到今年新年入宮牽裙襬，已過了四年。清顯心想，陛下或許還記得我，也將這件事告訴梳頭師。

「這樣啊，原來少爺的頭是蒙天子摸過的。」

梳頭師說完連忙在榻榻米上退了幾步，畢恭畢敬朝著清顯稚氣未褪的後腦勺擊掌膜拜。

負責牽裙襬的侍童禮服，成套的上衣與過膝褲子都是藍色天鵝絨質料，胸前左右綴著四對大白絨球，袖口與褲子也同樣綴著毛茸茸的白絨球；腰際配劍，腳穿白襪與琺瑯釦的黑鞋；綴著白蕾絲邊的寬領中央，繫著白絹領帶；插著大羽毛的拿破崙式帽子，以絹帶繫垂於背。新年的三天裡，只從華族[5]子弟挑選二十多名成績優秀的侍童，輪流牽裙襬。皇后的裙襬由四人牽著，妃殿下的裙襬則為兩人。清顯牽過一次皇后的裙襬，也牽過一次春日宮妃殿下的裙襬。

清顯牽皇后的裙襬時，隨著皇后走過近侍薰過麝香的走廊，靜穆地來到謁見廳，賀宴開始之前，一直侍立在接受謁見的皇后身後。

皇后雍容高雅，聰慧過人，但已近六十高齡。相形之下，春日宮妃才近三十年華，無論美貌、氣度或優雅的體態，都美得像盛開的花朵。

如今清顯依舊歷歷在目的，並非凡事喜愛樸素的皇后裙襬，而是妃殿下白色毛皮飛舞著黑斑紋，邊緣鑲著無數珍珠的裙襬。皇后的裙襬附有四個握環，妃殿下的裙襬有兩個，清顯等侍童們練習了很多次，以一定的步伐持著握環行走，都已相當熟練。

妃殿下頭髮烏黑，澤潤光亮，髮髻下方垂著些許髮絲，順著豐腴白皙的頸項而下，落在低胸禮服的光潤香肩上。她姿勢端莊，步履穩健，身體的擺動並沒有傳到裙襬。但看在清顯眼裡，那扇型展開香氣馥郁的白色裙襬，隨著音樂節奏，彷彿山巔的積雪被飄忽不定的雲霧掩映，忽隱忽現時沉時浮。這是清顯有生以來首度發現，女人美得令人眩目的優雅核心。

春日宮妃連裙襬都灑了大量法國香水，濃郁的香氣蓋過古雅麝香。行經走廊時，清顯的腳絆了一下，雖然只是一瞬間，妃殿下的裙襬也霎時被拉向一邊。妃殿下稍稍回首，只是溫柔微笑看向失態的少年，全無責怪之意。

然而妃殿下並非明顯地回頭，身姿仍然筆直端正，只是微微側過臉來，露出溫柔的微笑。此時，她屹立的白皙側臉，輕柔地拂過幾縷鬢髮；晶亮的鳳眼眼梢，閃爍著漆黑中點燃火光般的微笑；姣好的鼻梁，若無其事地清秀挺立……清顯在這一瞬間看到的妃殿下臉龐，角度甚至連側臉都談不上，卻彷彿在斜斜地透視某種清純的結晶斷面上，驀然看到一道飄動的彩虹。

話說父親松枝侯爵，在這場新年賀宴上，親眼看到兒子穿著華美禮服的英姿，不禁沉浸在多年夢想終於成真的喜悅裡。儘管侯爵已擁有迎駕天皇來自家宅邸的身分，但心中仍充滿「贋品」感，此時兒子的英姿徹底療癒了他這種感受。侯爵在兒子身上，看到宮廷與新華族[6]的美

5 明治政府成立後，於明治二年廢止原有的貴族諸侯制度，統稱華族。又於明治十七年頒布《華族令》將華族分為公爵、侯爵、伯爵、子爵、男爵五個爵位，是僅次皇族的貴族階級。

6 明治十七年頒布的《華族令》，對不屬舊公卿貴族，但對國家有功勳者也授予爵位，稱為新華族。

好親密交往情景，也看到公卿與武士的最終結合。

此外，賀宴上，侯爵聽到許多誇獎兒子的讚語，起初感到歡欣，後來卻陷入不安。因為十三歲的清顯過於俊美。即使不以偏袒的眼光看，清顯的美，相較其他侍童也美得格外出眾。他的雙頰白裡透紅，眉宇清秀，那雙仍帶稚氣的大眼睛，在長長的睫毛下，綻放出豔麗的黑光。

在人們讚詞的觸發下，侯爵才首度驚覺，兒子過於俊美的容貌，其實是一種虛幻無常之美，因而心生不安。但侯爵畢竟是相當樂觀的人，這種不安也僅限於當下，很快就消退了。

但這種不安，早在清顯進宮牽裙襬的一年前，便沉澱在十七歲就住進松枝邸的飯沼心裡。飯沼是清顯的伴讀書生[7]，當初是鹿兒島家鄉的中學推薦，以學業體格兼優的少年之譽來到松枝家。松枝侯爵的祖先，在鹿兒島當地被視為豪爽之神，但飯沼也只能藉由家中和學校的傳聞來想像侯爵家的情況。實際來到這裡一年後，侯爵家的奢侈完全推翻他的想像，傷害了這位淳樸少年的心。

其他的事，飯沼可以視而不見，唯獨對託付給自己照顧的清顯，他無法視若無睹。凡舉清顯的俊美、纖弱、對事物的感受方式、思考方式、關心方式，這一切的一切，飯沼都看不順眼。侯爵夫婦的教育態度，也令他深感意外。他常暗忖：

「如果我是侯爵，絕不會這樣教育我的孩子。侯爵對於祖先的遺訓，到底是怎麼想的！」

侯爵只對祭祖一事誠懇認真，平常鮮少提及祖先。飯沼曾夢想侯爵會更頻繁地提起祖先的事，多少展現對祖先的追慕之情，但這一年來已不抱希望。

清顯完成牽裙襬任務返家的當晚，侯爵夫婦舉辦家宴慶祝。十三歲的少年被鬧著玩強灌喝酒，喝得雙頰通紅，到了就寢時間，還得由飯沼攙扶他去寢室。

少年裹在絲質袖被[8]裡，躺在床上，吐著熱氣。從短髮到緋紅耳根的肌膚顯得格外單薄，彷彿可以窺見內部的脆弱玻璃結構，浮現跳動的青筋。嘴唇在昏暗中依然紅潤，呼出的氣息聲，聽起來像這不知愁苦為何物的少年，嬉戲模仿的愁苦之歌。

長長的睫毛，動來動去如水棲類柔軟單薄的眼皮……飯沼看著這張臉，深知今夜無法指望這個完成光榮任務的英勇少年，說出心中的感激與宣示忠誠。

清顯睜開眼睛望向天花板，雙眼濕潤。飯沼被這雙濕潤的眼睛一盯，儘管一切都違反自己的意願，也只能相信自己的忠實。清顯似乎很熱，舉起光滑微紅的赤裸手臂，想枕在後腦勺，飯沼見狀便將他袖被的前襟拉好，並說：

「這樣會感冒啦。你還是快點睡覺吧。」

---

7 書生，指寄宿他人家中，協助家務及雜事以換取食宿的年輕學生。明治時代，東京成為新的政治文化中心，地方城市青年紛紛湧入，形成一種特殊的「書生風俗」文化，其中以薩摩藩（鹿兒島縣）、長州藩（山口縣）、土佐藩（高知縣）、肥前藩（佐賀縣、長崎縣一部分）出身的青年更會利用各種門路攀搭關係進京，因為明治新政府的中心人物正是這四藩的人。松枝家即來自鹿兒島的明治功臣之家。

8 袖被，含袖的棉被，類似現在的袖毯或帶袖懶人被。

「飯沼，我今天出了一個差錯。你答應不跟我父母說，我就告訴你。」

「什麼差錯？」

「今天我為妃殿下牽裙襬時，不小心絆了一小跤。妃殿下笑咪咪地原諒我了唷。」

飯沼對他言語的輕浮，責任感的欠缺，以及濕潤雙眼浮現出的恍惚神情，全部感到憎惡。

二

如今清顯已十八歲，這樣的性情在這樣的環境長大，愈發覺得自己遭環境孤立也理所當然吧。

讓他覺得愈來愈孤立的，並非只有家庭。學習院將院長乃木將軍那樣的殉死[9]，當作極其崇高的事件植入學生腦海，若將軍是病死的，就不會以如此誇張的形式灌輸給學生吧。學校愈來愈將這種教育承傳強加在學生身上，因此討厭逞威風的清顯，也討厭瀰漫著淳樸剛健風氣的學校。

說到朋友，清顯只和同班同學本多繁邦親密交往。當然也有很多同學想和清顯交朋友，但他不喜歡同齡之輩的粗野幼稚，也避開高唱校歌時那種陶醉的膚淺感傷。在同齡層裡，唯有本多罕見的沉靜、溫和、理智性格深深吸引他。

話雖如此，本多與清顯，無論外貌或氣質都不相似。

本多的外貌比實際年齡老成，五官過於尋常，甚至給人裝模作樣的感覺，對於法律深感興趣，擁有犀利的直觀力，但平常不輕易示人，總是深藏於心。儘管他沒有表現出絲毫官能的部分，但時而會讓人感受到，他內心深處烈火燃燒，甚至聽得見薪柴的爆裂聲。尤其當本多正色瞇起輕度近視的眼睛、皺起眉頭、微微張開平時總是緊閉的唇，更能窺見他內心的熾熱情緒。

或許清顯和本多，是同根植物長出的迴然不同的花與葉。清顯總是毫無防備地表露天性，赤裸到容易受傷，縱使官能尚未化成行動的動機，就已像沐浴在早春雨水的幼犬，眼鼻都淌著水滴。相對的，本多可能在人生之初就發覺這種危險，懂得選擇避開過於明亮的降雨，蜷縮在屋簷下。

然而這兩人，確實是世上最好的朋友，每天在學校見面還不夠，星期天也一定到其中一人家中共度整日。由於清顯家寬敞許多，又有很多地方可以散步，因此本多來的次數也比較多。

大正元年（一九一二）十月，楓紅美不勝收的星期天，本多來清顯家玩，提議去池裡划船。

往年這個季節總有許多客人來賞楓，但今年夏天明治天皇大喪後，松枝家對鋪張的應酬有所節制，因此庭園也顯得格外寂寥。

9 乃木希典（1849-1912），日本陸軍上將，第三任台灣總督，伯爵爵位。一九一二年明治天皇大葬，乃木希典切腹自殺為天皇殉節。

「那這樣吧，小船可以坐三個人，讓飯沼來划，我們坐著。」

「沒必要找人來划。我划就好。」

本多說著，腦海浮現剛才那個明明不需要他帶路，卻硬要帶本多從玄關來清顯的房間，眼神黯淡、容貌嚴肅的年輕人。

「看來你很討厭他啊。」清顯面帶微笑說。

「倒也不是討厭，只是摸不透他的性情。」

「他已經在這裡待六年了，對我來說，已經像空氣般的存在。我不認為他跟我合得來，可是他對我任勞任怨，是個有忠義精神、好學又耿直的人。」

清顯的房間在主屋二樓的邊間和室，但房裡鋪了地毯，擺設西式家具，裝飾成西洋風格。本多坐在凸窗的窗臺上，扭著身子欣賞紅葉山、水池與池中島全景。池水在午後陽光下顯得平靜溫和。繫著小船的小灣口就在眼下。

本多瞄了瞄朋友慵懶的模樣。清顯不是凡事會率先去做的人，但有時也會興致缺缺後來又感興趣。因此通常必須本多提議，拉著清顯去做。

「看得見小船吧？」清顯問。

「嗯，看得見。」本多詫異地轉過身來。

這時清顯究竟想說什麼？

若硬要說明，他想說的是：我對什麼都不感興趣。

他早就覺得自己像一根有毒的小刺，刺進松枝家族粗壯的手指。這也是因為他學會了優雅之故。只不過五十年前，這個家族還是淳樸剛健清貧的地方武士之家，轉眼間就壯大富有。隨著清顯的成長，優雅也悄悄潛入這個家族。然而這與原本就對優雅免疫的公卿家不同，清顯如螞蟻預感洪水將至，覺得這是松枝家會迅速沒落的徵兆。

清顯是一根優雅的刺。而且他非常清楚，自己那顆討厭粗糙、喜歡洗鍊的心，終究徒勞，宛如無根之草。想腐蝕又腐蝕不了，想侵犯也侵犯不了。他的毒對家族而言，確實是毒沒錯，卻是完全無益之毒。美少年認為，這種無益就是自己的存在意義。

將自己的存在理由視為一種精妙之毒，這種感覺與十八歲的倨傲心理緊密連結。他決心一生不弄髒自己美麗白皙的手，不磨出一個水泡，只像一面旗子為風而生，只為心中認定的唯一真實而活。亦即為永無止境，沒有意義，以為死了竟然復活，眼見衰微卻轉為熾烈，既無方向亦無歸結的「感情」而活……

因此，現在的他對任何事都不感興趣。小船？對父親來說，這是從國外進口，造型時髦，漆著藍白雙色的小船。對父親來說，這是文化，文化是有形的物質。

但對自己而言，這艘小船是什麼呢？……

本多畢竟是本多，以天生的直覺理解清顯此時忽然陷入的沉默。他與清顯同齡，卻已是個青年，決心成為「有用」之人的青年，並已選定自己的角色。因此他對待清顯，總留意要遲鈍一點，馬虎一點。他深知這種巧妙的馬虎，更容易讓清顯接受。清顯的心靈胃口，令人驚訝地很能接受人工食餌。甚至友情亦然。

「你還是開始做點運動吧。又不是書看太多，可是你的氣色就像讀了萬卷書那麼疲憊。」本多毫不客氣地說。

清顯默然微笑。確實，他不怎麼看書，可是頻繁做夢。每晚做夢之多，多到萬卷書都敵不過，也難怪他疲累萬分。

……譬如昨晚，他夢見自己的白色棺木。這口棺木放在一間窗戶敞開、空蕩蕩的房間中央。窗外是破曉前的深紫晦暗，昏暗的大地間充滿小鳥啼囀。一名年輕女子，披著烏黑長髮，伏在棺木上啜泣，纖細柔軟的雙肩不住顫動。他想看清這名女子的臉，但只能稍稍看到她白皙憂愁的美人尖。白色棺木上，半覆蓋一塊布滿豹紋的寬大毛皮，邊緣綴著許多珍珠。黎明時分的不透明光澤，凝聚在成排的珍珠上。房裡沒有焚香，而是瀰漫著熟透水果的西洋香水味。

夢中的清顯在哪裡呢？他在半空中俯視這一幕，確信躺在棺木中是自己的屍體。儘管確信，但還是無論如何想親眼確認。無奈他的存在就像清晨的蚊子，只是短暫停在空中，絕對無法窺見已上釘的棺木內部。

……在這種焦躁的折騰下，清顯醒了過來。後來他將昨夜做的這個夢，寫進一直悄悄在記錄的「夢日記」裡。

最後兩人還是來到停船處，解開船纜。放眼望去，池面倒影著半是染紅的紅葉山，彷彿在燃燒。

剛上船時，船身一陣亂晃，喚起清顯對這世界最熟悉的不安定感。在這個瞬間，他的內心世界，彷彿鮮明地映上漆著白漆的船舷，激烈搖晃的光景。這種事情，使他快活了起來。

本多將船槳朝岸邊的假山石用力一頂，小船便滑向寬闊水面。緋紅的水面被劃破，漾起輕柔的漣漪，清顯的恍惚狀態也隨之擴大。暗沉的水聲，彷彿發自這喉嚨深處的粗啞聲。他感受到自己十八歲秋天的某一天、某個午後的某個時刻，確實一去不返了。

「去池中島看看吧？」

「有什麼好看的，那裡什麼都沒有。」

「別這麼說，去看看啦。」

本多划著槳說，活潑開朗的聲音散發出與年齡相襯的少年氣息。清顯聽著池中島另一頭的瀑布聲，極目凝望池裡，但池面倒映著一片停滯的紅而看不清楚。他知道池裡有鯉魚游著，也有鱉偷偷躲在水底岩縫，幼時的恐懼忽隱忽現浮上心頭。

明媚的陽光，灑落在他們剛剃過頭的年輕脖頸上。這是個平靜無事，榮華富貴的星期天。儘管如此，清顯依然覺得這個世界像個灌滿水的皮囊，底部開了一小洞，彷彿聽到「時間」一滴一滴從小洞滴落的聲音。

兩人抵達松林中只有一棵楓樹的池中島，沿著石階登頂，來到立著三隻鐵鶴的圓形草地，先是坐在兩隻仰天的鐵鶴腳邊，然後躺了下去，仰望晚秋晴朗的天空。野草刺進衣服扎著他們的背，清顯覺得疼痛難捱；本多覺得是把必須忍耐的最甜美爽快的苦難墊在背下。兩人的視野一角也看見，兩隻長年遭風吹雨淋、被白色鳥糞弄髒的鐵鶴，那流暢伸長的頸脖曲線，隨著浮雲飄動似乎也在緩緩移動。

「真是美好的日子啊。像這樣悠哉美好的日子，一生可能沒幾回。」本多充滿預感地這麼想，隨即脫口而出。

「你是在說幸福嗎？」清顯問。

「我可沒這麼說。」

「那就好。我可不敢像你說出這麼大膽的話。」

「你一定是太貪心了。貪心往往會露出悲傷的樣子。你已經擁有這麼多了，還想要什麼呢？」

「我想要某種決定性的東西。但我還不知道那是什麼。」

這位長相俊美，凡事都處於未定狀態的年輕人，慵懶地回答。儘管兩人交情頗深，但清顯任性的心裡，偶爾也會對本多犀利的分析力、確信的口吻，與「有為青年」的作風感到厭煩。

清顯突然翻身趴在草地上，抬頭遠望池岸對面主屋大廳的前院。白砂礫上的踏腳石一路排到池畔，那一帶的池灣更錯綜複雜，架著好幾座石橋。清顯看見那裡有一群女人。

三

清顯戳了戳本多的肩膀，示意他看向那邊。本多轉過頭來，視線穿過草叢，停在對岸那群人身上。兩人就像年輕狙擊兵偷窺著。

那是母親心血來潮時，都會帶出來散步的一群人。平時除了母親，只有貼身女僕們，今天多了一老一少兩位客人，跟在母親後面。

母親和老太太與女僕的和服都很樸素，唯獨那年輕女客人穿的淡藍色和服有刺繡，無論在白砂礫上或在池畔，絹絲光澤宛如黎明天色閃耀著冷光。

她們小心翼翼踩著不規則踏腳石而發出的笑聲迴蕩在秋空，過於清亮的笑聲帶著一種矯揉造作。清顯向來討厭這座宅邸裡的女人這種裝模作樣的笑聲，但也能明白本多為何雙眼發亮，宛如一隻聆聽雌鳥們啁啾的雄鳥。兩人的胸部，壓斷了不少晚秋的乾枯草莖。

清顯相信，唯獨那位淡藍色和服女子，不會發出那種笑聲。她們要從池畔去紅葉山，刻意選擇要渡過好幾座石橋的難行之路，由女僕們拉著主人和客人的手，小題大作地走向紅葉山。一行人的身影就這樣消失在兩人的視野裡，沒入草叢中。

「你家女人真多啊。我家都是男人。」

本多為自己的熱情辯解後站了起來，隨即又倚在西邊的松樹後面，眺望那群女人艱難行走的情景。紅葉山的西側山腰廣闊，因此九段瀑布到第四段在西側，之後流入佐渡赤石下的瀑布潭。女人們正行經瀑布潭前的踏腳石，那一帶楓紅格外豔麗，連第九段小瀑布的白色飛沫都隱入樹叢，水也染成了暗紅色。清顯遙望被女僕牽著手走過踏腳石的淡藍和服女子，她低頭露出的白皙頸項，不禁讓清顯憶起春日宮妃殿下令人難忘的豐潤白皙頸項。

過了瀑布潭後，小徑暫趨平坦沿著水邊伸展而去，這裡的池岸也最靠近池中島。清顯的視線一路熱切地跟隨至此，終於看到淡藍和服女子的側臉，認出她是聰子後，不禁感到氣餒。為何一直沒發現她是聰子呢？為何一心認定她是素不相識的美女呢？

既然對方打破了自己的幻影，自己也沒必要再躲躲藏藏。清顯拍掉裙褲上的草籽站了起來，從松樹後方走出來大喊：

「喂！」

清顯這突如其來的快活，使本多也驚訝地探出身子。若非本多早已知道，這個朋友有種會在夢境破滅時變得快活的天性，一定會誤以為被他搶了先機。

「那是誰啊？」

「聰子啊。我給你看過她的照片吧。」

清顯甚至連語氣都表現出輕蔑這個名字。對岸的聰子確實是美女，但少年擺出一副絕不承認她美麗的態度。因為他十分清楚，聰子喜歡他。

清顯有個不好的傾向，會輕蔑愛他的人，豈止輕蔑，甚至冷酷以待。沒人比本多更早察覺清顯的這種個性。本多推測，清顯這種倨傲心態，大概從十三歲眾人開始誇讚他的美貌，就如黴菌般在他心裡悄悄滋長，成為稍微一碰就發出鈴聲的銀白色黴菌花。

實際上，清顯作為朋友給他帶來的危險魅惑，可能也源自於此。不少同班同學想和清顯交朋友，最後不僅失敗，還落得被清顯嘲笑的下場。唯獨本多一人，對清顯這種冷酷之毒，能夠應付自如的實驗成功了。本多之所以討厭那個眼神陰鬱的書生飯沼，或許是誤解，但就是因為他在飯沼臉上，看到那種失敗者常有的表情。

——本多雖未見過聰子，但常聽清顯提起這個名字。

綾倉聰子家，是羽林家[10]二十八家之一，源於號稱藤家蹴鞠[11]之祖的難波賴輔，從賴經家分出來的第二十七代，成為侍從移居東京，住在麻布的舊武家宅邸，以擅長和歌與蹴鞠聞名，嗣子幼時便受封從五位下，是可以晉升到大納言的門第。

松枝侯爵憧憬自己家系所欠缺的風雅，希望至少下一代能有大貴族的優雅氣質，徵得父親的同意，便將年幼的清顯託付給綾倉家教養。因此清顯受到公卿家風的薰陶，大他兩歲的聰子也很疼愛他。一直到上學之前，聰子是他唯一的姊姊，也是唯一的朋友。綾倉伯爵是個京都口音濃厚、性情溫柔的人，教導幼時的清顯和歌與書法。綾倉家至今依然會玩王朝時代[12]的雙六

10 羽林家，鎌倉時代以來的公卿家，僅次於大臣家，最高可任大納言。
11 蹴鞠，貴族家的一種踢球遊戲。
12 王朝時代，天皇親政時代，例如奈良時代或平安時代，尤其指平安時代。

盤[13]，有時會玩到深夜，勝者可獲得皇后賞賜的點心。

伯爵對清顯的優雅薰陶至今仍持續的，就是伯爵作為宮中御歌會的主辦人員之一，從清顯十五歲起，每年新年都讓他列席參加。起初，清顯覺得這是一種義務，隨著年紀漸長也不知不覺成了一種企盼，期待去參加這個令人眷戀的新年優雅盛會。

聰子今年二十歲。從清顯的相簿裡，可以清楚看出聰子的成長軌跡；從孩提時代兩人和樂融融挨著臉的照片，直到她最近來參加五月底「神宮」祭拜的倩影。二十歲，已過了二八年華，但聰子尚未結婚。

「那是聰子啊？那另一個大家小心侍候，身著灰色和服短外褂的老太太是誰？」

「啊，那是……我想起來了，那是聰子的姑婆，寺院的住持。她戴著古怪的頭巾，我差點認不出來。」

這實在是稀客，一定是初次來訪。如果只有聰子來，母親不會如此大費周章，一定是為了接待月修寺住持，才會帶客人來參觀庭園。沒錯，一定是住持難得來東京，聰子特地帶她來松枝家賞楓。

據說清顯寄養在綾倉家時，住持非常疼愛他。但那時的事，清顯已完全沒有印象，只記得念中學時，有一次住持上京，綾倉家請他過去，在那裡見過一面。儘管如此，住持慈祥高雅白皙的面容，與談吐溫婉又帶著凜然之氣的神態，給清顯留下深刻印象。

——岸邊的人聽到清顯的叫聲，霎時都停下腳步，然後看到兩個年輕人像海盜似的，從池中島的鐵鶴旁，穿過草叢突然現身，大家嚇得瞠目結舌。

母親從腰際抽出小扇，指向住持，示意清顯向她行禮。清顯便在島上深深行了一禮，本多也跟著行禮，住持也回禮。母親展扇示意他們過來時，金色扇面被楓紅染成鮮紅色。清顯知道必須催促本多將小船划到對岸。

「只要有機會來我家，聰子絕對不會放過。況且這是個順理成章的機會，就把姑婆拿來當幌子。」

清顯匆忙幫本多解纜繩時，還近似責備地說。然而本多懷疑，清顯說是要向住持請安才忙著去對岸，其實這是藉口吧。本多明明按部就班在解纜繩，清顯卻焦急地伸出白皙細緻的手去抓粗硬的纜繩幫忙解開，那模樣就足以令人起疑。

本多背向對岸開始划船後，清顯的雙眼彷彿受到水面紅光反射顯得相當興奮，且神經質地避開本多的目光，一味地看向對岸。這種舉止可能出自同是青春期男子的虛榮心。他不想讓本多知道，這個對自己的童年瞭若指掌，也曾在感情上支配自己的女子，此刻在他心中最脆弱之處引發的反應。搞不好清顯年幼時，連自己身上那小小白白的擬寶珠花苞[14]，都被聰子看光了。

13 雙六盤，兩人對坐玩的一種棋盤遊戲。

14 擬寶珠，一種形似洋蔥狀的裝飾物，上面尖頭球體狀像洋蔥，整支像含苞的蔥花，常設置於日本的神社或橋的欄杆上。此處比喻小男孩的雞雞。

本多划到岸邊後，清顯的母親慰勞說：

「本多划得真好！」

清顯的母親有一張瓜子臉，卻有一雙略顯哀愁的八字眉，即使笑起來也帶愁容，但這未必表示她的性情多愁善感。其實她是務實又遲鈍的人，甚至能習慣丈夫馬虎的樂天主義與放蕩行徑，這樣的人絕對無法了解清顯細膩曲折的心思。

清顯上岸後，聰子目不轉睛看著他一舉一動。她好勝又滿不在乎的眼神，可以解讀成爽朗寬容，但因清顯畏縮，也難怪總認為她的眼神帶著批判意味。

「難得今天住持大駕光臨，我很期待能聆聽住持寶貴的宣講佛法。在那之前，想說先帶住持來欣賞紅葉山，所以來到了這裡，你居然發出那麼野蠻的叫聲，多嚇人啊。你們到底在島上做什麼？」母親問。

「茫然地看著天空。」清顯故意答得像個謎。

「看天空？天空有什麼東西？」

母親無法理解眼睛看不見的東西，但她並不引以為恥。清顯認為這是母親唯一的優點。但這樣的母親，居然其心可嘉地說要聆聽佛法，不免令人感到滑稽。

住持謹守客人分際，謙和微笑地聽著這對母子談話。

聰子則是目不轉睛，凝視著故意不看她的清顯的臉，那光潤臉上飄動著又黑又粗的亂髮光澤。

一群人結伴步上山路，沿途欣賞楓紅，聽著枝頭鳥鳴，和樂融融地猜鳥名。兩個年輕人，腳步放得再慢都走在前面，與後方簇擁住持的女人們有段距離。本多趁此機會，首度提起聰子，誇讚她的美貌。

「你覺得她美啊？」

清顯神經質地冷淡回應。但本多明白，若說聰子醜，一定會立即傷到清顯的自尊心。因為清顯顯然認為，無論自己是否有興趣，只要跟他有關的女人都必須是美的。

一行人終於來到瀑布口下方，站在橋上仰望第一段大瀑布。正當母親期待首度觀賞松枝家瀑布的住持出言讚賞時，清顯卻發現一個不祥跡象，使得這一天成為難忘的日子。

「那是怎麼回事？瀑布口的流水怎麼岔得那麼開？」

母親也留意到了，展扇遮住樹葉間灑下的陽光，仰望瀑布口。為了讓瀑布的傾瀉能呈現千姿百態的風情，假山岩石的布局別具匠心，不可能在瀑布口中央讓水流難看地分岔開來。縱使那裡確實有塊突出的岩石，也不至於干擾瀑布水流到這種程度。

「到底怎麼回事？看起來好像有東西卡在那裡……」

母親困惑地對住持說。

住持似乎立即看出端倪，卻只是靜默微笑。站在清顯的立場，他必須把自己看到的東西老實說出來，卻又怕說出來會掃大家的興，因此躊躇不語。然而他也知道，大家很快就會看出那是什麼。

「是一隻黑狗吧？頭朝下掛在那裡。」

聽子率直斷言。大家這才恍然大悟喧嚷起來。

但清顯的自尊心受傷了。聽子以不像一般女子的勇氣，一語道破那是不祥的狗屍，而且她天生甜美富有活力的嗓音，與拿捏事物輕重恰到好處的爽朗，都在這率直中確實展現出相當分量的優雅。這份優雅宛如裝在玻璃容器內的水果，新鮮而靈動，因此清顯恥於自己躊躇，害怕聽子的教育者威力。

母親立即命令女僕去叫怠忽職守的園丁來清理，並頻頻為這件不體面的事向住持道歉。住持基於慈悲，提出不可思議的建議。

「我會看到這個也是一種緣分吧。不如我們速速將牠埋葬，做個墳墓，為牠祈禱冥福吧。」

這隻黑狗，可能早已受傷或生病，在水源處喝水不慎跌落身亡，屍體順水而下，卡在瀑布口的岩石上。本多對聽子的勇氣深受感動，但同時也看見瀑布上方飄著微雲的清朗天空，沐浴著清冽水花倒掛在半空中的黑狗屍體，光亮濕濡的狗毛，張著嘴巴的純白牙齒與漆黑口腔，一切都彷彿近在眼前。

原本的賞楓變成葬狗，但對在場的人似乎都是愉快的變化，女僕們的言談舉止忽然活潑了起來，掩飾著內心的浮躁。一行人走過石橋，在觀瀑茶屋般的涼亭休息等候，看著園丁慌張趕來不斷地道歉，然後冒險爬上陡峭岩石，抱下濕濡的黑狗屍體，找到適當的地方挖坑埋葬。

「我想去摘些花來，清少爺也來幫忙吧？」

聰子事先制止了女僕幫忙，如此對清顯說。

「給狗獻什麼花呀？」

清顯說得不太情願，惹得大家都笑了。此時住持已脫下短外褂，露出罩著小袈裟的紫色法衣。大家都覺得有這位尊貴人物在，想必轉眼就能淨化不祥，這樁小小的黑暗事件，一定也能融進遼闊光明的天空裡。

「能夠有您來為牠超渡，這隻狗真是好福氣。來世一定能投胎成人。」

母親已經能笑著說話了。

另一方面，聰子沿著山路走在清顯前面，眼明手快地看見遲開的龍膽花便立即摘下。而清顯眼裡只看得到枯萎的野菊花。

聰子落落大方地彎腰摘花時，淡藍色的和服裙襬，勾勒出與她苗條身材不搭的豐腴腰身。清顯覺得自己透明孤獨的腦海變得些許混濁，彷彿水被攪動湧起了水底細沙，感到些許不悅。

聰子摘了幾株龍膽花後，倏然起身，恰好擋住跟在後面看著別處的清顯視線。這時清顯才終於敢正視聰子姣好的鼻子與美麗的大眼睛，但由於距離太近，反而朦朧得恍如幻境。

「如果我突然不在了，清少爺，你會怎麼辦？」

聰子壓低嗓音，快速一問。

四

聽子從以前就這樣，時常冷不防地語出驚人。

她不是存心裝模作樣，也沒有流露出讓對方明白是惡作劇的表情，總是彷彿要透露極為重大的事，一本正經，語帶悲愁地說。

清顯明明早已習慣，但此刻還是非問不可。

「妳說妳會突然不在了？為什麼？」

清顯內心忐忑卻裝作漠不關心的反問，正是聽子想要的。

「我不能告訴你原因。」

就這樣猝不及防，聽子在清顯心中那只透明水杯裡，滴下了一滴墨汁。

清顯眼神尖銳看著聽子。每次都這樣。這就是他怨恨聽子的原因。聽子總是突然，毫無緣由，給他帶來莫名其妙的不安。一滴難以抵抗的墨汁，就這樣他在心中擴散，將整杯水染成暗灰色。

聽子帶著憂傷而緊張的雙眸，愉快地戰慄著。

清顯回來之後，大家看他心情極度低落的樣子都非常吃驚。這件事又成為松枝家眾多女人的八卦話題。

——清顯有一顆任性的心，但同時也有一種奇妙的傾向，會自己增殖腐蝕自己的不安。倘若這是戀慕之情，能有這種韌性還能持續，確實很像年輕人吧。但清顯的情況並非如此。比起美麗的花朵，他更撲向帶刺的黯淡花種子。或許聰子深知這一點，才播下種子。而清顯已經給這顆種子澆水，讓它萌芽，除了等它在自己心裡茁壯繁茂之外，對其他事情都失去關心，只心無旁騖地孕育不安。

聰子給了他「興趣」後，他就一直甘願當不愉快的俘虜。他很氣聰子丟給他這種懸而未決的謎，也氣自己優柔寡斷沒能當場執意解開謎底。

他和本多在池中島草地上休息時，說過他想要「某種決定性的東西」。雖然不知道那是什麼，但清顯動不動就這麼想，眼看那光芒閃爍的「決定性東西」即將到手，聰子的淡藍色裙襬卻來攪局，把他推回不確定的沼澤。實際上那決定性東西的光芒，或許只是在遙不可及的遠方閃爍，但他總愛認為，為何聰子要在差一步就能搆到的地方阻撓他。

更令他生氣的是，所有能解開這個謎與不安的途徑，都被自己的自尊心堵住了。譬如，即使去問別人，他也只能這麼問：

「聰子不在了，是什麼意思？」

這種問法，只會讓人懷疑他非常關心聰子。

「該怎麼辦呢？我該怎麼問才能讓人明白，這跟聰子沒有任何關係，只是我自己抽象的不安表現。」

清顯苦思良久，卻只能圍繞著這個問題打轉。

這種時候，平日討厭的學校也成了他散心的好地方。午休時間，他總是和本多一起度過，但本多的話題也讓他感到有些無聊了。因為本多自從那天在主屋客廳，和大家一起聆聽月修寺住持講述佛法後，整個心思都被佛法吸引了。那時清顯根本心不在焉地充耳不聞，如今本多卻將當時聽到的佛法，想以自己的解釋灌輸給清顯。

有趣的是，佛法難以在清顯夢幻的心靈投下絲毫影子，反倒在本多理性的頭腦注入了新鮮的力量。

月修寺坐落於奈良近郊，以尼寺而言是罕見的法相宗寺院，其理論性的教諭確實可能吸引本多，但最引人入勝還是住持講述時，為了引導人們進入唯識入門，特意穿插一些淺顯易懂的小故事。

「住持說，她是看到掛在瀑布口的狗屍，才想要講這次的佛法吧。」本多說：「這無疑又是住持對你們一家人的關懷與慈悲。那夾雜著宮廷婦女語言的古典京都腔，宛如微風輕拂的幔帳，看似沒表情又點綴著無數淡麗表情的京都腔，使得她講述的佛法更令人感動。

住持提到唐朝元曉的故事，說他為了求佛法遍訪名岳高山，有一天天色已晚，便露宿在墳塚之間，半夜醒來，口乾舌燥，伸手從旁邊的洞穴掬水來喝。他覺得從未喝過如此清澈冰涼而甘美的水。喝完水後，他又睡著了，到了清晨醒來，晨光照出了他半夜喝水的所在之處。他萬萬沒料到，那竟然是積在骷髏裡的水。他突然一陣噁心，將喝下去的水吐出來。然而就此時，他悟出一個真理，心生則種種法生，心滅則與骷髏無異。

可是我感興趣的是，悟道後的元曉，同樣的水，他能不能再由衷地喝得清甜美味？純潔也是同樣的道理，你不覺得嗎？一個女人再怎麼世故狡猾，純潔的青年都能在她身上感受到純潔的戀情。但是，知道她是極度厚顏無恥之後，明白一切只是自己純潔的心象一廂情願描繪出來的世界，還能在她身上感受到清純的戀情嗎？如果可以，你不覺得很了不起嗎？自己的心靈本質與世界的本質，能夠如此鞏固地結合，你不覺得很了不起嗎？這不就是將解開世界祕密的鑰匙，握在自己手裡嗎？」

說這種話的本多當然尚未有性經驗，但同樣沒有性經驗的清顯，也無法反駁他奇妙的論調。然而不知為何，這個任性少年的心思其實與本多不同，他覺得自己生來就握有解開世界之祕的鑰匙。這個自信不知從何而來。他那耽於夢幻的心性，極其高傲又容易陷入不安的性格，還有那命運般的美貌，這些東西都讓他覺得自己柔軟肉體的深處鑲嵌了一顆寶石。儘管不痛也不腫，但肉體深處時而會發出清澄光芒，他才能保有一種近似病人的驕矜吧。

清顯對月修寺的來歷，不感興趣也不想深入了解；反倒與月修寺毫無因緣的本多，去圖書館查得一清二楚。

月修寺創建於十八世紀初，算是比較新的寺院。第一百三十代東山天皇之女，為了追悼英年駕崩的父皇，進入清水寺修行，信仰觀音菩薩，對常住院老僧講述的唯識論深感興趣，進而深深皈依法相宗教義。剃髮之後避開既有的皇族寺院，開創了新的學問寺，成為現今月修寺的開山鼻祖。月修寺至今仍保有法相宗尼寺的特色，但歷代皇族住持的傳統在上一代斷絕，聰子的姑婆雖有皇族血統，卻是第一位臣下住持。

突然，本多不客氣地質問清顯。

「松枝！你最近是怎麼了？不管我說什麼，你都心不在焉。」

「我哪有。」

清顯冷不防地被這麼一問，含糊其辭地支吾回答。他以美麗的眼眸，若無其事地看著朋友。他不在乎朋友覺得他的傲慢，只怕朋友知道他的心事。

清顯明白，若此時敞開心扉，本多一定會冒冒失失闖進他心裡。無論對方是誰，清顯都無法原諒他做這種事。然而如此一來，清顯也可能立即失去唯一的朋友。

但本多也旋即明白清顯的心思。他知道想和清顯繼續當朋友，就得節制這種粗鄙的友情模式，就如剛漆好的牆壁，不該在上面留下手印。視情況而定，甚至對朋友如死般的痛苦也要視而不見，尤其以優雅隱藏起來的痛苦，更應如此。

此時，清顯的眼神湛起一種殷切的懇求，本多甚至喜歡這個眼神。那眼神像在訴說，讓一切停在朦朧美麗的岸邊吧。在這冷峻近乎破裂的狀態裡，以友情為交易的對峙下，清顯初次成為懇求者，本多成了審美的觀眾。這正是兩人心照不宣期望的狀態，也是人們稱之為友情的實質。

五

約莫十天後，父親侯爵偶爾早歸，親子三人難得共進晚餐。父親愛吃西餐，在洋館的小餐廳用晚餐，還親自去地下酒庫挑選葡萄酒。酒庫裡放著滿滿的各種葡萄酒，他帶清顯一起去，細心且愉快地教導清顯，哪一款酒適合哪種佳餚，或是這款葡萄酒只有款待皇族才會開。傳授這種無用的知識時，父親顯得最快樂。

喝餐前酒時，母親得意洋洋地談起，前天她帶著一名少年馬伕，駕著一輛單馬拉的馬車去橫濱購物的事。

「想不到連橫濱人都對洋裝感到稀奇，讓我大吃一驚。一群髒兮兮的小孩追著馬車跑，大喊『洋妾，洋妾』呢！」

父親則暗示要帶清顯去參觀比叡號軍艦下水典禮，但當然是看準清顯會拒絕才這麼說。接下來父母都為了找共同話題而傷腦筋，清顯當然也看得出來。後來不知為何，父母竟聊起三年前，慶賀清顯滿十五歲「御立待」[15]的事。

這是個古老習俗，農曆八月十七日的晚上，要在庭園擺置一個裝滿水的新水盆，讓月亮映在水盆裡，供上祭品。據說，若十五歲夏天的這天晚上夜空陰霾，此人將一生厄運纏身。

15 御立待，亦作「立待月」，站在屋外等候農曆八月十七日晚上出來的月亮。

聽著父母的談話，清顯也鮮明地憶起那晚的情景。

那時夜露正濃，蟲鳴四起的草坪中央，放著一個裝滿清水的新盆，清顯穿著印有家紋的褲裙裝，站在父母中間。特地熄燈的庭園周圍樹木、附近的屋脊，以及紅葉山等錯落有致的景色，彷彿都被統括倒影在水盆圍起的圓形水面上。這個世界就結束在那明亮檜木盆的盆緣，但這盆緣也是通往另一個世界的入口。正因關乎自己十五歲以後的命運吉凶，清顯覺得放在夜露草坪上的是自己赤裸的靈魂形狀。他的內心在盆緣裡面袒露，盆緣的外面則是外表……

眾人靜默無語，因此整片庭園的蟲鳴聲格外清晰。眾人專注看著水盆。起初盆裡的水是黑的，月亮被鎖在海藻般的雲層裡。後來海藻逐漸散開，眼看月亮似乎隱隱透出微光，轉眼卻又消失了。

不曉得等了多久。突然間，盆裡那彷彿凝固般的朦朧黑暗終於破開，一輪小小明亮的滿月出現在水盆中央。此時眾人放聲歡呼，母親更是鬆了一口氣，這才搖起扇子，一邊驅趕裙襬周圍的蚊子，一邊說：

「太好了。這孩子一生會有好運。」

於是眾人紛紛向她道賀。

但是，清顯卻害怕仰望高掛夜空的真實月亮，只敢看落在圓形水中，亦即自己內心深處，很深很深的地方，如金色貝殼的月亮。就這樣，他的內心終於捕獲了一個天體。他的靈魂捕蟲網，終於捕獲一隻金色輝煌的蝴蝶。

但這靈魂捕蟲網的網眼太大，捕到的蝴蝶會不會又立刻飛走？年僅十五歲的他，已經開始害怕失去。才剛得到就害怕失去，這種患得患失的心理，成了這個少年的性格特徵。一旦得到了月亮，萬一今後要住在沒有月亮的世界，這種恐懼有多麼巨大。縱使他討厭這個月亮……

就算歌牌只是少了一張，也會給這個世界的秩序帶來無可彌補的裂縫。尤其清顯害怕秩序會少了一小部分，就如鐘錶缺少一個小齒輪，會導致整個秩序鎖進動彈不得的霧靄裡。為了尋找那張遺失的歌牌，不知要耗費多少精力，而且最終豈止是失去一張歌牌，甚至連整副歌牌本身，都會變成爭奪王冠般的世界一大緊急要事。清顯的感情總是如此發展，而他無法抵抗。

——清顯回想十五歲的十七夜御立待情景時，發現自己不知不覺想起了聰子，霎時不禁愕然。

恰巧這時，管家穿著涼爽仙台平絲織裙褲裝，發出衣服摩擦聲走來，報告晚餐已經準備好了。於是三人走進餐廳，各自在餐桌坐下，每個人面前都擺著從英國訂製的餐具，上面印著美麗的家紋。

清顯自幼受父親嚴格教導用餐禮儀，但母親依然不習慣吃西餐。動作最自然且不踰矩的是清顯，父親至今仍有剛回國時那種煞有介事的誇張。

上湯後，母親即以悠閒的口吻說：

「聰子也真是令人操心啊。聽說她今天早上派人去回絕了。之前看起來還以為她下定決心了呢。」

「那孩子也二十歲了吧。再這樣任性就嫁不出去了。不過我們操心也沒有用。」父親說。

清顯豎耳傾聽。父親毫不在意地繼續說：

「究竟為什麼呢？或許覺得門不當戶不對吧。可是儘管綾倉家是名門，現在也已經沒落了，既然對方是前途無量的內務省秀才，就該不問家世背景，欣然答應才對。」

「我也這麼認為。她這樣我都懶得再管她的事了。」

「可是清顯受過他們家的照顧，這份恩義不能忘，我們有義務為重振他們的家族盡一點心力。找一樁她無論如何都無法拒絕的親事即可。」

「有這麼理想的親事嗎？」

清顯聽著聽著，表情豁然開朗。因為謎底完全解開了。

聰子說「如果我突然不在了」，指的只是自己的婚事。那天聰子的心境剛好傾向於答應這門婚事，所以想暗示看看，試探清顯的心意。照剛才母親所言，如果她在十天後正式回絕了這門婚事，那麼清顯也明白箇中原由。那就是因為聰子愛著清顯。

他的世界因此再度澄澈明亮，不安消失了，又恢復成一杯清澄的水。這十天來，他一直渴望回去自己平靜的小庭院，卻怎麼也回不去，此刻終於回去了，也可以寬心了。

清顯感到一種難得的巨大幸福，而且這份幸福無疑是靠自己清晰的思路獲得的。那張被刻意隱藏的歌牌重新回到手裡，整副歌牌湊齊了……於是歌牌又變成只是尋常的歌牌……這是一種難以言喻的清晰幸福感。

至少在當下這一瞬間，他成功趕走了「感情」。

——但侯爵夫婦並沒有敏銳到能察覺兒子突來的幸福感，兩人只是隔著餐桌，凝望對方的臉。侯爵看著妻子略顯哀愁八字眉的臉；夫人則看著丈夫那張原本充滿行動力，如今只見安逸快速在皮下組織盤旋扎刺般，顯得剛毅紅通通的臉。

每當父母看似聊得很起勁，清顯總覺得他們在執行某種儀式。那對話內容就像依序恭敬獻給神明的玉串[16]，連每一片光潤的楊桐葉都是精挑細選的。

同樣的情景，清顯從少年時期不知看過多少遍。但白熱化的危機不會來，也不會出現情緒的高潮。但母親知道接踵而來的會是什麼，侯爵也知道妻子了然於心。就像每次朝著瀑布潭墜落，但在墜落之前，連草芥都會手牽著手，一副不知會發生什麼的表情，滑過映著藍天白雲的平滑水面。

果然，侯爵餐後喝完咖啡就匆匆地說：

「清顯，我們去打一局撞球吧。」

然後侯爵夫人便說：

「那我先告退了。」

清顯正沉浸於幸福中，所以今晚父母這種欺瞞絲毫傷不了他的心。母親回去主屋，父子則

16 玉串，祭神用的，一端纏著白紙的楊桐樹枝。楊桐樹的日文漢字為「榊」，即「神樹」之意。

去撞球室。

這是一間仿英式風格，牆上鑲著橡木壁板，掛著祖先肖像畫與日俄海戰巨幅油畫而聞名的房間。祖父的百號巨幅肖像畫，是畫英國首相格蘭斯敦肖像畫的英國畫家約翰•米萊的門生，訪日期間畫的。在微暗的房間裡，這幅祖父穿著大禮服的肖像畫顯得格外突出，構圖簡潔，手法卻精妙地將寫實的嚴謹與理想化結合得恰到好處，更將令人景仰的維新功臣不屈風貌，與對家族而言和藹可親的臉頰小肉瘤散發的慈祥，巧妙融為一體。每當有新女僕從故鄉鹿兒島來到松枝邸，都會被帶來這裡叩拜祖父的畫像。祖父過世前幾小時，明明沒人進入這個房間，掛繩也沒老舊腐朽，但這幅肖像畫卻突然落地，發出驚人聲響。

撞球室擺著三張撞球桌，檯面都是義大利大理石製。這個家沒人玩日清戰爭時引進的三球競賽，父子倆都玩四球。管家已將紅白兩顆球，隔著一定距離分放在左右兩側，將球桿分別遞給侯爵與清顯。清顯一邊用義大利火山灰做的滑石粉擦球桿尖端，一邊盯著球檯。

綠色呢絨球檯上的兩顆紅白象牙球，宛如貝類要伸出觸角，靜靜伺機守在圓影邊緣。清顯對這些球漠不關心，只覺得這些球像異樣且無意義的東西，突然出現在陌生城鎮，沒有人影的白晝路上。

侯爵一如往常，害怕看到俊美兒子這種漠不關心的眼神。即使像今晚這樣的幸福時刻，清顯的眼神依然如此。

「最近，有兩位暹羅王子要來日本學習院留學，你知道嗎？」

父親忽然想到這個話題。

「不知道。」

「他們和你年齡相仿，我已經跟外務省說了，請安排他們來我們家住幾天。暹羅最近要解放奴隸，也要興建鐵路，看來是相當努力在追求進步，你也要以這種心理準備和他們交往。」

父親說完便彎腰瞄準母球，像一頭過肥的豹，以虛假的精悍在運桿。清顯看著他的背影，忽然綻出一抹淺笑。如同讓兩顆紅白象牙球輕吻般，他也讓自己的幸福感與未知的熱帶國度，在心中輕輕接觸。於是他覺得如水晶般抽象的幸福感，受到意想不到的熱帶叢林綠光照射，霎時變得光彩奪目熠熠生輝。

侯爵球技高超，清顯本來就是不他的對手。打完五桿後，父親就離開撞球桌，說出清顯意料中的話。

「我現在要出去散散步，你呢？」

清顯靜默不語。結果父親說出他意想不到的話。

「不然你跟小時候一樣，陪我走到大門口吧。」

清顯大吃一驚，黑眼珠閃閃發亮看向父親。父親至少在讓兒子驚愕上，取得了成功。

父親的小妾，住在大門外幾間出租房屋的一間。這些出租房屋有兩間住著西洋人，院子的圍牆都有一扇後門通向松枝邸，所以西洋人的孩子可以自由來邸內玩，唯獨小妾那間房子的後門上鎖，鎖也早就生鏽了。

從主屋的玄關到大門約八百多公尺，清顯小時候，每當父親要去小妾那裡，常牽他的手散步到大門口，然後在門前道別，叫傭人帶他回去。

父親有要事外出必定坐馬車，如果步行，去的地方是固定的。縱使當時清顯年紀小，陪父親走這一段路，心裡也很不是滋味。他總覺得，為了母親，有義務把父親拉回去，卻又很氣自己辦不到。這種時候，母親當然不喜歡清顯陪父親去「散步」，但父親總是故意強拉他去。清顯察覺到，父親暗暗地期待他能背叛母親。

在十一月的寒夜裡散步，多麼不正常。

侯爵命令管家為他穿上外套。清顯也走出撞球室，穿上雙排金釦的學校外套。管家陪主人「散步」時，總走在主人身後約十步之處，此時他已捧著紫絹巾包裹的禮物候在那裡。

皓月當空，寒風在樹梢呼嘯。山田管家像幽靈般跟在父親身後，但父親對他毫不關心，倒是清顯在意地回頭看了他一次。如此的寒夜，山田連披風也沒穿，只是如常穿著印有家紋的裙褲裝，戴著白手套捧著紫絹巾包裹的禮物。山田的腳有點跛，踉蹌地跟在後面。他戴著眼鏡，月光如霜反射在鏡片上。清顯不知道這個終日沉默寡言無比忠實的男人，內心究竟纏繞著多少生鏽的感情發條。但比起快活而更有人味的侯爵父親，這個冷淡對凡事不感興趣的兒子，更能體察別人內心的感情。

貓頭鷹鳴叫，松樹樹梢沙沙作響，聽在清顯淺酌微熱的耳裡，彷彿是從那張「憑弔戰死者」

照片傳來的，樹梢茂葉遭強風吹得悲壯飄舞的喧囂聲。寒空下，父親夢想著在深夜等他的溫潤紅唇微笑，兒子腦海縈繞的卻是死亡的聯想。

醉醺醺的侯爵，邊走邊以手杖挑開路上的小石子，忽然對清顯說：

「你好像不太玩樂。我在你這個年紀，已經玩過好幾個女人了。怎麼樣，改天我帶你去玩，叫很多藝妓來，偶爾也要痛快地玩一玩。不然也可以拉幾個你學校的好同學一起去。」

「我不要。」

清顯渾身顫抖，不假思索地回絕，雙腳像被釘在地面動彈不得。說也奇怪，他的幸福感，竟因父親這句話，彷彿玻璃瓶落地粉碎了。

「你怎麼啦？」

「我要回去了。晚安。」

清顯轉身，朝著比燈光昏暗的洋館玄關更遠的，在樹叢中流瀉出燈光的主屋玄關快步走去。

這晚，清顯徹夜難眠。但絲毫沒有在想父母的事。

他一心只想著要報復聰子。

「她對我設下無聊的陷阱，苦苦折磨了我十天。她的目的只有一個，就是讓我心情起伏不定，讓我受盡折磨。我一定要報復她。可是我又沒把握能像她那樣使用騙術，用壞心眼的方法折磨人。這該怎麼辦呢？最好的辦法就是讓她知道，我也像父親那樣非常鄙視女人。無論用說的，或用寫信的，難道就沒有冒瀆的話語，能給她帶來沉重打擊嗎？我總是意志薄弱，不敢對人表露內心的想法，實在太吃虧了。或許對她來說，我表現得對她沒興趣是不夠的。這給她留下了自私自利的臆測餘地。我要褻瀆她！這是必要的。我要侮辱她！讓她從此一蹶不起！這是必要的。到時候她就會後悔折磨我。」

儘管清顯這麼想，但始終想不出具體方案。

寢室的床鋪周圍，擺著一對六折式屏風，上面題著寒山詩。腳下的紫檀裝飾架上，有一隻碧玉鸚鵡停在棲止木上。清顯原本對時下流行的羅丹或塞尚沒興趣，充其量只是這個興趣的被動接受者。他無法入眠，凝視著鸚鵡，看著看著之際，發現鸚鵡羽翼的細微雕紋都變得清晰可見，煙霧似的碧綠中罩著透明光芒，鸚鵡彷彿正在融化，只剩若有若無的朦朧輪廓。清顯對這異常景象驚訝不已。後來他明白了，其實只是月光從窗簾邊流瀉進來，照在碧玉鸚鵡上。於是他粗暴地拉開窗簾。明月當空，月光灑滿了整張床。

月光燦爛到令人覺得輕浮。清顯想起聰子那件絹絲和服的冷豔光芒，並在這輪皓月裡，真切地看到，曾經在近處看過無數次的聰子美麗大眼睛。此時風已停歇。

不盡然是暖氣的緣故，清顯覺得渾身熱如火燒，甚至熱到覺得耳鳴，因此他掀開毛毯，敞開胸前的睡衣。儘管如此，體內那把燃燒的火依然蔓延全身，他終於按捺不住，覺得必須沐浴在清冷的月光下，索性半脫掉睡衣，裸著上半身，將臉趴在枕頭上，讓疲於思慮的背對向月光。太陽穴依然熱得猛跳。

就這樣，清顯將無比白皙光滑的背，裸露在月光下。月光在那寬闊柔細的肌膚勾勒出些許細微起伏，表示這並非女人的肌膚，而是尚未成熟的年輕男子肌膚，漾著極其朦朧的嚴峻感。

特別是月光深入照到的左側腹一帶，肌肉傳達著心臟鼓動而微微震動，更凸顯出此處令人眩目的白皙肌膚。這裡有三顆不顯眼的小黑痣。而且這三顆極小的黑痣，宛如參宿三星，沐浴在月光下，失去了影子。

六

一九一〇年，暹羅國王拉瑪五世傳位給六世，這次來日本留學的兩位王子，其中一位是新王的弟弟，也是拉瑪五世的兒子，稱號「帕拉翁昭」（Praong Chao），名為「巴塔納迪多」（Pattanadid），英文敬稱是「His Highness Prince Pattanadid」。

另一位同來的王子，同樣十八歲，是拉瑪四世的孫子，和巴塔納迪多是感情很好的堂兄弟，稱號「蒙昭」（Mom Chao），名為「庫利沙達」（Kridsada）。巴塔納迪多殿下暱稱他「庫利」，庫利沙達殿下則不忘對嫡系王子的敬重，稱巴塔納迪多殿下為「昭披耶」[17]。

17 昭披耶，貴族頭銜，爵位依次為昭披耶、披耶、拍、鑾、坤五等。

兩人都是虔誠的佛教徒，但日常服飾都是英國風，說得一口漂亮的英文。新王擔心年輕王子們過於歐化，想送他們來日本留學，兩位王子對此也無異議。唯有昭披耶要離開庫利的妹妹，很是傷心。

這對年輕人的戀情，在宮廷裡是令人笑顏逐開的花朵，兩人感情甚篤，已約好昭披耶回國就要成婚，因此對未來沒有任何不安。但巴塔納迪多殿下出航時流露的悲傷，看在向來不太流露激情的國人眼裡，顯得有些異常。

航海旅程與堂弟的安慰，稍稍緩解了年輕王子的離別哀愁。

清顯在家中迎接兩位王子時，兩人充滿朝氣的淺黑臉龐，都給他過於快活的印象。到放寒假的這段期間，兩位王子可隨意到校參觀，縱使過年後就要入學，但要等他們學會日文、熟悉日本環境後，才會正式編入班級，因此要到春季的新學年。

洋館二樓有兩間相連的客房，給兩位王子當寢室，因為洋館安裝了芝加哥進口的暖氣設備。與松枝一家共進晚餐之前，作客的王子與清顯都很拘謹，晚餐後只剩年輕人時，氣氛頓時融洽了起來，兩位王子給清顯看曼谷金碧輝煌的寺廟與美麗風景照。

清顯發現，儘管兩位王子同齡，庫利沙達殿下依然不脫稚氣，但巴塔納迪多殿下則和自己一樣有愛做夢的性情，他為此感到開心。

兩位王子示出的照片裡，其中一張是知名的臥佛寺全景，供奉著一尊巨大的釋迦牟尼臥像。照片經過手工繪上精美色彩，生動逼真得彷彿就在眼前。背景是積雲聳立，熱帶氛圍強烈的藍天，點綴著椰子樹的婆娑茂葉，而那座以金、白、朱三色構成的絕美佛寺，無論是有著一對金色神將像守護的大門，還是鑲著金邊的朱紅門扉，抑或白牆與成列白柱上方垂飾的細膩金色浮雕，一切都朝向裹著繁瑣金朱二色浮雕的屋頂與山牆聚攏而去，最後在中央頂部形成絢爛的三層寶塔，直刺燦亮穹蒼，令人心馳神往。

清顯坦率地表達出對這種美的讚嘆，兩位王子都很高興。然後巴塔納迪多殿下，以那雙與柔和圓臉不太相襯、過於銳利而細長的鳳眼，望著遠方說：

「我尤其喜歡這座佛寺，航海來日本的途中，也好幾次夢見這座佛寺。夢裡我看見那金色屋頂，從夜海浮了上來，然後整座佛寺跟著徐徐浮了上來，這時候因為船繼續在前進，所以我看到佛寺全貌的時候，船已經走得很遠了。從海裡浮現的佛寺，在星光閃爍下，看起來像夜裡遙遠海面升起的一彎新月。我在甲板上對它合掌膜拜。這個夢真的很奇妙，明明那麼遠，而且在夜裡，可是連金朱兩色的細緻浮雕，都清晰地浮現在我眼前。

我跟庫利說，佛寺好像要追到日本來了。庫利嘲笑我說，追來的恐怕是另一個回憶吧。每當他這麼說，我都很生氣。可是現在，我覺得他說的也有幾分道理。

因為所有神聖的東西，都是由夢想或回憶的相同要素組成的，當時間或空間將我們隔開的東西出現在眼前，就是奇蹟。而且這三種東西有個共同點，都是觸摸不到的。觸手可及的東西，一旦遠離了，就會變成神聖的東西，變成奇蹟，變成難以置信的美麗東西。所有的事物都具有神聖性，卻因我們的手指一摸就汙濁了。我們人類真是不可思議的存在啊。只用手指一摸就會弄髒東西，而我們內心又具備成為神聖東西的素質。」

此時庫利沙達殿下插嘴說：

「昭披耶說的話好像很難懂，其實只是在說離別的戀人啦。你就拿照片給清顯看吧。」

巴塔納迪多殿下霎時雙頰暈紅，但因膚色淺黑不太明顯。清顯見他有些猶豫也不好為難客人，於是說：

「你也常做夢啊？我還會寫夢日記呢。」

「等我學會日文，請務必讓我看你的夢日記。」

昭披耶眼睛發亮地說。清顯甚至沒勇氣向摯友坦誠，自己對這種夢的執著，此刻卻透過英文就輕鬆地傳到對方心裡，使得他對昭披耶更有好感。

但後來不知為何，對話常常停滯不前。清顯看到庫利沙達殿下調皮地轉動眼珠子，猜想可能是自己沒有強求看那張照片之故。昭披耶或許在盼望他強求。

「請把那張追著你來的夢境照片給我看。」

清顯終於開口了，庫利沙達殿下又從旁插嘴。

「是佛寺的照片？還是戀人的照片？」

儘管昭披耶責備庫利不該這樣亂比較，可是當昭披耶拿出照片後，庫利沙達殿下又探過頭來，指著照片，故意多嘴地解釋。

「這是我妹妹，茜特拉帕公主。Chantrapa是月光的意思，所以我們平常都叫她月光公主。」

清顯看著照片，沒想到是個平凡無奇的少女，不免有些失望。照片中的女孩穿著白色蕾絲洋裝，頭髮繫著白色緞帶蝴蝶結，胸前配戴珍珠項鍊，表情顯得矯揉造作。若說這是女子學習院一名女學生的照片，想必不會有人懷疑。雖然美麗波浪披肩的秀髮，為她增添了幾分風情，但那稍顯好勝的眉毛，略帶驚愕而睜大的眼睛，猶如炎熱旱季花朵過於乾燥而微翹的嘴唇，這一切都充滿了一種尚未發現自己的美的稚氣。當然這也是一種美，但也只像一隻做夢都沒想到自己會飛的雛鳥，充斥著過多的溫馨自我滿足。

「聰子勝過她千百倍。」清顯不由得暗自比較，如此思忖，「聰子常把我的感情逼向憎惡那邊，可能也是因為她太過於女人了。此外，聰子比她美多了，而且聰子知道自己的美。她什麼都知道。最糟的是，連我的幼稚也知道得一清二楚。」

昭披耶見清顯目不轉睛凝視照片，彷彿怕自己的戀人被搶走似的，忽然伸出纖細琥珀色的手，將照片要了回來。清顯看到昭披耶的手指閃著璀璨綠光，這才發現他戴著一只華麗戒指。這只戒指很大，中間鑲著一顆約兩三克拉的方形祖母綠寶石，周圍飾以一對黃金精細雕刻的護門神夜叉半獸形的臉。如此顯眼的東西，清顯居然一直沒發現，可見他對別人多麼漠不關心。

「這是我的誕生石。我是五月生的。月光公主送給我的餞別禮物。」

巴塔納迪多殿下害羞地說明。

「戴這麼華麗的戒指去學習院，可能會被罵，說不定還被強行摘掉。」

清顯嚇唬他。兩位王子便開始以母語認真商量，平常該把這只戒指藏在哪裡。由於不知不覺說起了母語，隨即向清顯致歉，並以英文把商量的內容說給清顯聽。清顯回說，他可以拜託父親介紹一家可靠銀行的保險箱。就這樣和樂融融打成一片之後，庫利沙達殿下也展示了女性朋友的小照片，之後兩位王子便要求看清顯的戀人照片。

年輕的虛榮心，使得清顯在情急之下說：

「日本沒有這種交換看照片的習慣，可是最近我一定會把她介紹給你們認識。」

他實在沒勇氣，把自己童年開始貼的相簿裡的聰子照片，拿出來給他們看。

但因此他也忽然意識到，自己長久以來享受美少年的稱譽，受到眾人讚美，到了十八歲竟然都在這無聊的宅邸度過，除了聰子以外，居然連個女性朋友都沒有。

聰子是女性朋友，同時也是敵人，但不是兩位王子意指的，以如膠似漆甜蜜的感情凝結成的人偶。清顯對自己，也對圍繞著自己的一切感到憤怒。他甚至覺得「散步」途中，酒醉的父親對他說的慈愛話語，都帶著對孤獨耽於夢想的兒子的輕蔑冷笑。

他自尊心所拒絕的一切，此刻反過來傷了他的自尊心。來自南國的健康王子們，那淺黑的膚色、閃爍著犀利尖銳如官能之刃的瞳眸、明明是少年卻彷彿善於愛撫的修長纖細琥珀色手指，這一切都彷彿在對清顯說：

「咦？你都這個年紀了，居然一個戀人都沒有？」

清顯都快難以抑制自己的情緒了，極力保持冷淡優雅的態度說：

「最近我一定會把她介紹給你們認識。」

可是如今要如何對這兩位異國新朋友，誇耀她的美呢？

因為清顯幾經猶豫，終於在昨天寫了一封極盡侮辱之能事的信給聰子。內容經過多次修改，仔細斟酌，因此充滿侮辱性的文句，字字句句都刻他在腦海裡。

「……面對妳威嚇，迫使我不得不寫這封信，我深感遺憾。」信一開頭就這麼寫。「妳把無聊的謎，裝成可怕的謎，沒有附帶任何解謎鑰匙就交給我，以致於我手都麻了終至發黑。對於妳做這種事的感情動機，我不得不提出質疑。這種做法完全缺乏體貼，當然更沒有愛，也絲毫看不出友情的片鱗半爪。依我來看，妳做出這種惡魔般的行徑，動機可能深沉得連妳自己都不知道，但我心裡有相當準確的頭緒，然而基於禮貌，我就不說了。

可是現在，妳一切的努力與企圖可說都化為泡影。心情相當不悅的我（間接拜妳所賜），終於跨過了人生的一道門檻。在一個偶然的機會下，我聽從家父的勸誘，去花街柳巷尋歡，走過了每個男人都必經之路。硬要明說的話，就是我和家父介紹的藝妓共度了一夜春宵。換言之，我享受了社會道德允許的，男人公然的享樂。

慶幸的是，這一夜讓我徹底改變了。我對女人的看法完全改變了，學到一個新態度，就是將女人當作具有淫蕩肉體的小動物，一邊輕蔑一邊逗弄她們。我認為這是那個社會給我的絕佳教訓，也清楚地認知到，雖然我一直以來無法贊同家父的女性觀，但無論我願不願意，我畢竟是我父親的兒子，流著我父親的血。

妳看到這裡，或許會以早已永遠消失的明治時代守舊想法，為我的進步感到高興。也或許會暗自竊喜，我對風塵女子肉體上的侮蔑，更提高我對良家婦女精神上的尊敬。

不！絕對不會！因為從那一夜起（若說進步也真的是進步），我已經突破一切前進，跑到人煙罕至的曠野了。在那裡，藝妓與貴婦人，風塵女子與良家婦女，沒受教育的女人與青韜社[18]成員，一概沒有區別。所有的女人，其實都只是愛說謊的『具有淫蕩肉體的小動物』。其餘只是妝容與衣著的不同。雖然難以啟齒，但我必須說，如今我也認為妳只是One of them。妳從小認識的那個乖巧、清純、很好應付、很好拿來當玩具的，可愛的『清少爺』，請當作他已經永遠死了……」

夜還沒那麼深，清顯卻忽然以日文向兩位王子道「晚安」，便匆匆離開房間。兩位王子頓時有些詫異。然而清顯離開之前，當然有展現紳士風度，和顏悅色地仔細檢視兩位王子的寢具與其他用品，並詢問客人的需求後，才彬彬有禮地離開。

「為何這種時候，我沒有半個知心朋友？」清顯拼命跑在洋館通往主屋的長廊上，邊跑邊想。途中，腦海幾度浮現本多這個名字，但終究都被他挑剔的友情觀刪除了。夜風吹得長廊窗戶吱嘎作響，一排昏暗燈火顯得沒有盡頭。清顯生怕有人看見他在這種夜風裡跑得氣喘吁吁而前來盤問，便在長廊一角停下喘氣歇息。他將手肘靠在卍字形的雕花窗框上，佯裝在眺望庭園，努力整理思緒。現實不同於夢境，是多麼缺乏可塑性的素材。但此刻需要的並非虛無飄渺的感覺，而是像一顆黑色藥丸，能心情舒暢地凝縮起來，發揮立竿見影功效的思考力。清顯對自己甚感無力，從暖氣房裡來到寒冷的長廊，不停地打寒顫。

他將額頭抵在吱嘎作響的玻璃窗上，望著庭園。今夜沒有月亮，紅葉山與池中島形成一個大黑塊，只有長廊昏暗燈光所及之處，隱約可見寒風吹起漣漪的池面。霎時他覺得鱉在那裡探出頭來偷看他，不禁毛骨悚然。

回到主屋，想上樓去自己的房間時，在樓梯口遇見書生飯沼，清顯露出難以言喻的不悅表情。

「客人就寢了嗎？」

「嗯。」

「少爺也要去休息了嗎？」

「我還要讀書。」

飯沼今年已二十三歲，就讀夜間大學的最高年級，看似剛從學校回來，一隻手抱著好幾本書。他青春正盛的臉龐開始添上幾分抑鬱，清顯害怕他巨大黑暗如衣櫃的身體。

18 青鞜社，日本婦女組織，成立於一九一一年，以平塚雷鳥為中心集結的女性文學社團，致力於婦女解放運動，並發行雜誌《青鞜》。

回到自己的房間後，清顯沒有點燃暖爐，在寒氣逼人的房裡，心神不寧坐立難安，腦海裡浮現許多念頭，被他逐一消除卻又浮現。

「總之我得快一點。會不會已經太遲了？我已經寫了那種信給她，卻又無論如何要在幾天內，把她當作感情和睦的戀人介紹給王子們。而且要以世上最自然的方法做。」

椅子上，散放著清顯之前無暇閱讀的晚報。此刻他攤開其中一張，看到帝國劇場的歌舞伎廣告，忽然靈光一閃。

「對了，我可以帶兩位王子去帝國劇院。而且昨天寄出的信應該還沒到，或許還有希望。父母大概不會允許我和聰子一起去看戲，不過裝作偶然遇見應該沒問題。」

清顯衝出房間，奔下樓梯，一路跑到玄關旁，進入電話室之前，瞄了瞄透出燈光的玄關旁書生房間，心想飯沼可能在念書吧。

清顯拿起話筒，將號碼告訴接線生。等待之際心情激動，先前的孤寂已一掃而空。

電話接通了，傳來耳熟的老女僕聲音，清顯問：

「是綾倉家嗎？請問聰子在嗎？」

在遠方深夜的麻布，老女僕以極其鄭重且不悅的語氣回答：

「您是松枝家的少爺吧？不好意思，現在已經很晚了。」

「聰子睡了嗎？」

「沒有……我想可能還沒睡。」

在清顯的堅持下，聰子終於來接電話。她爽朗的語氣讓清顯感到幸福。

「有什麼事呢？都這麼晚了，清少爺。」

「是這樣的，我昨天寄了一封信給妳。我有一個請求，信到了以後，請妳絕對不要拆開，並保證立刻燒掉。」

「我不懂你在說什麼……」

聰子遇事總是模糊以對，但清顯從那乍聽恬靜的口吻裡，知道事情已經開始了，不禁焦急了起來。儘管如此，聰子的聲音，在這寒冬夜裡，聽起來也宛如六月成熟的杏子，顯得溫厚婉轉。

「妳什麼都別問，反正答應我就對。我的信到了以後，絕對不要拆開，立刻燒掉。」

「好。」

「妳保證？」

「我保證。」

「另外，我還有一事請求……」

「今晚你的請求還真不少啊，清少爺。」

「請妳去買後天帝國戲院的票，讓蓼科陪妳一起去帝國戲院。」

「哎呀……」

聰子沒再說下去。清顯擔心她會拒絕，但旋即就發覺自己想錯了。可能是綾倉家現今的經濟情況，恐怕連一個人兩圓五錢的門票，都不能任意花用。

「抱歉，戲票我會寄給妳。如果座位連在一起，旁人可能會說閒話，所以我會安排稍微離開一點的位子。我是要招待泰國的兩位王子去看戲。」

「啊，謝謝你的好意。我想蓼科也會很高興。我很樂意去。」

聰子率直地流露喜悅之情。

七

清顯在學校也邀本多明天去帝國戲院，本多得知是陪兩位暹羅王子去，多少覺得拘謹不自在，但還是欣然答應。清顯當然沒跟朋友說，到時候會在那裡巧遇聰子。

本多回家後，晚餐時也將此事告訴父母。父親對戲劇向來不感興趣，但也認為兒子十八歲了，不該限制他的自由。

本多的父親是最高法院的法官，住在本鄉，宅邸有好幾間明治風格的西式房間，總是充斥著嚴謹的氣氛。家中也有幾位寄宿書生，書庫和書房都塞滿了書，連走廊都排著深色書脊燙金書名的精裝書。

母親也是不怎麼有趣的人，擔任愛國婦女會的幹部，但松枝侯爵夫人對這個組織的活動向來不積極，所以看到自己的兒子和松枝家的兒子過從甚密，心裡也不太舒服。

可是除了這點之外，本多繁邦的學校成績很好，在家也勤奮用功，身強體健，日常談吐舉止得宜，算是無可挑剔的兒子。無論對內對外，她都自豪自己教育有方。

這個家所有的物品，甚至瑣碎的家具日用品，都有一定的規範。例如玄關的松樹盆栽、寫著「和」字的屏風、客廳的煙具，或帶穗的桌布當然不在話下，甚至廚房的米櫃、廁所的毛巾架，書房的筆盤文鎮之類，都有難以言喻的規範。

就連家裡的話題也是。朋友家總會有一兩個老人，喜歡說有趣的事情，例如從窗戶看到兩個月亮就大聲斥喝，這樣其中一個月亮就會現出狐狸原型逃走之類，一臉正經地說這種事，聽的人也很認真聽，這種風氣至今尚存。但本多家，由於家風嚴謹，連老女僕都禁止說這種愚昧的話。因為長年旅德學法律的父親，信奉德國式的理性。

本多繁邦經常把松枝侯爵家和自己家做比較，發現一些有趣之處。例如松枝家過著西式生活，家中有數不清的舶來品，但家風卻意外守舊；自己家的生活是日式風格，但精神上卻偏向西式，父親對待書生的方式也與松枝家迥然不同。

本多這晚預習完第二外語法文後，又開始翻讀從丸善書店訂購的法文、英文、德文等法典解說書籍，一則想先學點以後上大學會學到的知識，再則是為了滿足自己凡事愛追本溯源的性格。

自從聽了月修寺住持講經之後，他對曾經傾心的歐洲自然法開始感到不足。自然法思想始於蘇格拉底，歷經亞里斯多德，深深支配著羅馬法，到了中世紀，基督教精密地將其體系化，在啟蒙時代蔚為流行，甚至稱為自然法時代。如今自然法思想雖然暫時式微，但在兩千年來的時代思潮更迭中，每次都能換上新衣重新上陣，可說是最具不死之身威力的思想。這可能是因為，它保存著歐洲理性信仰的最古老傳統。然而這種思想益發強韌，本多就益發覺得，這種明亮的人性主義，擁有阿波羅力量的思想，兩千年來一直受到黑暗勢力的威脅。

不，不僅是黑暗勢力。「明亮」本來就會受到更眩目的光明威脅，宛如潔癖般，不斷地排除比自己更明亮的思想。所以彷彿連黑暗都蘊含在內的更強大光明，終究還是無法被納入法律秩序的世界吧？

儘管如此，本多也不是被十九世紀浪漫派的歷史法學派，或民俗學的法學派思想所束縛。明治時代的日本，要求的是這種衍生自歷史主義的國家主義法律學，但本多反而更關注應該是法律根基的普遍真理，所以至今仍傾心於已經不流行的自然法思想，然而最近，他想了解法律普遍性所能包容的極限。如果法律，能夠超越希臘時代以來被人性觀制約的自然法思想，朝著更廣泛的普遍性真理（假如有這種東西）邁進，那麼法律本身可能會崩壞。他喜歡如此天馬行空地幻想。

這確實是年輕人會有的危險想法。但是，羅馬法的世界就像把浮在空中的幾何學式建築物影子，清晰地映在明亮土地上，而且牢不可破地矗立在他現在所學的近代實定法背後。所以當他厭倦了這些，想擺脫明治日本至今忠實繼承的法學壓迫，時而將目光投向亞洲其他寬闊古老的法學秩序，也是很自然的事。

恰好此時丸善書店寄來迭朗善[19]翻譯的法文版《摩奴法典》，似乎可以回應本多的疑問。《摩奴法典》，大約在西元前兩百年至西元兩百年間陸續修訂而成，是印度古典法的集大成，在印度教的教徒中，至今仍保有法律的生命。這部法典共十二章兩千六百八十四條，內容涵蓋宗教、習俗、道德、法律等，渾然形成一大體系，從宇宙的起源說起，乃至竊盜罪及財產繼承等規定鉅細靡遺。這種亞洲式的混沌世界，與基督教中世紀的自然法學那種，井然有序的宏觀世界與微觀世界呼應而成的體系，確實形成鮮明的對照。

可是羅馬法的訴訟權，在沒有權利救濟的地方就沒有權利，這與近代的權利概念相反。《摩奴法典》也在嚴格規定國王與祭司在法庭上的儀容後，將訴訟事件限定於負債不還等其他十八條項目中。

原本應是枯燥無味的訴訟法，本多都看得津津有味，例如敘述國王藉由審理事實知道正確與否的情況，竟然用「猶如獵人沿著血滴找到負傷的鹿的窩」來比喻，又如列舉國王的義務時，說是「宛如雷神因陀羅在四月雨季降下豐沛雨水」，比喻將恩澤傾注於王國大地。本多被這部法典獨特的豐麗影像敘述吸引，就這樣逐頁往下看，終於來到最後一章，像是不可思議的規定又如宣言之處。

19 迭朗善（A. Loiseleur-Deslongchamps, 1805-1840），十九世紀法國著名東方學家。

西方法律條文的制定，始終基於人的理性，但《摩奴法典》卻將理性無法推測的宇宙法則，亦即「輪迴」，相當自然、非常天經地義且輕易地提示出來。

「行為來自身體、語言與意念，終究也會產生善惡的結果。」

「心靈在此世與肉體相關，有善、中、惡三種區別。」

「人的心靈結果由心靈承受，語言的結果由語言承受，身體行為的結果由身體承受。」

「人因身體行為的錯誤，來世會轉生為樹草，語言的錯誤會轉生為鳥獸，心靈的錯誤會轉生為更低下的階級。」

「對於所有生物，都能持有語言、意念、身體的三重抑制，且能完全控制愛慾與瞋恚者，便有所成就，亦即獲得最終的解脫。」

「人必須正確藉由自己的睿智，看清各自靈魂基於法與非法的歸宿，恆常留心於法的獲得。」

《摩奴法典》的這種觀念也和自然法一樣，「法」與「善業」成了同義詞，不同的是，它建立在靠悟性無論如何都難以掌握的「輪迴轉生」。從另一個角度來說，這不是訴諸人類理性的做法，而是一種報應的恫嚇，比起羅馬法的基本理念，或許可說是更不信任人性的一種法理念。

本多無意繼續深究這個問題，也不想掉進古代思想的黑暗深淵，只是身為一名法律學生，儘管站在確立法律的這邊，也難以擺脫對現今實定法的懷疑與某種愧疚。他發現在目前實定法的繁瑣黑框與雙重曝光中，需要時常開闊視野，展望自然法神性般的理性與《摩奴法典》的根本思想，猶如瞭望白天清澈的蔚藍天空與滿天星辰燦爛的夜空。

法律學，真是一門不可思議的學問！它像是極度貪婪的漁夫工作，不僅以網眼細密的網，將日常瑣碎行為一網打盡，同時也想朝著自古以來的星空與太陽系運行撒下大網。

本多耽於閱讀忘了時間流逝，回過神來想到必須趕緊睡覺，不想明天帶著一張睡眠不足的不悅臉孔，去赴清顯的約。

想到那長相俊美又如謎般的朋友，他預料自己的青春會過得呆板單調，不免膽戰心驚。隨即他又隱約想起，另一位同學曾自豪地說，在祇園的茶館，將坐墊捲起來當球，和一大群舞妓玩室內橄欖球的事。

接著他又想起，今年春天發生的一件事。看在世人眼裡沒什麼，但對本多家族來說卻是驚天動地的大事。那是在日暮里的菩提寺舉行祖母十週年祭法會後，親戚們都順便到本多家坐坐。

當時繁邦的堂妹房子，是客人裡最年輕漂亮且活潑的人。在本多家沉鬱的氣氛裡，響起這女孩的爽朗笑聲，甚至令人感到不可思議。

說是法會，但對死者的記憶已然模糊，久違聚在一起的親戚淨是聊著開心的事。比起對逝者的悼念，每個人都更想談自己家中新增的幼兒成員。

約莫三十個人，在本多家中走動參觀，從這個房間到那個房間，無論哪個房間都擺滿了書，大家看得目瞪口呆。有幾個人說想看繁邦的書房，然後上樓一看，只在他書桌旁繞了一圈便陸續出去，最後只剩房子與繁邦兩人。

兩人坐在靠牆的皮革長椅上。繁邦身穿學習院制服，房子則一襲紫色振袖和服[20]。大家都離去後，兩人感到有些尷尬，房子爽朗的笑聲也停了。

繁邦心想拿相簿給房子看吧，不巧房裡沒有這種東西。而且房子突然變得不太高興。一直以來，房子精力過盛的體態、不斷發出的尖銳笑聲、以戲謔的口吻對大她一歲的繁邦講話，還有那不夠端莊穩重的舉止，這些種種都讓繁邦不太喜歡她。雖然房子有著夏日大理花的濃郁熱情之美，但繁邦暗自認為，自己絕不會娶這種女子為妻。

「我累了。繁哥你不累嗎？」

房子話聲剛落，腰帶繫得很高的上半身，忽然像牆壁崩落般坍塌，將臉趴繁邦的大腿上。繁邦旋即聞到一股濃烈的香氣，大腿也覺得沉甸甸的。

繁邦相當困惑，俯視從膝蓋到大腿上的沉重柔軟負擔。時間過了很久。繁邦覺得自己沒有能力改變這種狀況。而房子將臉埋在堂哥穿著藏青嗶嘰褲的大腿之後，似乎也沒再動過了。

這時拉門突然開了，母親和伯父母走了進來。母親臉色大變，繁邦心驚肉跳。而房子卻悠哉地緩緩看向他們，然後極度疲倦似的抬頭說：

「我很累，頭又很痛。」

「哎呀，這可不行。我拿藥給妳吃吧。」

愛國婦女會的熱心幹部，以護士般的仁慈口吻說。

「不用，我想還不到吃藥的地步。」

這件事後來成為親戚們的話題，幸好沒有傳進繁邦父親的耳裡。但繁邦被母親罵得很慘，房子也不能再造訪本多家了。

但本多繁邦一直記得，那時經過自己大腿上的熾熱沉重時間。

那應該是房子的身體與和服與腰帶的重量，全部壓在大腿上。但繁邦回想時卻覺得，那只是房子美麗又複雜的頭部重量。女人那豐盈秀髮包覆的頭部，宛如香爐壓自己的腿上，而且透過藏青嗶嘰褲不斷在燃燒。那個熱度，那個彷彿遠處發生火災的熱度究竟是什麼？房子以這香爐陶器中的火，在傾訴她難以言喻的過度熾熱情意。但那頭部的重量，卻又帶著一種苛刻責備的沉重。

房子的眼睛呢？

房子斜趴在繁邦腿上，所以繁邦低頭就能看到她張開的眼睛，彷彿容易受傷、濕潤、宛如黑色小水滴停在那裡。這雙眼睛也像一隻蝴蝶，非常輕盈，看似暫時停在那裡，長長的睫毛眨動是蝴蝶拍翅，瞳眸是蝶翅上的奇妙斑紋……

那樣不誠實，那樣近在咫尺卻那樣漠不關心，那樣彷彿現在要飛走似的，不安，浮動；又宛如水平儀的氣泡，從傾斜到平衡，從茫然到聚精會神，不停地來回轉動。繁邦從沒看過這樣的眼睛。

20　振袖和服，未婚年輕女性穿的長袖和服。

但那絕非賣弄風情的眼神。她的眼神比剛才談笑風生更顯孤獨，只是將她內心不著邊際的光芒變化，如實到毫無意義地呈現出來。

此外，那令人深感迷惑的甜美與芳香，也絕非有意賣弄風情。

如此一來，那徹底占據了近乎無限長時間的，究竟是什麼？

八

帝國劇場十一月中旬至十二月十日上演的節目，不是廣受歡迎的女優劇[21]，而是由尾上梅幸、松本幸四郎等名角演出的歌舞伎。清顯認為歌舞伎更適合招待外國賓客觀賞，因此選了這檔戲。但演出的劇目《平假名盛衰記》或《連獅子》，他自己都沒怎麼聽過。

這也是為何他邀本多一起來觀劇。而本多也事先利用學校午休時間，去圖書館查閱這些劇目資料，做好了準備向兩位王子說明。

對兩位王子而言，觀賞異國的戲劇，無非只是滿足一下好奇心。這天放學後，清顯帶本多回家，將他介紹給王子們認識。本多以英文向兩位初次見面的王子說明今晚要看的劇情概要，但王子們似乎沒怎麼專心聽。

清顯對本多這位朋友的忠實與認真感到過意不去，卻也不禁憐憫微笑。但無論對誰而言，今晚的戲劇本身都不是重點。清顯也早已心不在焉，擔心著萬一聰子違反承諾看了那封信怎麼辦？

管家來報告馬車已經備妥。馬朝著冬日黃昏天空昂首長嘶，吐出白色鼻息。到了冬天，馬的氣味變得稀薄，鐵蹄踢在冰凍地面的聲音格外響亮。清顯非常喜歡馬在這個季節展現的威嚴驍勇力量。馬在新葉裡奔馳時，無疑成了生猛野獸；馳騁在風雪裡的時候，馬則等同於雪，呼嘯的北風將馬變成一團渦漩前進的冬日氣息。

清顯鍾愛馬車。尤其內心不安時，馬車的搖晃可以攪亂不安的獨特執拗精準節奏。此外又能近距離感受到，比馬身更赤裸的馬屁股甩動馬尾，也能感受到鬃毛聳立，或咬牙時起泡流下的閃亮唾液絲在飄舞。這種猛獸的力量直接連結車內的優雅，他喜歡同時享受這兩種感覺。

清顯與本多都穿著學校制服與外套，兩位王子則誇張地穿毛領大衣還覺得冷。

「我們很怕冷。」巴塔納迪多殿下一臉無奈地說：「我曾經嚇唬去瑞士留學的親戚，說那個國家很冷喔，但沒想到日本居然這麼冷。」

「很快就會習慣了。」

和王子們熟稔起來的本多出言安慰。路上行人都穿著披風，店家早已掛出年終大特價的廣

21 女優劇，所有角色都由女演員擔任的戲劇。尤其指明治末期至大正末期，由帝國劇場附設演員培訓班畢業的女演員演出的戲劇。

告旗幟在風中飄揚。兩位王子見狀問，這是要慶祝什麼節慶嗎？

這一兩天，王子們的眼眸已染上青黛色的鄉愁。這甚至給活潑開朗帶著幾分輕佻的庫利沙達殿下，增添了一種風情。當然他們不會任性到糟蹋清顯的好意招待，但清顯不斷地感受到，他們的魂魄已然離身，往大海中央飄去。儘管如此，清顯反倒認為這是愉快的事。因為一切都被禁錮在現存的身體裡，若連心都無法飄動，也未免太鬱悶了。

日比谷護城河畔，冬日提早降臨的暮色裡，帝國劇場白磚牆的三層建築物已晃晃悠悠地愈來愈近。

一行人抵達時，第一齣新編的劇碼已經開演。清顯看到聰子與老女僕蓼科，並肩坐在自己座位斜後方的兩三排之處，迅速與聰子交換了注目禮。聰子來到了這裡，並瞬間綻露了微笑，讓清顯覺得一切已得到寬恕。

舞臺上，鎌倉時代的武將東跑西竄，但因清顯滿心沉醉在幸福裡，這幕戲看得模模糊糊。擺脫不安之後的自尊心，只看得到舞臺上反映著自己的光輝。

「今夜，聰子比平常更美。她不會隨便化妝就來。她以我期待的妝容儀表來到這裡。」

清顯幾度在內心如此暗忖。不能回頭看聰子，卻能不斷地感受到她在背後的美，這是自己多麼期待的情況啊！安心、豐盈、溫柔，一切都實現了存在的攝理。

今夜清顯要求的只有聰子的美。這是從未有過的。以前清顯從未把聰子當作只是個美女。

儘管聰子從未公開攻擊他，但清顯總覺得她是棉裡藏針的絹絲，是隱藏粗糙內裏的錦緞，而且不顧他的感受也一直愛著他。清顯覺得聰子是這樣的女人，因此把她當作一個淡定的對象，絕不讓她橫亙在自己心中，並牢固地緊閉心扉，不讓她那宛如急切升起的自我本位朝陽，放射出批判性的尖銳光芒，有隙縫可以透射進來。

到了中場休息時間，一切都進行得十分自然。清顯先是悄聲對本多說，聰子也碰巧來了。本多稍微往後座瞄了一眼，顯然不相信這是碰巧。清顯看了他的眼神，反而安心了。那眼神非常善辯地訴說著，不要過度追求誠實才是清顯理想中的友情。

人們熙熙攘攘來到走廊，走過水晶吊燈下，聚集在窗前，眺望對面的護城河與石牆的夜色。清顯一反常態，興奮得漲紅了耳朵，將聰子介紹給兩位王子。當然他也可以用冷淡的態度介紹，但基於禮儀，他模仿王子們談到自己的戀人時，那種充滿孩子氣的熱情模樣。

能夠如此精湛地將別人的感情模仿成自己的，無疑是他此刻的心靈安定且開闊自由之故。自然的感情是陰鬱的，只要能夠遠離，就能變得如此自由。因為他認為，自己一點也不愛聰子。

老女僕蓼科恭敬地退到柱子後方，攏緊繡有梅花的衣領，顯示出她絕不對外國人率直袒露心思的決心。但也因此，蓼科沒有高聲感謝清顯的招待，清顯對此相當滿意。

王子們到了美女面前立刻快活了起來，但同時也立即發現，清顯介紹聰子時的模樣和平常不太一樣。昭披耶做夢也沒想到，這是清顯在模仿自己的淳樸熱情，只覺得初次看到清顯展露年輕人的正直自然，感到特別親切。

聰子完全不會說外文，但在兩位王子面前，表現得不卑不亢，態度從容優雅，使本多深為感動。穿著寬鬆京都式三層絲綢窄袖和服的聰子，被四名青年圍繞著，宛如花道精髓的傳統花型「立華」[22]，呈現出華貴又具威儀的姿態。

兩位王子相繼以英文向聰子問話，清顯居中翻譯。聰子回答時，都像徵求同意般對清顯微笑，這微笑發揮的作用太過完美，使清顯又不安了起來。

「她真的沒看過那封信嗎？」

清顯暗忖。不，如果她看了，絕不可能擺出這種態度。首先，她不會來這裡。我打電話給她的時候，信確實還沒到，但無法保證信到了以後她是否沒看。就算問她有沒有看，她一定會說「沒看」。但清顯氣自己，連問的勇氣都沒有。

他不動聲色地觀察聰子，和前天晚上那爽朗的應對語氣相比，此時聰子的語氣，聰子的表情，都沒有明顯變化嗎？清顯的心又開始滴沙。

從側面看聰子的臉，她的鼻子不至於高得冷漠，如象牙雕刻的洋娃娃秀麗端正，隨著極其悠緩的眼波流轉，神情時而光采時而黯淡。眼波流轉通常被認為是低俗的，但她流轉得有點慢，話尾流進微笑，微笑餘波再流入眼眸流轉，一切都包含在整體表情的優雅流動裡，讓人感到賞心悅目。

兩片稍薄的嘴唇也內藏優美的豐盈；笑的時候露出的牙齒，映著水晶吊燈的餘光；濕潤的口腔閃著純淨光芒，但她總以纖細嬌柔的手迅速掩住。

清顯翻譯王子們誇大的恭維給聰子聽時，看到聰子連耳垂都紅了。但他無法分辨，秀髮下方微微露出的雨滴狀淨爽耳垂，究竟是因害羞而紅，還是原本就抹了胭脂。

然而怎麼都無法隱藏的是，她瞳眸發出的強烈光芒。那光芒依然有著讓清顯畏懼，不可思議的穿透力量。

《平假名盛衰記》開演的鈴聲響了。大家紛紛回座。

「她是我來到日本以後，看到的最美的女人。你真是太幸福了！」

昭披耶與清顯並肩走入通道，如此悄聲對清顯說。此時昭披耶眼裡的鄉愁也已被療癒了。

九

松枝家的書生飯沼，在這裡工作六年多，發現自己少年時期的志向已然枯萎，血氣方剛的怒火也逐漸衰退，儘管現在也還會發怒，但已經和以前的怒火不同，現在是以一種冷冷的憤慨，無可奈何地看著一切。如此改變他的，當然是松枝家的新家風，但真正的毒源是年僅十八歲的清顯。

新年將至，清顯也快十九歲了。若能幫助他以優秀的成績從學習院畢業，到了二十一歲秋

---

22 立華，又作立花，將花直立起來之意。

天，進入東京帝國大學法學系就讀，飯沼的工作也就結束了。奇怪的是，侯爵不太挑剔清顯的成績。

照這樣下去，清顯幾乎無望進入東京帝大法學系，只能進京都帝大或東北帝大。因為只要學習院畢業的華族子弟，都能免試入學進入這兩所大學。清顯的成績總是徘徊在中等程度，對學業不怎麼用功，對運動也不特別熱衷。如果清顯成績卓越，飯沼也與有榮焉，受到鄉親稱讚。起初飯沼很焦急，如今也順其自然了。因為他知道，無論清顯成績如何，將來至少都是貴族院議員。

飯沼也很氣本多。因為本多的成績名列前茅，和清顯又是至交好友，卻沒給清顯帶來任何有益的影響，只會站在讚美清顯的那邊，阿諛奉承地與清顯交往。

這種情緒當然夾雜著嫉妒成分。本多畢竟是同學，處於可以接受真實清顯的立場，但對飯沼而言，清顯的存在本身就是一個時時刻刻擺在他面前的，美麗而失敗的證據。

清顯的美貌、優雅、優柔寡斷的性格、缺乏淳樸、放棄努力、耽於幻想的心性、美好的身姿、柔軟的稚嫩、吹彈可破的肌膚，還有那夢幻般的睫毛，這些種種都不斷美麗地辜負飯沼曾有的企盼。他覺得年輕主人的存在本身，就是不斷地嘲笑他。

這種挫折的懊惱，失敗的痛苦，久而久之會將人引進一種類似崇拜的情愫裡。因此每當聽到有人說出責備清顯的話語，他就會怒火中燒，然後憑著自己也不懂的莫名直覺，去理解這位年輕主人無可救藥的孤獨。

清顯想遠離飯沼，想必也是看出飯沼心中常出現這種飢渴。松枝家眾多僕傭裡，膽敢流露這種飢渴眼神的唯獨飯沼一人。有一次，客人看到飯沼這種眼神，問侯爵夫人：

「恕我冒昧，那位書生是社會主義者嗎？」

侯爵夫人被這麼一問，不禁失笑。因為她很清楚飯沼的身世背景、日常言行，還知道他每天都會去「神宮」祭拜祖先。

由於沒人可以談心，這個青年每天清晨一定去「神宮」祭拜，向今生未能見面的偉大祖先們訴說心事。

以前他都直截了當訴說憤怒，隨著年紀漸長變成傾訴不滿；連自己都不知極限的龐大不滿，幾乎要覆蓋整個世界的不滿。

清晨，飯沼起得比誰都早，洗臉漱口後，穿上藏青碎白花紋和服與小倉裙褲，便朝著「神宮」走去。

通過主屋後方的女僕房間前，走進檜木林間小路。地面被霜柱凍得鼓起，木屐的屐齒一踩，霜柱崩裂，露出晶瑩貞潔的斷面。冬日朝陽，從檜樹褐色老葉夾雜著乾爽綠葉間，如薄紗般鋪灑而下，飯沼在吐出的白色氣息裡，也覺得自己內心被淨化了。清晨的淡藍天空，不斷傳來小鳥啼囀。凜冽的寒氣不斷襲上他胸膛的肌膚。有種思緒在他心中澎湃激動，他悲歎：「為什麼我無法帶少爺來呢？」

他一直沒能教清顯體會這種男子漢的豪爽之情，一半是他的疏忽，一半是他的過錯，他沒有能力硬拉清顯來晨間散步。這六年裡，他幫助清顯養成的「好習慣」，一個也沒有。

飯沼走上平緩的山丘頂，樹林就到了盡頭，放眼望去，寬闊的枯黃草坪、草坪中間的鵝卵石參道、參道盡頭的「神宮」祠堂、石燈籠、花崗岩鳥居，以及石階下左右的．對砲彈，都井然有序地沐浴著朝陽。這一帶的清晨氛圍，和松枝家主屋與洋館的奢侈氛圍迥然不同，充滿了簡淨氣息，彷彿進入一個白木新做的容器裡。飯沼自幼被教導的美與善，在這座宅邸裡只存在於死的周邊。

登上石階，站在「神宮」前，飯沼忽然覺得楊桐樹葉的光影一陣晃動，隨後看見一隻隱約露出紅黑色胸部的小鳥。這隻鳥發出宛如敲響木[23]的聲音從眼前飛過，好像是鶲鳥。

「先祖在上，」飯沼一如往常，雙手合掌在心中訴說：「為何時代會走到今天這種地步？為何力量、年輕、野心和淳樸衰微，變成這種沒出息的世道？您殺人，也被人砍過，戰勝一切的危險，創造出新的日本，登上了符合創世英雄的寶座，掌握了一切權力，最後壽終正寢。您活過的那個時代，要如何才能復甦？這個軟弱沒出息的時代，究竟要持續到什麼時候？不，現在才剛開始吧？人們滿腦子只有金錢和女人。男人忘記了男人該走的路。有著純淨偉大的英雄與神明的時代，與明治天皇駕崩一起消逝了。那個能讓年輕人的精力充分發揮的時代，真的不會再來了嗎？

這個到處開了咖啡館[24]招攬客人的時代；這個電車裡男女學生的風紀紊亂，因此設立了婦女專用車廂的時代；人們已經失去了竭盡全力、奮不顧身的熱情，只會顫動葉尖般的神經，只會動一動婦女般的纖細指尖。

為什麼呢？為什麼會出現這種時代？為什麼會出現乾淨的東西都被弄髒的時代？我侍候的令孫，正是這種孱弱時代之子，如今我已無能為力。我是否該以死謝罪？抑或這是您深思熟慮的精心安排，讓時代變成這樣？」

飯沼沉浸在這番心靈對話裡，甚至忘了寒冷，此時忽然低頭瞥見藏青碎白花紋和服領襟裡，長著胸毛的男子氣概胸膛，悲嘆自己有顆清爽的心靈，卻沒有可以呼應的肉體。而清顯擁有那麼清麗白皙純淨的肉體，卻缺乏男子漢清朗的淳樸之心。

後來飯沼在認真祈禱時，隨著身體逐漸發熱，感到鼓著凜冽晨風的裙褲裡，跨股之間驟然勃起。於是他趕忙取出「神宮」地板下的掃帚，發瘋似的把這一帶掃了一遍。

23 兩塊長條方木相互敲擊發出的效果音，常出現在歌舞伎開幕與閉幕時。
24 此處的咖啡館有賣酒，且有女服務生陪酒，屬於所謂的風俗業。

十

新年初始，飯沼被叫去清顯的房間，看到聰子家的老女僕蓼科也在那裡。

聰子已經來拜過年了，今天蓼科獨自來拜年，送了京都名產生麩[25]，順便悄悄來清顯的房間。飯沼略知蓼科這個人，但今天是首度正式被引介，也不知清顯為何要引介他認識蓼科。

松枝家的賀年活動向來盛大隆重，數十名鹿兒島代表去舊藩主的府邸拜年後，就會來松枝家拜年。松枝家則會在漆黑方格天花板的大廳，擺設名店星岡料亭的新年料理款待他們，飯後甜點還會獻上鄉下人難得吃到的冰淇淋與哈密瓜，因而廣為人知。但今年顧忌到明治天皇的大喪，只有三個人來東京。其中一人是從上一代就備受松枝家關照的飯沼母校的中學校長，往年侯爵賜酒給飯沼時，都會當著校長的面誇讚：「飯沼做得很好。」今年侯爵也如此美言，校長的致謝回應也千篇一律。但今年這個儀式，一方面也因為人數很少，飯沼總覺得有名無實，空洞無物，徒具形式。

主要來給侯爵夫人拜年的女賓席區，飯沼當然要迴避，因此從未去過。但即便是上了年紀的女賓，造訪少爺的書房也是史無前例。

蓼科穿著印有家紋的黑色裾模樣和服[26]，拘謹地端坐在椅上，但喝了清顯勸酒的威士忌有點醉了，梳得一絲不苟的白髮下，化著京都式妝容的厚粉白額上，露出雪地紅梅般的酩酊之色。

談話內容偶爾提到西園寺公爵[27]，蓼科立刻將目光從飯沼移開，參與這個話題。

「聽說西園寺先生從五歲就開始喝酒抽菸。武士家對小孩管教嚴格，可是在公卿家，誠如少爺您也知道的，從小父母就不會多說什麼。不過這也難怪，因為小孩打從出生就授予五位[28]，換言之等同天皇寄養在家中的臣子，父母因為遵崇天皇，不會嚴加管教自己的孩子。此外在公卿家，對天皇的事一概守口如瓶，絕對不會像大名家那樣，毫不避諱地說天皇的流言蜚語。所以，我家小姐也由衷敬重天皇，可是當然不至於也敬重外國的國王。」

蓼科在諷刺清顯款待暹羅王子，但隨後又趕緊補了一句：

「不過託您的福，讓我久違看了一場好戲，真的覺得壽命都延長了呢。」

清顯並不在意，任由蓼科叨絮。他特意把這個老女僕叫到這個房間來，是想解開一直盤據在心頭的疑問。等蓼科說完，他勸酒後便匆匆詢問，他寄給聰子的那封信，聰子是否沒有拆封就燒掉了？對此，蓼科答得意外乾脆。

「哦，那封信啊。小姐掛了電話就吩咐我，說您的信明天會到，要我不要拆封直接燒掉。我照小姐的吩咐做了，請您放心。」

清顯聽了之後，心情恍如從竹藪中的幽暗小徑忽然來到遼闊原野，眼前淨是各種令人愉悅

25 生麩，簡單地說是新鮮麵筋，日本將生麩做成各種食品，有炸的、烤的、加在味噌湯裡，甚至做成和菓子。

26 裾模樣和服，裙擺有花樣的和服，為女性的禮服。

27 西園寺公望（1849-1940），公卿家出身的公爵，明治維新時建立軍功，於明治與大正時期各出任過一次首相。

28 五位，日本官階的一種。同一級官階由高而低又有「正、從、上、下」之分。

的企盼。聽子沒看那封信，只是表示眼前一切如舊，他卻覺得眼前出現了新景象。

聽子才是鮮明地踏出了一步。每年她來拜年，都是親戚的孩子們聚集在松枝家的日子。孩子們從兩三歲到二十來歲都有，唯有這天，侯爵會假裝是這些孩子的父親，親切慈愛地和他們聊天。聽子跟著想看馬的孩子們，在清顯帶領下去了馬廄。

馬廄上方掛著賀年的稻草繩結，裡面有四匹馬，將頭伸進飼料槽又忽然猛地抬起，一會兒又後退猛踢牆板，一副威風凜凜的樣子，光滑背部迸發出新年的精氣。孩子們開心地問馬伕每匹馬的名字，然後將手中緊握的有點散掉的落雁餅，對準馬的斑黃臼齒扔去。馬很不爽地用充血的斜眼瞪他們，孩子們覺得被馬當作大人看待，非常高興。

聽子很怕馬嘴流出的牽絲唾液，站在遠處的常綠冬青樹下。清顯見狀便將孩子們交給馬伕照顧，過去陪聽子。

聽子眼裡還帶著新年屠蘇酒的醉意。此時她在孩子們傳來的歡笑中說的這番話，可能也是酒後真言吧。她看到清顯走過來，旋即以放肆的眼神看著他，行雲流水地說了這番話：

「上次我真的很開心。謝謝你把我當作未婚妻似的介紹給兩位王子。王子們可能很驚訝吧，怎麼會是這樣的老太婆。不過那個當下，我真的開心到覺得什麼時候死都無所謂了。你有能力讓我感到這麼幸福，可是卻很少使用這種能力。我從沒有過如此幸福的新年。今年一定會有好事發生吧。」

清顯頓時不知該如何回答，許久才以沙啞的聲音說：

「為什麼妳敢說這種話？」

「人在幸福的時候，想說的話會情不自禁脫口而出，就像新船下水典禮時，從彩球裡飛出的鴿子。你也很快就會明白了。」

聰子如此熱情地表白後，補了一句清顯最討厭的話：「你也很快就會明白了。」這是何等自負的預言，多麼倚老賣老的自信……

——幾天前清顯聽到聰子這番話，今天又聽到蓼科斬釘截鐵的回答，心情豁然開朗，充滿了新年吉兆，一反常態地忘了夜夜的陰暗噩夢，走向明亮的白日夢與希望。於是他想躍身成為心胸開闊的人，為人拭去身邊的暗影與煩惱，為每個人帶來幸福。對人施恩喜捨並不容易，猶如操作精密的機械，需要有相當的熟練技巧，此時清顯卻超乎尋常地輕率。

但是他把飯沼叫來房裡並非只是出於善意，並非只是想清除飯沼身邊的暗影，想看到飯沼開朗的表情。

幾分醉意助長了清顯這種輕率，加上蓼科老女僕一副鄭重其事、謙恭有禮的模樣，彷彿千年古老的娼家之主，每一道皺紋都鑲嵌了官能的風情就近在身邊，使得他更加放肆。

「課業上的事，飯沼什麼都有教我。」清顯刻意對蓼科說：「可是飯沼也有很多事沒有教我，因為事實上，飯沼不懂的事也很多。所以這一點，今後要請蓼科當飯沼的老師。」

「您在說什麼呀，少爺。」蓼科恭敬地說：「他已經是大學生了，我這種沒學問的人怎麼敢當……」

「所以我剛才說了，學問方面不用教。」

「您別尋老人家開心了。」

兩人無視飯沼繼續交談。清顯沒請飯沼坐下，因此他一直站著，看向窗外的池塘。天色陰霾，群鴨聚集在池中島附近，島頂的松樹顯得蕭瑟，島面覆蓋著枯草，彷彿穿上了蓑衣。

這時清顯才叫飯沼坐下。飯沼淺坐在一張小椅子上，他不禁懷疑，難道清顯之前都沒留意到他一直站著？一定是想在蓼科面前展現少爺的威風吧。飯沼對清顯這種新的心態，感到頗為滿意。

「對了，飯沼，蓼科說她剛才在女僕那裡，無意間聽到一件事……」

「啊，少爺，這就別說了……」蓼科急忙搖手制止，但已來不及了。

「聽說你每天早上去神宮祭拜，其實另有目的？」

「什麼另有目的？」

飯沼霎時神色慌張，放在腿上的拳頭顫抖。

「少爺，您真的別說了啦。」

蓼科彷如陶瓷人偶癱在椅背上，想表達自己真的深感困擾，但那雙眼皮過於明顯的眼睛卻微微張著，發出銳利光芒，鑲著不太整齊的假牙的鬆弛嘴角也浮現歡愉之色。

「去神宮會經過主屋後面，所以當然也會經過女僕房間的格子窗。聽說你每天早上在那裡和阿峰見面，前天終於從格子窗遞了情書給阿峰？」

飯沼沒等清顯說完就站了起來，極力壓抑激動的情緒使得臉色蒼白，臉部細微的肌肉彷彿在抽搐。清顯愉快地看著他平常布滿陰影的臉，此刻彷彿蘊藏陰沉火花要炸裂似的。雖然他知道飯沼痛苦萬分，但還是決定把這將張醜臉當作幸福之臉看待。

「今天……我就辭職。」

飯沼撂下這句話就想走人。蓼科一躍而起擋住了他。那動作之迅速，看得清顯目瞪口呆。一個老愛裝模作樣的老女人，居然瞬間像豹一樣敏捷。

「你不能離開這裡。你走了的話，我該怎麼辦？因為我多嘴說了閒話，害得別人家的書生辭職，那我也必須離開服侍了四十年的綾倉家。你就當作可憐我，靜下心來好好想一想。你明白我的意思吧。年輕人就是衝動實在傷腦筋，不過這也是年輕人的優點，真是沒辦法啊。」

蓼科抓著飯沼的衣袖，以老人家平靜的責備口吻，簡單扼要說服了他。

這是蓼科一生做過幾十次的老練手法。這種時候，她深知自己是世界最需要的人。她能一臉若無其事在背後維持這世界的秩序，這份自信來自她洞悉事情的奇妙突發狀況，譬如在重要儀式上，不該綻線的和服卻綻線了，理應沒有忘記帶的致辭稿卻不見了。對她而言，這種不太會發生的事情反而是常態，這時她就會施展機敏的補救手法，扛起解決意外事件的使命。對這個沉著的女人而言，世上沒有絕對安全的事物。縱使萬里無雲的晴空，也會有燕子倏然閃掠，意外地劃破一道飛影。

況且蓼科的補救功夫，迅速，堅實，無懈可擊。

事後，飯沼經常尋思，有時瞬間的躊躇，就會徹底改變一個人日後的生存方式。那一瞬間，大概就像白紙上一道銳利的摺痕，躊躇將人永久包在紙裡，原本紙的正面變成背面，再也無法返回正面。

那時飯沼在清顯的書房門口，被蓼科纏住，無意間躊躇了。就這樣一切都完了。他那顆還很年輕的心起了種種疑問，難道阿峰嘲笑他的情書，把情書拿給大家看？抑或那封情書不小心被人看見，讓阿峰很難過？這些疑問如破浪的魚背鰭，尖銳地在他心中疾走。

清顯看到飯沼坐回小椅子，起初有些勝利感，但還不到得意的地步，也已放棄將自己的善意讓飯沼知道。後來他只想隨心所欲地說話，讓自己感到幸福就好。現在他確實像個成熟的大人，可以感受到優雅談吐的自在。

「我說這番話不是要傷害你，也不是要調侃你。難道你看不出來，這是我和蓼科在為你想辦法。我絕對不會把這件事跟我父親說，也會努力絕不讓這件事傳進他耳裡。

關於今後的事，我想蓼科會傳授你各種智慧。對吧？蓼科。阿峰是我家最漂亮的女僕，但也因此有些問題。不過這件事就交給我來處理。」

飯沼宛如被逼到走投無路的密探，只能雙眼發亮，仔細聽清顯說的每一句話，並且頑固地保持沉默。若仔細推敲清顯這番話，會湧現許多令人忐忑之處，但飯沼沒有深究，只想把這番話原原本本刻在心裡。

看著這個比自己小幾歲的年輕人，一反常態地豁達侃侃而談，飯沼覺得清顯這時最像個主人。這確實是飯沼期望的成果，但萬萬沒想到會如此出乎意料，以如此難堪的方式實現。

飯沼就這樣被清顯打敗。但這種挫敗感，居然和敗給內心情慾一樣，使他感到相當詫異。剛才瞬間的躊躇後，他覺得長久引以為恥的快樂，忽然光明正大地與忠實和誠心結合起來。這裡面一定有陷阱，有騙術。但從無地自容的羞恥與屈辱的底層，確實開啟了一扇純金小門。

蓼科裝腔作勢，細聲細語地附和：

「少爺說的一切都很對。想不到您年紀輕輕，思慮倒是非常周全啊。」

這話雖然與飯沼的看法完全相反，但飯沼此刻已能毫不排斥地聽進去。

「不過我有個條件，」清顯說：「今後飯沼也不要說為難人的話，必須和蓼科齊心協力幫助我。我也會協助你戀情成功。大家和好相處吧。」

十一

清顯的夢日記。

「最近很少和暹羅王子們碰面，但不知為何，這時卻夢見暹羅。而且是夢見自己去了暹羅。我動也不動坐在房間中央富麗堂皇的椅子上。夢中，我的頭總是很痛。那是因為我頭上戴著又高又尖、鑲滿寶石的金冠。密密麻麻的孔雀停歇在天花板交錯的橫樑上，不時將白色糞便撒落在我的金冠上。

戶外陽光灼熱。雜草叢生的荒廢庭園，曝曬在烈日下。若說聲音，只有微弱的蒼蠅振翅聲，與孔雀時而移動方向發出的堅硬腳爪摩擦聲，以及梳理羽毛的聲音。荒廢的庭園圍著高高的石牆，牆上有很大的窗戶，從那裡只能看見幾棵椰子樹幹，與動也不動令人眩目的白色積雲。

我低頭一看，手上戴著祖母綠寶石戒指。這是昭披耶戴的戒指，不知何時來到我手上，有一對護門神夜叉的怪誕黃金臉孔圍繞著寶石，構思也神似昭披耶的戒指。

這只深綠的祖母綠寶石戒指，映著戶外陽光，綻放出分不清是白斑或龜裂如霜柱的光芒。

我凝視著這只戒指，忽然發現上面浮現小巧可愛的女子臉蛋。

我心想可能有女子站在我背後映上去的，但回頭一看，空無一人。戒指裡小巧女子的臉，微微地動著，剛才是一臉正經，現在明顯漾著微笑。

此時一群蒼蠅停在我手背上，實在太癢了，我連忙甩手，再度看向戒指的寶石時，女子的臉已然消失。

我因為無法確認那是誰，感到難以言喻的痛恨與悲傷，就這樣醒了……」

清顯寫夢日記時，完全不會附加自己的解釋。夢到開心的夢就是開心的夢，不祥的夢就是不祥的夢，只是盡可能想起更多細節，如實記錄下來。

他不認為夢有什麼了不起的意義，只重視夢的本身。這種想法或許潛藏著一種對自我存在的不安。比起他清醒時飄忽不定的感情，夢裡的感情反而確實得多。沒有證據證明感情是否是

「事實」，但至少夢是「事實」。而且感情沒有形狀，夢不僅有形狀也有色彩。

此外，清顯寫夢日記的心情，未必是將現實中不如意的不滿封印起來。其實最近現實也開始如他的意了。

屈服後的飯沼成了清顯的心腹，常與蓼科聯絡，安排聰子與清顯的幽會。清顯有了這樣的心腹已心滿意足，覺得自己這種個性其實不需要朋友，便自然與本多疏遠了。本多雖感落寞，但也認為能夠察覺到自己不被需要，這種敏感度是友情很重要的部分，因此將原本會和清顯一起消磨的時間，全部拿來用功念書。他找了很多英德法文的法律書與文學哲學書來看，倒不是想步內村鑑三[29]的後塵，而是欽佩英國學者湯瑪斯．卡萊爾[30]的《衣裳哲學》之故。

一個下雪的早晨，清顯在書房準備要去上學，此時飯沼環顧了一下四周，走進書房。飯沼這種新的卑屈態度，消弭了以前陰鬱的表情與舉止不斷帶給清顯的壓力。

他告訴清顯，蓼科來電說，今晨的雪讓聰子興起賞雪雅興，想和清顯一起坐車去賞雪，不知清顯能否向學校請假，接她去賞雪。

29 內村鑑三（1861-1930），為近代日本重要的思想家、宗教家。提倡不受特定教派或神學束縛、純粹以《聖經》為本的「無教會主義」。著有《求安錄》、《我如何成為基督》。

30 湯瑪斯．卡萊爾（Thomas Carlyle, 1795-1881），蘇格蘭諷刺作家、歷史學家。卡萊爾在《衣裳哲學》（*Sartor Resartus*）中提出宇宙所有的象徵、形式與制度都不過是短暫的外在「衣裳」，而不動的真理，也就是本質與本體，則隱藏在衣服裡面。人會在不同場合穿不一樣的服裝，不過衣服容易辨識，內在的本質與心裡想法，大部分人其實不了解。

清顯有生以來，從未聽過如此令人驚愕的任性要求。他準備要上學了，一手還提著書包，頓時只能望著飯沼的臉，茫然地站著。

「你說在什麼啊？聰子真的突然想去賞雪？」

「是的。蓼科是這麼說的，應該沒錯。」

奇妙的是，飯沼如此斷言時，恢復了些許往日威嚴。那眼神彷彿在告訴清顯，如果他膽敢違抗，會受到道德上的譴責。

清顯望向背後的庭園雪景暗忖，聰子這不容分說的做法，與其說傷了我的自尊心，不如說反倒讓我感到清爽，就像以巧妙的手術刀，迅速俐落地摘除了自尊心這顆腫瘤，速度快到無法察覺，完全忽視我的意願，有種新鮮的快感。因此他又暗自思量，「我簡直快要對聰子唯命是從了。」清顯望著積雪雖然不厚，但綿密飄落在池中島與紅葉山的閃亮雪景，心中有了定見。

「那你打電話給學校，說我今天感冒請假。絕對不能讓我父母知道。然後去人力車站雇兩個可靠的車伕，備妥雙人座的車子，兩個人拉。我會走路去人力車站。」

「您要冒雪走去？」

飯沼看到年輕主人的雙頰霎時發熱，泛起一片美麗紅暈。這紅暈的臉頰，背著後面白雪紛飛的窗景，形成了些許暗影，但在暗影中滲出的紅暈更顯豔麗。

飯沼望著這個自己親手培育的少年，雖然沒有養成英雄般的性格，但無論他所為何來，能看到他眼眸蘊含火焰要出發的樣子，飯沼心滿意足，但也對這樣的自己感到驚訝。過去飯沼曾經藐視的方向，與現在清顯前往的方向，可能在怠惰中潛藏著尚未發現的大義。

十二

綾倉家是武士宅邸，長屋門[31]的左右兩側設有格子凸窗的警衛室，現在因為人口稀少，長屋似乎沒人住了。屋頂瓦稜與其說被白雪覆蓋，更像瓦稜輕輕地忠實托出白雪該有的形狀。

低矮的小側門有個黑色人影，似乎是蓼科撐傘站在那裡。但車子接近時，人影便慌忙消失。清顯將車停在門前，望著門框裡的白雪紛飛，等了片刻。

不久，在蓼科微開雨傘的守護下，聰子將紫色和服外套的雙袖掩在胸口，低頭穿過小側門出現了。這情景看在清顯眼裡，彷彿從小圍欄拉出一朵很大的紫色荷花，美到令人無奈又心疼。

聰子上車時，無疑有蓼科和車伕攙扶，半個身子像浮在空中。清顯掀開車篷迎她入內，她與飄舞飛旋的雪花一起進來，衣領和頭髮都沾了幾片雪花，白皙亮麗的臉上綻著微笑，向清顯靠了過來。清顯覺得好像有什麼東西從平板的夢裡起身，猛地朝自己襲來。或許是聰子的重量

31 長屋門，武家宅邸的傳統門型，大門開在一排長屋中間。長屋裡住的通常是家臣武士。

使車子不安定地晃了幾下，強化了他突如其來的感受。

這是一團滾進來的紫色物體，帶著薰香的氣息。清顯覺得在自己冰冷臉頰旁飛舞的雪花，似乎也散發出薰香味了。由於上車時的氣勢，聰子的臉險些碰到清顯的臉，她趕忙坐正姿勢。此時，清顯看到她的頸脖瞬間僵直，宛如白天鵝挺直了脖子。

「怎麼了……怎麼了，為何這麼突然？」清顯有些膽怯地問。

「京都有位親戚病危，我父母昨晚連夜趕去。剩下我一個人，實在很想見你一面，昨天想了一整晚，結果今天早上下雪了，所以我無論如何想和你一起出去賞雪。這是我生平第一次提出這種任性的要求，你要原諒我喔。」

聰子一反常態，以孩子氣的口吻，氣喘吁吁地說。

人力車已在兩位車伕一拉一推的吆喝聲中啟動。車篷小窗只能看到外面宛如和服碎白花紋的泛黃雪花飛掠而過，車裡則是昏暗地不停晃動。

兩人腿上蓋著清顯帶來的蘇格蘭製深綠格紋膝毯。除了幼年時期已遺忘的記憶，這是兩人初次靠得這麼近。清顯看著滿是灰色微光的車篷隙縫時窄時寬，不斷引誘雪花飄入，落在深綠膝毯上化為水滴；耳朵則是聽著車篷上的雪聲，宛如打在巨大芭蕉葉上格外響亮。

車伕問要去哪裡，清顯回答：

「去哪裡都好，能走多遠就走多遠。」

他知道聰子的心情也是如此。隨著車伕抬起車把，兩人的身子也稍稍往後仰，但依然努力保持穩定，甚至連手也沒握在一起。

但是膝毯下方，兩人的膝蓋難以避免地碰觸，猶如在積雪下方傳送一點星火亮光。此時清顯揮之不去的疑問又浮上心頭：「聰子真的沒看那封信嗎？蓼科說的那麼肯定，一定錯不了。這麼說，聰子依然把我當作處男在玩弄我？我該如何忍受這種屈辱？以前百般祈禱聰子沒看那封信，現在卻覺得寧可她看了。因為這麼一來，這個清晨賞雪的瘋狂幽會，擺明的是一個女人對沒性經驗的男人的真摯挑釁。倘若果真如此，我也自有辦法應付。……可是，就算這樣也欺瞞不了我沒有性經驗的事實啊……」

黑色車篷小方形裡的昏暗搖晃，將清顯的思緒震得四處飛散，即使避免去看聰子，視線也無處安放，只能望向雪花占據的泛黃賽璐璐明亮小窗。後來他終於將手伸到膝毯下。那裡有聰子的手在等候，宛如在溫暖巢穴中帶著狡猾在等候。

一片雪花飄來，落在清顯的眉上。聰子看了「哎呀」輕呼一聲。清顯不由得將臉轉向聰子，這才察覺到眼瞼上的冰冷。聰子突然閉上眼睛。清顯直面這張闔眼的臉，昏暗中只有搽了京都紅的嘴唇格外顯眼，整張臉就像被指尖彈動的花朵搖搖晃晃，搖到連輪廓都亂了。

清顯的心臟猛跳，明顯感受到高領制服的領圍束縛著他的脖子，也深感沒有比聰子這張安靜闔眼的白皙臉龐更令人費解了。

膝毯下，他覺得聰子握他手的力道，稍稍增加。若把這當作一種暗號，清顯想必又會受傷，但在這輕微之力的誘惑下，他很自然地吻上聰子的唇。

車子的晃動，在下一秒幾乎要拉開兩人的唇。因此清顯很自然地調整姿勢，以雙唇相接處作為扇軸來抵抗一切晃動。漸漸地他覺得雙唇相接的扇軸周圍，徐徐展開一面非常巨大、芬芳馥郁的無形扇子。

這時清顯確實體會到什麼是忘我，但並沒有忘記自己的美。若能站在一個公平對等的位置，眺望自己的美與聰子的美，一定可以看到這時彼此的美，如水銀般交融。清顯領悟到排斥、焦躁、刺蝟般的反應，都是與美無關的性情；孤絕個體的盲信不存在於肉體裡，往往只是寄生於精神的一種疾病。

清顯內心的不安已煙消雲散，清楚地確定幸福的所在之後，接吻變得益發熱烈果斷。聰子的唇也隨之變得更為柔軟。清顯生怕全身會融化在這溫暖甜蜜的口腔裡，不由得伸手想摸有形之物。於是他將手從膝毯下抽出來，摟住聰子的肩膀，托住她的下顎。當他的手指感受到女人下顎的纖細脆弱骨感時，再度確認這是另一個肉體，清楚地知道這是有別於自己的個體，反而吻得更激烈也更融合了。

聰子流下了眼淚。淚水淌到清顯的臉頰，因此清顯知道她落淚了。清顯感到自豪。但他這份自豪裡，絲毫沒有以往施人恩惠的滿足感，而聰子那年長者的批評作風也完全消失了。清顯撫摸她的耳朵、胸部，每一次觸摸都感到新奇，每一處柔軟都為之感動。他學會了，原來這就是愛撫。將轉瞬即逝如薄霧般的官能，托於有形之物的連結留下來。此刻他只關照自己的愉悅。這是他所能做到最高的自我放棄。

接吻結束後，感覺像不情願地醒來，明明還很睏，卻難以抵抗瑪瑙般的朝陽，透過薄薄的眼皮照射進來。渾身懶洋洋的，滿心依依不捨。這才是睡眠的美味達到絕頂的時刻。

兩人的唇分開後，宛如剛才還優美啼囀的鳥兒突然閉嘴了，留下不祥的寂靜。兩人都不敢看對方的臉，只是靜靜坐著。所幸車子的搖晃，大大緩解了這種沉默的尷尬，像是有種忙著去做別的事的感覺。

清顯低頭，看到聰子穿的白布襪腳尖，從膝毯下微微露出，彷彿從綠色草叢探出的白老鼠，戰戰兢兢地窺視四周是否有危險。此外，那腳尖上飄落了些許雪花。

清顯覺得自己臉頰很燙，像孩子般伸手也摸了摸聰子的臉頰，發現一樣很燙感到心滿意足。這裡只有夏天。

「我要打開車篷喔。」

聰子點點頭。

清顯大大地張開雙臂，打開前方的車篷。眼前積滿白雪的方形斷面，彷如快要傾倒的白色拉門，無聲無息地坍塌了。

車伕察覺到動靜，停下腳步。

「沒事！快走！」清顯喊道。車伕聽到背後傳來充滿青春活力的爽朗叫聲，再度起身。「走吧！儘管往前走！」

車子在車伕的吆喝聲中又動了起來。

「會被人看到。」
聰子濕潤的眼睛看著車底，皺著眉頭說。
「無所謂！」
語氣果斷到清顯自己都深感驚訝。他知道，他想直面這個世界。
抬頭望去，天空宛如雪花爭執的深淵。雪花撲在兩人臉上，只要張口就會飛進雪花。若能這樣被埋在雪裡該有多好。
「剛才，雪往這裡……」
聰子如夢似幻地說。她想說雪從喉嚨滴進了乳房。然而雪花飄落的方式毫不紊亂，而且有種儀式般的莊嚴感。隨著臉頰冰冷起來，清顯覺得自己火熱的心也逐漸冷卻了。
這時車子恰好行走在霞町住宅區的坡道上，一處緊鄰懸崖的空地，可以瞭望麻布三聯隊的營區廣場。整片雪白的營區廣場，不見軍隊的人影。但清顯卻忽然恍如看到日俄戰爭照片集裡的，憑弔得利寺附近戰死者的場景幻影。
數千名士兵群聚在那裡，低頭圍繞著白木墓碑與白布飄動的祭壇。然而眼前的幻影與那張照片不同，士兵的肩上都積著白雪，軍帽垂下的兩塊白覆布也全部染成雪白。清顯霎時想到，其實是看到士兵全部死去的幻影。聚集在那裡的數千士兵，不只是為了憑弔戰友，也是為了憑弔自己而低著頭。
這個幻影轉瞬即逝，接著出現的景象是，高大的圍牆，有棵大松樹，為了防止樹枝被積雪壓斷，繫上亮麗麥黃色新繩製作的防斷雪帶，雪帶上危危顫顫掛著白雪，以及二樓緊閉的毛玻璃窗透出白晝燈火的模糊暈光。這一幕幕景象出現在飛雪中。

「把車篷關起來。」聰子說。

清顯隨即拉下車篷，熟悉的昏暗回來了。但先前的陶醉並沒有回來。

「不知道她覺得我吻得如何？」清顯又陷入慣常的疑惑中，如此暗忖，「她會不會覺得我吻得太投入，太自我陶醉，太孩子氣，太不不像話了？那時候，我確實只顧著自己的愉悅。」

就在此時，聰子說：

「該回去了吧。」

她這話確實太合情合理了。但清顯在心裡嘀咕：

「硬拉別人來，現在又硬拉別人回去。」

就這樣在心裡嘀咕時，清顯錯失了唱反調的時機。只要他說不想回去，骰子就會交到他手裡。但這沉甸甸的骰子，他拿不慣。光是指尖碰到就會凍得結冰似的象牙骰子，還不屬於他的。

十三

清顯回家後，謊稱渾身發冷而請假早退回來。母親來清顯的房間探望，硬要幫他量體溫鬧得不可開交，這時飯沼進來說，本多打電話來。

母親要替清顯去接電話，清顯花了一番功夫才擋住她。因此執意親自去接電話的清顯背上，被母親裹了一條喀什米爾毛毯。

本多是借學校教務處的電話打來的。清顯的語氣極為不悅。

「我今天有點事，跟家裡的人說我去了學校但是早退了。其實我一早就沒去學校，你可別跟我家人說。感冒？」清顯留意著電話室的玻璃門，壓低嗓音繼續說：「感冒沒什麼大不了。我明天就能去上學，到時候再跟你解釋。……話說，我只不過休息個一天，你也不用擔心到打電話來吧。太誇張了。」

本多掛斷電話後，覺得好心沒好報，滿腹委屈，氣到怒火中燒。他從未對清顯感到如此惱怒。比起清顯冷淡不爽的語氣與無禮的應對，更讓本多受傷的是，清顯的語氣充滿即使不情願也得把祕密告訴朋友的遺憾。在本多的印象裡，他從未強迫清顯把祕密告訴他。

稍微冷靜後，本多自我反省：

「才請假一天，我就打電話去慰問，太不像我的作風了。」

這種性急的慰問，並非只是基於深厚的友情。他是被難以言喻的不祥預感驅使，才在午休時間跑過下雪的校園，去教務處借電話。

清顯的座位從早上就空著。這讓本多害怕擔憂的事已經發生了。清顯的座位靠窗，窗外明亮的雪光，映在傷痕累累、塗了新漆的桌面，看起來恍如一具覆蓋白布的坐棺……

本多回到家後，心情仍然鬱悶。這時飯沼打電話來，說清顯想為剛才的事向他道歉，問今晚能不能派車來接他去松枝家。偏偏飯沼凝重生硬的語氣，讓本多更不高興，便一口回絕，說等清顯能去上學，到時候再慢慢聽他說就好。

清顯從飯沼口中得知這個回覆，苦惱到宛如真的生病了。到了深夜，明明沒事，卻把飯沼叫來房間，說出這番讓飯沼驚愕的話。

「這一切都是聰子害的。女人真的會破壞男人的友情。要不是聰子早上提出那種任性的要求，我也不會惹得本多這麼生氣。」

雪在夜裡停了，翌晨一片晴朗。清顯不顧家人阻止，硬是出門上學。他想比本多更早到校，主動向本多打招呼。

但是一覺醒來，迎接的是如此光輝燦亮的早晨，清顯心底難以抑制的幸福感隨之甦醒，又把他變成另一個人。

本多進教室時，清顯笑臉相迎，本多也似不計前嫌報以恬淡微笑，但清顯卻突然改變心意，不想把昨天早上發生的事告訴本多了。

本多雖然報以微笑，但不也想多說什麼，將書包放進桌子的抽屜，便走到窗邊欣賞雪過天晴的景色。他看了看手錶，確定離上課還有三十多分鐘，便轉身離開教室。清顯自然地隨後跟去。

高等科教室是兩層樓的木造建築，旁邊有一處以涼亭為中心的幾何形小花壇，花壇的盡頭連著山坡，有條小路可下到叢林圍繞的沼池「洗血池」[32]。清顯心想，本多應該不會走去洗血池吧。畢竟才剛融雪，下坡小徑應該很難走。果然本多在涼亭駐足，拂去椅上的積雪坐了下來。

清顯從積雪瑩瑩的花圃間，走向本多。

「你幹嘛跟著我來？」本多覺得眩目般瞇起眼睛問。

「昨天是我不好。」清顯率直地道歉。

「算了。你是裝病吧？」

「嗯。」

清顯走到本多旁邊，同樣拂去積雪坐下。

裝作非常眩目地瞇起眼睛看對方，這種舉止可以在情感表面鍍上一層金，有助於立即消弭尷尬的氣氛。站著的時候，透過積雪的樹梢可以看見沼池，但坐在涼亭裡就看不到了。校舍的屋簷、涼亭的屋頂、周圍的樹木，都同時傳來清亮的融雪滴水聲。覆蓋在花圃上的不規則凹凸積雪，表層的冰凍已有些陷落，反射出如花崗岩粗糙斷面的細緻光芒。

本多認為，清顯一定會向他吐露心中祕密，卻又無法承認自己在期待這件事。半是希望清顯什麼都別說，因為難以忍受朋友像施恩般，將祕密施捨給自己。因此他不由得主動開口，故意繞著圈子說：

「這陣子我一直思索個性這件事。我想至少在這個時代、這個社會、這所學校裡，我是個與眾不同的人。又或者說，我希望如此。你也一樣吧？」

「當然囉。」

這時清顯以他獨特的天真，以不情願有氣無力的語調回答。

「但是，百年後會怎麼樣呢？無論我們是否願意，到時候都會被歸納到一個時代的思潮裡，被當作思潮的一部分來看吧。美術史各個時代的不同樣式，毫不留情證明了這一點。當我們活在一個時代的樣式裡，誰都無法不透過這個樣式來看待人事物。」

「可是當今這個時代，有什麼樣式嗎？」

「你是想說，明治時代的樣式已經瀕臨消亡吧？但是，住在樣式裡的人，絕對看不見這個樣式。所以我們一定也被某種樣式包圍著，就像金魚不知道自己住在金魚缸裡。

你是個只活在感情世界的人。看在別人眼裡很奇怪，但你也只是忠於自己的個性而活吧。可是，沒有東西能證明你的個性。同時代人的證言沒有一句可靠。說不定你的感情世界本身，就是一個時代樣式最純粹的型態。……不過，也沒有證據能證明這一點。」

「那什麼才能證明呢？」

「時間。唯有時間能夠證明。時間的經過會概括你和我，殘酷地抽出我們沒有察覺的時代共通性。……然後將我們歸納於『大正初年的青年，都是這樣想事情，穿這種衣服，這樣說話』。你很討厭劍道社那些傢伙吧？非常瞧不起那些人吧？」

32 洗血池，元祿七年高田馬場決鬥時，堀部安兵衛曾在此清洗血刀而得名。

「嗯。」寒氣逐漸透過褲子滲進來，清顯覺得很不舒服，將目光落在涼亭欄杆旁的山茶花上，看著積雪剛滑落的葉子閃著豔麗光芒。「嗯，我很討厭那群人。我瞧不起他們。」

清顯這種愛理不理的應對，事到如今本多也不詫異了。於是他繼續說：

「那你可以想像一下，幾十年後，你和你最瞧不起的那群傢伙，被混在一起看待的情況。那群傢伙粗俗的腦袋，感傷的靈魂，用『文弱』這個詞來罵人的狹隘心胸，欺凌低年級生，瘋狂崇拜乃木將軍，每天早上清掃明治天皇親手栽種的楊桐樹四周而感到無上喜悅的神經……這些種種和你的感情生活，會被粗糙籠統地混在一起，等同看待。

後世的人們，就這樣輕易地掌握，我們現在活的時代的總體性真實。就像攪動的水平靜之後，水面忽然浮現清晰的油光彩虹。沒錯，我們這個時代的真實，在我們死了以後，會被輕易地分離，誰都能看得一清二楚。還有，如果這個『真實』在百年之後，被認為是一種完全錯誤的思想，我們就會被統括成某個時代，具有某種錯誤思想的人。

你認為這種概觀，是以什麼為基準呢？那個時代的天才的想法？偉人的想法？不是喔。後來為這個時代定義的基準，就是我們和劍道社那些傢伙的無意識共通性，換句話說，就是我們更為通俗的一般信仰。所謂時代，總是被統括在一個愚神信仰下。」

清顯不懂本多究竟想說什麼，但聽著聽著，心中也逐漸萌生了一種思想幼芽。

二樓教室的窗戶，已經可以看到幾個學生的頭。其他教室緊閉的玻璃窗，輝映著耀眼朝陽，也映出藍色天空。這是早晨的校園。清顯不禁和昨天下雪的早晨相比，覺得自己從那個官能的黑暗動搖裡，迫於無奈被拉到現在這明亮白色理性的校園裡。

「這就是歷史吧。」一旦討論起來，清顯就惋惜自己的口才比本多幼稚太多，卻也努力進入本多的思考。「這麼說，不管我們思考什麼，祈願什麼，感受什麼，歷史都絲毫不為所動吧。」

「是啊。西方人總愛認為，是拿破崙的意志推動了歷史，就像你爺爺他們的意志開創了明治維新。但事實真是如此嗎？哪怕只有一次，歷史曾經照著人的意志轉動嗎？每次看到你，我總會這麼想。你不是偉人也不是天才吧？但你很有特色。你完全缺乏所謂的意志。每當想到你和歷史的關係，我總是興致盎然。」

「你這是在挖苦我？」

「不，我不是在挖苦你。我是在思索完全無意志地參與歷史這件事。假設我有意志的話……」

「你確實有意志啊。」

「而且是想改變歷史的意志。我會窮盡一生，投入所有的精力與財產，努力照自己意志扭轉歷史。同時也會盡可能獲取權力與地位，來實現這個目的。可是儘管如此，歷史也不見得會照我的意志發展。

一百年，兩百年，或三百年後，歷史可能會突然，與我絲毫無關地，照著我的夢想、理想、意志的型態出現。完全是一百年或兩百年前，我所夢想的型態，以我眼睛所能看到的最美的美，微笑冷峻地高姿態俯視我，嘲笑我的意志。

這就是人們所說的歷史吧。」

「這只是時機的問題吧？只是那個時機終於成熟了。別說一百年，即使三十年或五十年，這種事也屢見不鮮。而且歷史呈現出你想要的型態時，或許你是已經死亡的意志，化為看不見的潛藏絲線，成就了歷史。」

拜本多所賜，清顯體會到，彷彿在不熟悉的抽象語彙的冰冷森林中，感到身體微微發熱的興奮。對清顯而言，這是非常不情願的喜悅，但他環顧落在積雪花圃上的長長枯木影子，以及這充滿水滴聲的明亮雪白領域，明白了本多儘管直覺到他昨日記憶中的熾熱纏綿幸福感，也堅定地擺出無視的態度。這種如雪般的潔白裁決，讓清顯很高興。此時一片榻榻米大的雪塊，從校舍屋頂崩落下來，屋頂露出了濕漉漉的黑瓦。

「如果到了那個時候，」本多繼續說：「百年後，歷史呈現出如我所願的型態，你會稱它為『成就』嗎？」

「這一定是成就吧。」

「誰的成就呢？」

「你的意志的成就。」

「別開玩笑了。那時候我已經死了喔。剛才我也說過了，那已經跟我完全無關。」

「那可以認為是歷史的成就嗎？」

「歷史有意志嗎？把歷史擬人化是很危險的。在我看來，歷史是沒有意志的，而且跟我的意志全然無關。這個結果並非出於任何意志，所以絕對不能稱為『成就』。最好的證明就是，歷史虛有其表的成就，在下一個瞬間就開始崩壞了。

歷史一直在崩壞，為了準備下一個虛幻結晶。歷史的形成與崩壞，似乎都只有相同的意義。這種事我很清楚。儘管清楚，可是我跟你不一樣，我無法放棄當一個有意志的人。說是意志，也許也只是強加在我個性裡的一部分。嚴格來說，真的誰也說不準。然而人的意志，就本質來說，可說是『想要參與歷史的意志』。我說的不是『參與歷史的意志』喔，意志參與歷史幾乎是不可能的，只是『想要參與』而已。這也是所有的意志背負的宿命。儘管意志當然不承認一切的宿命。

但以長遠的眼光來看，任何人的意志都會受挫。無法如願以償，是人世常態。這種時候，西方人是怎麼想的呢？他們認為『我的意志仍是意志，失敗只是偶然』。所謂偶然，是排除了所有因果關係，自由意志所能承認的唯一不合目的性。

所以說，西方的意志哲學，必須承認偶然才能成立。偶然是意志最後的退路，是勝負的賭注。沒有它，西方人就無法說明，為何意志會一再遭到挫折與失敗。我認為這個偶然，這個賭注，才是西方的神的本質。如果意志哲學最後的退路，是以偶然為名之神，那麼同時也只有這個神，能鼓舞人的意志。

但是，如果偶然被全盤否定會怎樣？如果認為任何勝利或失敗中，都沒有偶然發揮作用會怎樣？如此一來，所有的自由意志都會失去退路，無處可逃。偶然不存在的地方，意志會失去支撐自體的支柱。

你試想這個場面就會明白。

這是一個大白天的廣場，意志獨自站著。假裝靠自己的力量站著，自己也有這種錯覺。在陽光普照，沒有花草樹木的巨大廣場上，他擁有的只有自己的影子。

這時，萬里無雲的晴空傳來轟隆般聲音說：

『偶然死了。沒有偶然這個東西了。意志啊，今後你永遠不能為自己辯護了。』

意志聽到這個聲音，身體開始傾頹融化。肉體腐爛脫落，轉眼間便露出骨頭，流出透明的漿液，連骨頭都開始變軟融化。意志雖然努力以雙腳牢固地站在大地上，但這種努力無濟於事。

就在此時，充滿白光的天空，迸裂出可怕的聲音，必然之神從裂縫中探出頭來……

——不管怎樣，我只能想像必然之神的臉是可怕的，可憎的。這一定是我意志性格的弱點。可是，如果沒有任何偶然，意志會變得毫無意義，歷史也只不過是長在因果關係若隱若現的大鎖上的鐵鏽。而參與歷史的東西，變成只是一個輝煌、永遠不變、恍如美麗粒子般的無意義作用，人類存在的意義也只在這裡了。

你不可能懂這些。你也不可能相信這種哲學。比起你自己的美貌、善變的感情、個性與性格，你寧願癡癡地相信自己沒個性吧？」

清顯不知如何回答，但也不覺得受辱，只是無奈地微笑。

「對我來說，這是最大的謎。」

本多語畢，發出近乎滑稽的真摯嘆息。清顯望著這嘆息在朝陽中化為白色氣息，覺得這是朋友對自己委婉表達關心的方式，內心的幸福感也默默增強了。

此時上課鐘響，兩個年輕人都站了起來。二樓窗口，有人將窗邊的積雪捏成雪球，扔到他們兩人的腳邊，濺起晶瑩的雪花飛沫。

十四

清顯保管著父親書庫的鑰匙。

書庫位於主屋北側的一角，是松枝家最乏人問津的房間。父親侯爵是個完全不看書的人，但書庫卻存放著很多書籍，有從祖父繼承而來的漢文書，也有出於他知性的虛榮心從丸善書店訂購蒐集的外文書，還有許多贈書。清顯上了高等科後，父親宛如將知識寶庫讓渡給兒子般，裝模作樣地將書庫鑰匙交給清顯。唯獨清顯能隨時自由進入書庫。這裡存放著許多與父親不相稱的古典文學叢書與兒童讀物全集。這些書要出版時，出版社來拜託父親提供穿大禮服的照片與簡短推薦文，並印上「松枝侯爵推薦」的燙金字樣，以此獲贈了全套叢書。

但清顯也不是善於使用這個書庫的人，因為比起閱讀，他更愛夢想。

一個月一次，飯沼會向清顯借鑰匙，進來打掃書庫。對飯沼而言，光是先祖留下來的漢文書，這間書庫就是松枝邸最神聖的房間。他將這間書庫稱為「御文庫」，光是說出這個名稱，心中就充滿敬畏之念。

清顯與本多和解的那天晚上，飯沼去上夜校之前，清顯將飯沼叫來房間，默默地將書庫鑰匙交給他。每個月的打掃日是固定的，而且也應該在白天打掃，今天既不是打掃日又是晚上，飯沼接過鑰匙相當詫異。鑰匙宛如被摘掉翅膀的蜻蜓，黑黝黝地停在他質樸厚實的手掌心……

——直到很久以後，飯沼依然常常憶起這一瞬間的感受。

那把鑰匙，被摘掉羽翼，赤裸裸地以殘酷的姿態躺在自己手心！

這究竟意味著什麼？他思索良久依然不解其意。清顯終於說明原由後，他氣得渾身發抖。但與其說氣清顯，他更氣隨波逐流的自己。

「昨天早上你幫我蹺課，今天輪到我來幫你蹺課。你假裝要去上夜校，走出家門，然後繞到後面，從書庫旁的木門進來，用這把鑰匙打開書庫，待在裡面就行了。可是絕對不能開燈喔。從裡面把門反鎖起來更安全。

阿峰那裡，蓼科已經把暗號告訴她。蓼科會打電話給阿峰，問她『聰子小姐的香袋什麼時候能做好？』這就是暗號。阿峰的手很巧，很會做袋子和手工藝品，大家都經常拜託她，所以設定聰子也拜託她做金襴香袋，這樣打電話去催很自然。

阿峰接到電話後，算好你上夜校的時間，會來輕敲書庫的門，和你在裡面幽會。那是晚餐後鬧哄哄的時間，阿峰三、四十分鐘不在，也不會有人發現。

蓼科認為，你和阿峰在外面幽會反而危險，難度也比較高。女僕外出必須找各種藉口，反而容易啟人疑竇。

我覺得蓼科說的很有道理，所以沒跟你商量就擅自進行了。阿峰已經接到蓼科的電話暗示，今晚你一定得去書庫等她。不然阿峰就太可憐了。」

飯沼聽到這裡，覺得被逼得走投無路，鑰匙險些從顫抖的手中掉落。

……書庫裡很冷。窗戶只掛細白布簾，後院燈光微微照進來，但並非亮到足以看清書名。書庫裡瀰漫著一股霉味，彷彿蹲在冬天的臭水溝旁。

不過飯沼大致知道哪個書架上擺著什麼書。先祖幾乎讀爛的線裝書《四書講義》，不僅裝訂線斷了，連書套都不見了。《韓非子》、《靖獻遺言》與《十八史略》也都擺在那裡。飯沼以前打掃時，偶然翻開一本書，看到賀陽豐年的〈高士吟〉。他還知道鉛印版的《和漢名詩選》放在哪裡。打掃時，〈高士吟〉這段詩句最能撫慰他的心。

一室何堪掃
九州豈足步
寄言燕雀徒
寧知鴻鵠路

他很清楚，清顯知道他崇拜「御文庫」，才特地把這裡安排成幽會場所……沒錯，清顯剛才說這個好意的計畫時，語氣帶著冷酷的陶醉，讓人立刻洞悉他的意圖。清顯希望飯沼能親手冒瀆這個神聖場所。回想起來，清顯從美少年時期就常無言地威脅飯沼，靠的就是這股力量：冒瀆的快樂。當飯沼不得不冒瀆自己最珍視的東西，那種快樂宛如將一塊生肉纏在獻神的白幣帛上，或像古代素盞嗚尊[33]好犯的那種快樂……飯沼屈服後，清顯這種力量變得無限強大。飯沼難以理解的是，清顯的快樂看起來都清純美麗，為何自己的快樂卻愈來愈汙濁且罪孽深重。這種想法，使飯沼覺得自己更加卑賤。

書庫的天花板傳來老鼠慌忙竄逃聲，與壓抑般的叫聲。上個月打掃時，飯沼在天花板放了很多除鼠用的帶刺栗子殼，看來似乎沒效。倏地，飯沼想起最不願想起的事，霎時渾身戰慄。

每次看到阿峰，飯沼眼前就會出現揮也揮不走的汙點般幻影。等一下阿峰溫熱的身體在昏暗中靠近時，這個思緒一定出來擋在前面。清顯可能也知道吧，只是沒說出口；飯沼也早就知道，但也絕不對清顯說。在這座宅邸裡，這並非真正嚴峻的祕密，但對飯沼是愈來愈難以忍受的祕密。苦惱總是像一群骯髒的老鼠在他腦子裡奔竄……阿峰已經被侯爵玷汙了。而且現在有時也會……他想像那群老鼠布滿血絲的眼睛，以及牠們極度悲慘的狀況。

書庫裡真的很冷。清晨去神宮祭拜，再冷都能挺起胸膛，但此刻的冷是從背後襲來，宛如藥膏貼在皮膚上，令他渾身打顫。阿峰想若無其事地看準時機溜走，一定得花些工夫吧。

飯沼等待之際，一股迫切的慾望襲上心頭，還有種種令人作嘔的思緒，寒冷、悲慘與霉臭，都使他心情奔騰激盪。他覺得這一切宛如溝渠中的垃圾，侵犯他的小倉褲裙，然後緩緩地流走。他認為：「這就是我的快樂！」一個二十四歲的男人，配得上任何榮譽與任何輝煌行動……

有人輕輕敲門。飯沼倏然起身，不慎猛地撞到書架也趕忙去開門。門一開，阿峰便側身溜了進來。飯沼反手將門鎖上，旋即抓住阿峰的肩膀，粗魯地將她押到書庫深處。

不知為何，這時飯沼腦海浮現，剛才從書庫後面繞過來看到的，鏟堆在書庫外牆踢腳板的骯髒殘雪。然後又不知為何，想在那堆殘雪與牆壁連接的角落，侵犯阿峰。

飯沼因幻想而變得殘酷，雖然深深憐憫阿峰，卻也更殘暴地對待她。當他察覺這種作為潛藏著對清顯報復之念，又覺得自己悲慘無比。由於不能發出聲音，時間又很短，阿峰也就任他擺布。但這種率直的屈服，使飯沼心靈受傷，因為他感受到同類者的溫柔與無微不至的理解。

但阿峰的溫柔未必來自於此。真要說的話，因為她是個輕佻爽朗的女子。飯沼沉默寡言的可怕氣息，以及慌亂僵硬的手指，都只讓阿峰感到一種笨拙的誠實，做夢也沒想到是受到愛憐。

阿峰猛地感到，被掀開的裙襬下方有一股冰冷，彷彿在黑暗中接觸到鋼條。她在昏暗中往上看，擺著燙金文字的書脊和密密麻麻的線裝書書架，彷彿從四面八方朝自己壓過來。必須快一點。在她不知道的地方，已經周到地備妥了短暫的時間隙縫，必須快點藏身於此。不管心情多糟，阿峰都知道，自己的存在都非常適合這種隙縫，只要能乖乖地迅速藏身於此即可。她只

33 素盞嗚尊，日本神話《古事記》裡的神，性情凶暴，好犯上。

希望能有一個小小墳墓，搭配她嬌小玲瓏豐腴有致、肌膚細膩光滑的身體吧。

說阿峰愛飯沼，並不為過。飯沼追求她，她也能懂飯沼所有的優點。而且她原本就不像其他女僕，會說諷刺輕蔑的俏皮話瞧不起他。阿峰以自己的女人直覺，率直地感受到飯沼長年深受打擊的男子氣概。

忽然，她眼前掠過廟會般的明亮熱鬧景象。那是瓦斯燈的耀眼光芒與臭氣，還有氣球、風車和各種糖果的光彩，在黑暗中浮現，又消失了。

……她在黑暗中睜大眼睛。

「眼睛幹嘛睜得這麼大？」飯沼煩躁地說。

此時一群老鼠又在天花板亂竄。腳步聲細碎飛快，彷彿在黑暗中闖入遼闊原野，從一個角落奔至另一個角落。

十五

寄來松枝家的郵件，都會經由山田管家之手，誇示地放在蒔繪花紋的漆盤裡，再親自分送給每位收信人。聰子知道這一點，所以格外小心，決定讓蓼科送信，親手交給飯沼。

飯沼正忙著準備畢業考，收下蓼科送來的信，也順利交到清顯手上。這是聰子寫來的情書：

每當我想起那天下雪的清晨，即使翌日晴空萬里，我心中仍不停飄著幸福的雪花。那一片片雪花彷彿都映著你的面容。我非常思念你，甚至祈願住在三百六十五天都下雪的國度。

倘若在平安時代，你會寫和歌贈我，我也會回贈和歌。但我自幼學習的和歌，此時卻驚訝沒有一首能表達我的心聲。這難道只因我才華不足？

我很高興你答應我那麼任性的要求，但請別以為這就是我全部的喜悅。就如你認為我是個能隨心所欲擺佈你就很高興的女人一樣，這是最讓我難過的事。

其實我最高興的是，你有一顆溫柔體貼的心。你能洞悉我任性請求的底層，隱藏著急迫的心情，二話不說就帶我去賞雪，實現了我潛藏在內心深處最害羞的夢想。你就是如此溫柔體貼。

清少爺，現在我想起那時的事，還會因害羞與喜悅而渾身顫抖。在日本，雪精靈是雪女，但我記得西方童話裡，雪精靈是年輕貌美的男子。我覺得你穿學生制服的颯爽英姿，就像在勾引我的雪精靈。我融化在你的俊美裡，就這樣融進雪裡凍死，我也深感幸福。

——信尾還有一句：

看完這封信，請別忘了燒掉。

這封信一直到最後一行，都洋溢著綿綿情意。但清顯驚訝的是，字裡行間行文優雅，卻又能迸出感官性的效果。

這是一封看完後，會讓看信者欣喜若狂的信。但過了片刻，又覺得她的優雅就像學校的教科書。聰子彷彿在教導清顯，真正的優雅不怕任何淫亂。

經過清晨賞雪一事，若兩人確定相愛，理應每天都想見面，哪怕幾分鐘也好。這是很自然的事吧。

但清顯的心思卻非如此。雖然他想像一面隨風飄揚的旗子只為感情而活，但奇妙的是，這種生存方式往往會規避自然的發展。因為自然的發展給人一種受到自然強迫的感覺，而感情是凡事都討厭被強迫的，它會逃出這裡，甚至反而束縛了自己本能的自由。

清顯決定暫時不見聰子。但這既非出於克制，也不是情場老手深諳愛情法則的招數，而是他生澀的優雅，幾近虛榮心的不成熟優雅所致。他嫉妒聰子擁有自由到無懼淫亂的優雅，並對此感到自卑。

宛如流水回到熟悉的水路，他又開始愛上痛苦。他極其任性又有嚴重的做夢癖，若沒有想見又不能見的情況毋寧令他厭煩，更憎恨蓼科與飯沼多管閒事的穿針引線。他們做的事，是清顯感情純粹度的敵人。他發現這種刻骨銘心的痛苦與想像力的苦惱，都是自己的純潔編織出來的，這傷了他的自尊心。愛情的苦惱應是多彩的編織物，但他小小的家庭工廠裡，只有一種純白絲線。

「我的愛情好不容易要成真了，他們究竟要把我帶去哪裡？」

可是將所有的感情定為「愛情」，他又變得難以取悅了。

若是一般少年，會欣喜若狂地自戀於那個接吻回憶。但清顯這個少年對於自戀過於熟悉，那個接吻日益成為心靈創傷事件。

接吻瞬間的快樂，確實如寶石般璀璨。唯有那一瞬間，毫無疑問地鑲嵌在記憶深處。在周圍一片灰濛的雪地中，在不知從何開始、結束於何處的不確定情愫中，確實有一顆明晰的殷紅寶石。

這種快樂的記憶與心靈的創傷，愈來愈背道而馳，令他十分苦惱。最後他只能將那個接吻，納入熟悉又令人心情灰暗的回憶裡。也就是說，清顯將那個接吻，看成是聰子帶給他的一種莫名屈辱的回憶。

他想寫一封盡量冷淡的回信，寫了好幾次又撕掉重寫。最後終於寫出一封自認冷若冰霜的情書傑作。然而就在他擱筆時，發現自己不知不覺中，竟以上次那封譴責信為前提，通篇充斥著熟知女人的男性文風。這明顯的謊言傷了他自己，因此他又重寫，坦誠地寫出生平初嘗接吻滋味的男人喜悅，成了一封充滿孩子氣的熱烈情書。清顯閉上眼睛，把信裝進信封裡，稍稍伸出馨香櫻粉色的舌尖，舔濕信封口的薄膠。那味道宛如微甜的藥水味。

十六

松枝邸的楓紅素來享有盛名，櫻花也美不勝收。一條八百多米林蔭道直達正門，兩旁松樹間也夾了許多櫻樹，尤其從洋館二樓陽臺遠眺，可看到林蔭道的櫻樹，與連接前院大銀杏樹的幾棵櫻樹，以及曾經為清顯慶賀「御立待」草坪四周的櫻樹，此外還有池塘另一側紅葉山的零星櫻樹。每當櫻花盛開，這些美景可一覽無遺，因此比起在庭園賞櫻，更多人喜歡在洋館二樓陽臺飽覽這片櫻花風情。

從春天到夏天，松枝邸有三大活動，分別是三月的女兒節，四月的賞櫻會，以及五月祭祖的神宮祭。明治天皇駕崩未滿一年，今年春天的女兒節和賞櫻會都只限家族內部舉行，因此女人們大失所望。因為從去年冬天就不斷傳出風聲，說今年女兒節和賞櫻會邀請當紅藝人來表演餘興節目，大家當然興致盎然地等候春天來臨。如今這些活動都被取消了，也等同春天被廢止了。

尤其是鹿兒島風格的女兒節，因為曾經邀請西方人來參觀，名聲也傳到了外國，因此這個季節來訪的西方人，有的甚至要找門路才能獲得邀請，可見這項活動多富盛名。一對以象牙雕刻、面帶春寒之色的天皇與皇后人偶，在燭光照耀下，映著緋紅地毯，看起來更顯寒冷。一身衣冠束帶或穿十二單和服的男女人偶身上，可以看到一道切入般的白光，照進衣領深處露出的纖細頸項。百疊榻榻米的大廳全都鋪著緋紅地毯，方格天花板垂吊著無數精美人鏽球，四周更貼著風俗人偶的押繪[34]。有位名叫阿鶴的押繪名人老太太，據說每年二月初會來東京精心製作押繪，她有句口頭禪，動不動就說「悉聽尊便」。

如此華麗的女兒節沒了，緊接而來賞櫻會當然也不能大肆張揚，但可預料一定比起初下達的指示更為華美。因為洞院宮已表示要非正式地蒞臨賞櫻。

向來熱愛排場的侯爵，正因顧忌世人眼光而沮喪之際，接到洞院宮要蒞臨的消息，當然欣然答應。洞院宮相當於明治天皇的堂兄，甘犯喪期外出的禁忌，侯爵自然也更有名義好好辦賞櫻會。

洞院宮治久王殿下，曾於前年代表天皇去暹羅參加拉瑪六世的加冕典禮，與暹羅王室交情頗深，因此侯爵決定也邀請巴塔納迪多殿下與庫利沙達殿下前來賞櫻。

一九〇〇年巴黎奧運期間，侯爵在巴黎有機會接近洞院宮殿下，當時曾當嚮導帶洞院宮殿下享受巴黎夜生活。回國後，洞院宮殿下也喜歡和侯爵聊這段只有兩人知道的祕辛，例如：

「松枝，有香檳噴泉那家真的很有趣。」

賞櫻會定在四月六日。女兒節過後，松枝家就忙著籌備，日常生活起居也變得朝氣蓬勃。

清顯無所事事地虛度春假，父母建議他外出旅行，他也一副意興闌珊。雖然不是經常與聰

34 押繪，源於江戶文化薈萃時期，宮廷貴族們創作的藝術工藝品，將布料黏貼在厚紙上，並填入棉花以增添立體感。大多以人物為主體呈現。

子見面，但儘管只是暫時，他也不願離開有聰子在的東京。

他以充滿預感的害怕心情，迎接姍姍來遲的春寒。在家裡百無聊賴時，他就去平常不太涉足的祖母隱居處。

他平常不太來祖母的隱居處，因為祖母改不掉把他當小孩看的習慣，還有祖母動不動就說母親的壞話。祖母有一張嚴厲的面孔，男性的肩膀，看起來相當結實。祖父過世後，她就不問世事，過著宛如等死的生活，只吃少許食物，卻反而讓她愈來愈硬朗。

若有故鄉的人來訪，祖母會毫無忌憚用鹿兒島腔與對方交談，但對清顯的母親與清顯，就以楷書般有點生硬的東京腔說話，而且發「が」這個音時少了濁音，聽起來更顯生硬。清顯聽祖母說話，總覺得她是刻意保持這種腔調，藉以不露聲色責備他輕易就發出東京腔濁音的輕浮。

「聽說洞院宮殿下要來賞櫻？」

祖母坐在暖爐桌，看到清顯劈頭就問。

「是啊，是有這回事。」

「我還是不想參加。你母親也有來邀我，但我還是當已經不在這裡的人比較輕鬆。」

接著祖母憂心清顯無所事事，建議他去學比較柔和的劍道，還埋怨以前家裡有道場，自從拆掉道場改建洋館，松枝家就開始走衰運了。清顯內心也贊成祖母這個看法。因為他喜歡「衰運」這個詞。

「如果你的叔叔們還活著，你爸爸就無法這麼為所欲為。我是覺得啦，花那麼多錢招待宮家[35]，說穿了只是為了滿足他的虛榮心。我只要一想到沒有享受榮華富貴就戰死的孩子們，就沒辦法跟你父親他們一起享樂。就算遺族撫恤金，你也知道，我分文不動一直供神龕裡。想到這是天皇為了我的兒子們流血犧牲所賞賜的錢，我就不忍心花用。」

祖母喜歡這種道德性說教，但她的吃穿乃至零用錢和傭人，全都仰賴侯爵無微不至的照顧。清顯時常懷疑，祖母會不會是恥於自己是鄉下人出身，所以迴避和上流貴族人士交際。

但也只有和祖母見面時，清顯才能逃離自己和圍繞著自己的一切虛偽環境，接觸到身邊還有這種質樸剛健的魂魄，感到十分喜悅。這當然是帶有諷刺意味的喜悅。

祖母那雙粗俗厚實的手是如此，那張宛如以粗線一筆勾勒出的面孔也是如此，還有那嚴峻的嘴唇線條也是如此，在在都呈現出質樸剛健的氣質。但祖母並非只講正經呆板的話，她還會在暖爐桌下戳清顯的膝蓋，調侃地說：

「每次你來我這裡，我這裡的女人們就喧鬧起來，實在傷腦筋。看在我眼裡，你還是個乳臭未乾的小鬼，可是看在她們眼裡就不一樣了。」

清顯望著掛在門框橫木上兩位叔叔穿著軍服的模糊照片，覺得那軍服和自己沒有任何關聯。只不過才八年前的戰爭照片，就覺得自己和照片之間有著蒼茫的距離。清顯略帶不安又傲慢地心想，或許我生來只會流感情的血，絕不會流肉體之血吧。

35 宮家，日本皇室的一種制度，分為直系宮家與一般宮家，冠有宮家名號就代表具有皇族身分。此處指洞院宮。

陽光照在緊閉的拉門上，六疊榻榻米的起居室十分溫暖，彷彿待在白色半透明拉門紙的大蠶繭裡，沐浴著透進來的陽光。祖母忽然開始打盹，清顯在這寂靜的明亮房間裡，聽著掛鐘清晰的滴答聲。祖母微微低頭睡著了，梳成「切髮」[36]的髮頭殘留著染髮黑粉，髮際下方露出厚實光澤的額頭，彷彿依稀可見六十年前的少女時代，在鹿兒島灣被夏日烈陽曬黑的痕跡。

清顯想到海潮，想到漫長的時光推移，也想到自己終將老去，突然險些呼吸困難。他從未渴望擁有老年的智慧，總想著要如何在年輕時死去，並且盡量死得沒有痛苦。宛如脫下隨便扔在桌上的華美絲綢和服，不知不覺滑落到昏暗的地板，這樣優雅的死。

——死的想法，第一次鼓舞了他，使他忽然急著想見聰子一面。

他打電話給蓼科，匆忙趕去見聰子。聰子確實活得好好的，年輕又美麗，自己也還活著。他覺得這是好不容易保住的異常幸運，

在蓼科的安排下，聰子假借外出散步，在麻布宅邸附近的小神社與清顯幽會。聰子首先感謝賞櫻會的邀請。她似乎相信是清顯下的指示。然而清顯依舊不夠坦誠，明明是首度耳聞，卻佯裝早已知曉，曖昧地接受了聰子的道謝。

十七

松枝侯爵幾經思索，最後決定將賞櫻會的賓客減到最低，只留下與洞院宮殿下和妃殿下共進晚餐的人：兩位暹羅王子，家族間經常來往的新河男爵夫婦，以及聰子和其雙親綾倉伯爵夫婦。新河男爵是新河財閥的當家，凡事模仿英式作風，男爵夫人又與平塚雷鳥熟識，儼然成了「新女性」資助者，有這兩位出席，想必能為賞櫻會增添不少異彩。

侯爵和山田管家多方考量訂出的方案是，下午三點，洞院宮夫婦駕臨，在主屋一室稍事休息後，帶他們去參觀庭園，然後到五點為止，由裝扮成元祿賞花舞的藝妓們，以園遊會的形式招待他們。隨後欣賞手舞，日暮時分帶他們去洋館，獻上餐前酒。晚餐結束後，開始第二個餘興節目，由這天特地請來電影放映師，讓客人欣賞最新的西洋電影。到此所有節目告一個段落。

至於要放映哪一部電影，著實讓侯爵傷透腦筋。有一部法國百代電影公司拍攝的電影，由法國國家劇院的知名女星嘉布莉兒・羅賓妮（Gabrielle Robinne）主演，她演技精湛，知名度高，想必是品味高雅的片子，但又擔心會沖淡賞櫻的興致。淺草電影館，自三月一日改為專門放映西洋片的戲院，近期放映了一部義大利電影《失樂園的撒旦》大為轟動，但把那種地方放映的片子拿來放給賓客看也不太恰當。可是放德國動作片，妃殿下和女賓們可能不喜歡。因此

36 切髮，日本近世至明治時代，寡婦常梳的髮型。有點像現在的馬尾髮型，但馬尾剪得很短。

侯爵思慮再三還是挑了比較保險的片子，敲定英國赫普沃斯公司製作，根據狄更斯原著改編的五六卷愛情片。雖然有些陰鬱苦悶，但雅俗共賞，又有英文字幕，賓客可能都會喜歡。

如果那天下雨怎麼辦？若在主屋的大廳眺望櫻花，視野不夠寬闊，還是請賓客去洋館二樓眺望雨中櫻景，接著欣賞藝妓表演手舞，再獻上餐前酒與正餐。

至於準備工作，首先要在綠草如茵山丘上能清楚鳥瞰的池邊，搭建一座臨時舞臺。若天氣晴朗，洞院宮殿下會在園裡四處巡遊賞櫻，沿途必須掛上紅白相間的布幕，現有的布匹根本不夠用。此外，洋館內各處都得插上櫻枝裝飾，餐桌也要布置成春天的田園氛圍。光是這些準備工作就需要大量人手，到了賞櫻會的前一天，梳髮師和弟子更會忙得不可開交。

所幸這天是晴天，但還不到陽光燦爛的程度，太陽時隱時現，晨間還有點寒意。

主屋有一間平常不用的房間，充當藝妓們的化妝室，所有梳妝臺都搬進這個房間。清顯出於好奇前來偷看，隨即被女僕長趕走。但清顯也看到這間二十疊榻榻米的房間，為了迎接藝妓打掃得乾乾淨淨，圍上了屏風，也擺置了坐墊，友禪染鏡罩掀起了一角，鏡面清晰光亮，尚未有絲毫脂粉香氣。但想到半小時後，這裡會充滿鶯聲燕語，成為女人們隨意穿脫衣服的地方，反而使他的預感更形嬌媚。比起庭園那座以新木材搭建的臨時舞臺，這裡更是芳香馥郁的嬌媚馬廄。

由於兩位暹羅王子沒什麼時間觀念，清顯請他們吃完午餐就來，於是王子們一點半就到了。清顯詫異於他們穿學習院的制服來，先帶他們來自己的書房。

「你那位美麗的戀人會來嗎？」

庫利沙達殿下一進來就以英文大聲問。

謹慎的巴塔納迪多殿下責備堂弟沒禮貌，也以不流利的日文向清顯道歉。

清顯說她確實會來，但拜託他們今天在洞院宮殿下與雙親面前，別提起這件事。兩位王子驚訝地面面相覷，這才知道清顯和聰子的關係尚未公開。

熬過那段被鄉愁折磨的時期，兩位王子已經習慣日本生活。大概也因為穿著制服之故，清顯覺得他們和其他同學沒什麼兩樣。庫利沙達殿下唯妙唯肖地模仿學習院院長，逗得昭披耶和清顯哈哈大笑。

昭披耶站在窗邊，望著紅白布幕隨風搖曳，不同於平時的庭園風情，語帶忐忑地說：

「接下來真的會暖和起來吧。」

王子的聲音蘊含著對夏日灼熱的嚮往。

清顯被他的聲音吸引，從椅子站了起來。此時昭披耶以少年清亮的聲音驚呼，連堂弟王子也驚訝地站了起來。

「就是她！我們被封口不准提的美女！」

情急之下，昭披耶又說回了英文。

那確實是穿著振袖和服的聰子，與父母沿著池邊朝主屋走來。那是一件櫻花色的美麗和服，遠望可見裙擺有春日原野筆頭草與嫩草圖樣。在光澤烏黑的秀髮襯托下，依稀可見白皙明亮的臉蛋，此時聰子正以手指指向池中島。

池中島沒有掛紅白布幕，但隱約可見遠處新綠紅葉山步道旁的布幕倒映在池面，猶如紅白雙色的干菓子。

清顯有種錯覺，彷彿聽到聰子甜美又有活力的聲音。但窗戶緊閉，理應聽不到。

一名日本少年，與兩名暹羅少年，屏氣凝神湊在一個窗戶凝望。清顯感到不可思議，和王子們在一起時，可能是受到他們熱帶情感波動的影響，自己也能輕易地相信自己的熱情，好像可以率直地表達出來了。

如今他能毫不猶豫對自己說：我愛她，而且瘋狂愛著她。

聰子在池邊轉過身來，確實沒看向這扇窗戶，只是一臉愉快地朝主屋走來。但此時清顯卻想起幼時進宮牽裙襬，春日宮妃沒有完全轉過來的側臉，這份遺憾終於在六年後的今天得到了補償，覺得自己看到了最期待的瞬間。

這恍如時間結晶體的美麗斷面，換了角度，在六年後，將這無上的光彩清晰地呈現出來。聰子在春天陰翳無常的陽光下，搖晃般地嫣然一笑，旋即將美麗的纖纖玉手如白弓般抬起，掩住嘴角。她那纖細的身姿，恍如在演奏弦樂。

十八

新河男爵夫婦是放空與狂躁的絕妙組合。男爵從不過問妻子的言行，夫人則是不顧別人的反應喋喋不休。

無論在家或外出都是如此。男爵看起來總是心不在焉，雖然偶爾也會說出言簡意賅的警句，辛辣地批評別人，但絕不會冗長地詳細闡述。夫人則是費盡千言萬語，也無法為自己在說的那個人，描繪出一個鮮明形象。

他們是日本第二輛勞斯萊斯的車主，並得意揚揚以此為傲。男爵在家時，用完晚餐會換上絲綢吸菸服休息片刻，對夫人沒完沒了的叨絮充耳不聞。

夫人組織了一個集會叫「天火會」，名稱取自狹野茅上娘子的著名和歌，每個月邀請平塚雷鳥一派人來家中，召開一次例會。但每次聚會都下雨，被報紙揶揄為「雨日會」。夫人對思想這種東西一竅不通，卻極其興奮地關注女性意識覺醒，恍如在看一窩母雞下了形狀斷然嶄新的三角形雞蛋。

夫妻倆接到松枝侯爵邸的賞櫻邀請時，半是為難，半是高興。為難的是，不用去就知道很無聊。高興的是，可以展現道地的西式無言示威。而且這富商之家，雖與薩長政府[37]持續保持

37 薩長政府，江戶末期薩摩（鹿兒島）和長州（山口）組成的聯合政府。

良好關係，但從父輩起就暗自瞧不起鄉下人，這種鄙夷成了他們新的不屈優雅的核心。

「松枝家又要招待宮家了，想必會安排樂隊歡迎吧。他們家總是把宮家的蒞臨，當作一個演出節目。」男爵說。

「我們總是得把新思想隱藏起來。」夫人應和，「不過隱藏新思想，裝作若無其事，不是也挺有氣魄的嗎？悄悄地混入守舊的人群中，不是也很有趣嗎？看著松枝侯爵對洞院宮畢恭畢敬的蠢樣，時而又裝出好朋友的樣子，也挺有意思的。可是我要穿什麼洋裝去呢？大白天就穿晚禮服盛裝出門好像不太好，乾脆穿裾模樣和服，說不定恰到好處。我去跟京都的北山說，叫他們趕緊做一件下擺篝火夜櫻圖樣的裾模樣和服吧。可是不知為何，我總覺得我不適合穿這種裾模樣和服。不過究竟只是自己覺得不適合，但其實很適合，還是看在別人眼裡真的不適合，我也搞不清楚。你覺得呢？」

——賞櫻會當天，侯爵家傳話來，請新河男爵夫婦務必比洞院宮早到。因此夫妻倆便故意比預定時間晚到五、六分鐘，可是離洞院宮抵達，當然還有充裕的時間。男爵很氣這種鄉下人的做法，剛抵達就挖苦說：

「難道宮家馬車的馬，在半路中風了？」

但這奚落挖苦之言，男爵是以英式作風面無表情在嘴裡咕噥，根本沒人聽到。

之後傳來一個急報，說洞院宮的馬車已駛進侯爵家大門，主人這邊立即在主屋玄關列隊迎接。馬車駛過道路，砂礫飛濺，停在松樹旁的迴車道。清顯看到馬匹怒張鼻孔，挺直脖子，灰白鬃毛倒豎，彷如餘威猶存的浪花飛濺，掀起白色浪峰。馬車車廂腹部的金色家紋染了些許春泥，轉動時的金色漩渦，此刻也已靜止。

洞院宮戴著黑色圓頂禮帽，露出帥氣的半白鬍鬚。妃殿下跟在他後面，兩人直接穿鞋走在鋪好的白布上進入大廳，坐上主賓席。在這之前，洞院宮當然有和大家點頭致意，正式致辭要等到進入客廳後。

妃殿下往前走時，黑色鞋尖在雪白裙襬薄紗前交替出現，恍如馬尾藻在餘波盪漾的泡沫中若隱若現。這幕情景，看在清顯眼裡極為優雅，以至於不敢隨便抬頭看妃殿下上了年紀的尊容。

到了客廳後，侯爵為洞院宮夫婦，逐一引見今天的客人。其中殿下初次見面的只有聰子。

「你家有這麼美的千金，居然一直藏起來不給我看。」

殿下向綾倉伯爵抱怨。此時清顯在一旁，莫名感到背脊一陣寒顫。他覺得聰子在這些人眼中，彷彿是顆華麗的皮球，可以高高地被踢起。

洞院宮與暹羅王室交情深厚，兩位暹羅王子剛到日本就受過他的款待，因此很快就聊開了。洞院宮問兩位王子，學習院的同學對他們好不好。昭披耶面帶微笑，彬彬有禮地回答：

「大家都已經像十年的知己，凡事都很熱心幫助我們，沒有什麼不便之處。」

清顯聽了覺得納悶。因為他知道，兩位王子除了自己之外，沒有談上朋友的朋友，至今也很少去上學。

新河男爵的心宛如白銀，儘管出門前特地磨得晶瑩光亮，到了人群中就立即蒙上無聊的鏽斑，變得黯淡無光。光聽到一句這種應酬話就會生鏽……

接著在侯爵的引領下，大家終於跟在洞院宮後面，去庭園賞櫻。日本人聚會時，客人不容易打成一片，通常妻子都跟在丈夫身後。此時男爵已經明顯陷入放空狀態，等到與前後的人們拉開一定距離，他對妻子說：

「聽說侯爵從國外遊學回來，變得時髦起來，取消妻妾同居，讓小妾搬去大門外的租屋處。從家裡走到大門八、九百公尺，也就是他有八、九百公尺的時髦了。『五十步笑百步』一定是為這種人創設的諺語。」

「既然要追求新思想，就要徹底貫徹新思想。不管世人怎麼說，像我們家都遵從歐洲習慣，就算晚上臨時受邀出門，也必定夫妻同行。必須這樣才行。啊，你看！對面山上兩三棵櫻花樹和紅白布幕，倒映在池裡多美啊！你覺得我這件裾模樣和服好不好看？在今天的客人裡，就屬我的衣服最講究，而且是新穎又大膽的花色。在對岸看我倒映在池面的倩影一定很美吧，我站在這邊的岸上，不能同時也在對岸，真是太不方便了。你不覺得嗎？」

新河男爵甘之如飴地忍受這種一夫一妻制的精采洗鍊拷問（因為原本就出於自願），宛如自己是早別人一百年的思想受難者。對於人生，他原本就不追求感動，無論多麼難以忍受的辛苦，只要沒有感動介入的餘地，他就覺得是時髦有氣魄的事。

山丘上的遊園會場，柳橋的藝妓扮成各種角色，有跳元祿賞花舞的武士、女俠、奴僕、盲眼藝人、木匠、賣花女、賣畫郎、年輕小伙子、城鎮小姐、鄉下姑娘、俳諧師等，大家一起迎接客人。洞院宮對身旁的侯爵露出滿意的微笑，兩位暹羅王子開心地拍清顯的肩膀。

清顯的父親專心招待殿下，母親則專心招待妃殿下。剩下清顯和兩位暹羅王子，藝妓們便圍繞在他們旁邊。清顯為了照顧兩位語言不通的王子，煞費苦心，也就無暇顧及聰子了。

「少爺，您也來一起玩嘛。今天單戀的人忽然多起來了，如果您不理她們就太殘忍了。」扮成俳諧師的老藝妓對清顯說。

年輕藝妓和女扮男裝的藝妓，腮紅刷到了眼角，笑起來的表情都像晃著酒醉紅暈。隨著夕暮降臨，清顯也感到寒意漸濃，但這些藝妓們的白粉肌膚與絲綢刺繡，彷彿在他身邊圍起兩對六折密不通風的屏風，擋住了真摯的晚風。

這些女人談笑風生，樂在其中，彷彿泡在溫度適中的洗澡水裡。她們說話時，手指的擺動優美靈活，白嫩的咽喉彷彿裝了小鉸鏈，會恰如其分地停下來優雅點頭；遭人揶揄時，眼神會瞬間流露戲謔的慍色，但嘴角始終掛著微笑；突然認真聽客人說教時，表情十分投入；稍稍抬手撩髮時，剎那間流露的惆悵茫然……在這千姿百態裡，清顯不禁拿來比較的是，藝妓們頻繁的秋波，與聰子獨特秋波的不同。

這些女人的秋波非常靈敏快活，但這秋波是獨立的，就像吵鬧的飛蟲到處亂飛惹人生厭，而聰子的秋波則蘊含著優雅律動。

清顯看到遠處，聰子與洞院宮在談話的側臉。那側臉映著些許夕陽，恍如遠方的水晶，遠方的琴聲，遠方的山麓皺褶，充滿了距離釀就的幽玄之美。而且在暮色漸深的林間天空襯托下，側臉的輪廓清晰得宛如黃昏富士山。

——新河男爵與綾倉伯爵簡短交談了幾句。兩人身邊都有藝妓陪侍，但都表現得沒把藝妓放在眼裡。櫻花的花瓣紛紛飄落在草坪上，一片髒掉的花瓣恰好落在綾倉伯爵映著夕陽的漆皮鞋尖上。這時男爵注意到，伯爵的鞋子小得像女鞋，進而發現伯爵端著酒杯的手，也像人偶的手又白又小。

男爵對這種衰亡的血脈感到嫉妒，但也覺得無論伯爵的放空狀態帶著多麼自然的微笑，和自己的英國風放空狀態之間，可以有獨一無二的對話，這是和別人無法擁有的。

「說到動物，齧齒目動物最可愛了。」伯爵突然說。

「齧齒目？」男爵毫無概念地問。

「比方說兔子、土撥鼠、松鼠之類的。」

「您養這種動物啊？」

「沒有，我沒養。家裡會有臭味。」

「既然覺得可愛，為什麼不養呢？」

「因為牠們無法入詩。我們家的家規規定，不能入詩的東西不能擺在家裡。」

「這樣啊。」

「雖然我沒養，不過我覺得這種小小的、毛茸茸、戰戰兢兢的小動物最可愛了。」

「說的也是。」

「不知道為什麼，通常可愛的東西，味道就特別濃。」

「可以這麼說。」

「聽說您在倫敦住了很久……」

「在倫敦喝下午茶的時候，服務生總會一個一個問，Milk first？Tea first？其實攪拌之後都一樣，可是對每個人來說，先倒牛奶或是先倒茶，簡直是比國家政治更緊急重要的問題……」

「這倒是很有意思。」

藝妓根本沒有插嘴的機會。兩人明明是來賞櫻，卻似乎一點也不關心櫻花。

侯爵夫人一直陪著妃殿下，妃殿下喜歡長歌也常彈三味線，因此夫人安排柳橋首屈一指的三味線老藝妓隨侍在側，陪妃殿下聊天。侯爵夫人提起有一次在親戚的訂婚宴上，看到鋼琴與三味線與古琴合奏了一首《松綠》，大家聽了很高興，妃殿下甚至興致盎然地說：好希望我當時也在場。

侯爵不時縱聲大笑。洞院宮笑的時候會護著細心打理的帥氣鬍子，所以沒笑得那麼開。扮成盲眼藝人的老藝妓在侯爵耳畔說了悄悄話，侯爵便大聲對賓客說：

「各位，餘興節目賞櫻舞要開始了。請大家移步去舞臺前面……」

這原本是山田管家的工作，理應由山田來宣布，不料突然被主人搶走了。山田在眼鏡後面眨了眼睛，露出黯淡的眼神。雖然無人知曉，但這是他默默吞忍始料未及之事的唯一表情。

山田認為，既然自己不碰主人的東西，主人也不該染指他的東西。去年秋天也發生過這種事。當時住在松枝邸外租屋處的外國房客小孩，跑到府邸來撿橡實玩。這時山田的孩子們也來了，外國小孩想把橡實分給他們，他們卻堅持不收。因為山田平日就嚴厲訓誡孩子，不能拿主人家的東西。不料外國小孩的父母誤解了他們的態度，跑來山田家抗議。山田看到自家孩子都一臉正經想澄清的模樣，嘴巴還抿成奇妙的恭謹形狀，知道來龍去脈後，大大地誇獎孩子們一番……

——驀地，山田憶起這件事，忽然悲從中來，以有點跛的腳踢起裙褲，悲憤地猛然衝進人群中，匆忙將客人帶去舞臺前面。

這時池畔的舞臺那邊，從圍起紅白布幕的後臺，傳來宛如劃破空氣，使新木屑飛揚的敲響木聲。

十九

清顯與聰子終於有獨處機會，是在賞櫻舞餘興節目結束後，隨著黃昏暮色降臨，客人進入洋館的片刻時光。欣賞過餘興節目的客人與藝妓再度混在一起飲酒作樂，而且離點燈還有些許時間，微妙地嘈雜，讓人感到歡樂的不安的時刻。

清顯在遠處向聰子使了個眼色，知道聰子心領神會，保持適當距離跟了過來。紅白布幕一路掛到山丘小徑通往池畔與大門的岔路處，這裡剛好有一棵大櫻樹，得以擋住人們的視線。

清顯先躲在布幕外等候，眼看快要見面時，聰子卻被遊完紅葉山、從池畔走來的妃殿下隨侍女官們圍住了。這時清顯當然更不宜出去，只好獨自躲在櫻樹下靜候聰子脫身。

如此一人獨處時，清顯才初次仰頭細賞櫻花。

櫻花錦簇盛開在簡素的黑枝上，宛如白色貝殼密密麻麻蔓延在岩礁上。每當晚風吹鼓布幕，首先受風的下方枝條櫻花，彷彿低喃般柔軟地迎風搖曳，然後所有枝條上的櫻花都落落大方搖擺起來。

花是白的，唯有串串花蕾是淡紅色。但仔細觀察，白花的花蕊星形部分帶著茶紅色，宛如鈕釦中央的縫線，一線一線繫得相當牢固。

白雲與黃昏的藍天互相侵犯，兩者的顏色都顯得稀薄。花朵與花朵交混成的花團，切割出的天空輪廓模糊，恍如融進天空暮色裡。枝條與樹幹的黑色也益發濃重，令人感到不舒服。

隨著時間分秒過去，天空暮色與櫻花變得更加親近。看到這幕景色，清顯的心被鎖進不安裡。

布幕再度鼓了起來，清顯以為是風吹的，原來是聰子沿著布幕走了過來。清顯立即握住聰子的手，被晚風吹得冰冷的手。

清顯想要吻她。聰子擔心被看到而拒絕，卻也擔心和服沾到櫻花樹幹如塗滿粉般的青苔，也就讓清顯抱在懷裡。

「做這種事只會讓我難過。清少爺，放開我。」

聽子低聲說，語氣顯然還是怕被看到的。清顯暗自埋怨她不夠慌亂。

清顯想得到一種保證：此刻兩人在櫻花樹下，是處於幸福的巔峰。不安的晚風確實加劇了他的焦躁，但他想確定，自己和聽子都沉浸在別無所求的至高幸福時刻裡。只要聽子流露出一絲不情願，這個願望就無法達成。他就像一個嫉妒心很重的丈夫，埋怨妻子不和自己做同樣的夢。

聽子半推半就闔上雙眼依偎在清顯懷裡的模樣，美得無與倫比。微妙線條勾勒出的臉蛋，端麗又充滿放肆。嘴角微微翹起，是在唏噓？抑或微笑？清顯在暮色中急於分辨，卻又發現她的鼻翼陰影已出現夜幕急速低垂的徵兆。清顯看著她半掩在秀髮中的耳朵，耳垂透著些許紅暈，耳形極為精緻小巧，宛如他曾在夢中看過的，擺放極小佛像的小巧珊瑚佛龕。暮色已深及她耳朵深處，那裡可能藏著什麼祕密。聽子的心，在那耳朵深處嗎？抑或在那朱唇微張，潤澤皓齒的深處？

清顯苦惱，不知如何才能抵達聽子的內心深處。聽子彷彿不願再讓清顯盯著她的臉瞧，突然主動湊過去吻清顯。清顯一手摟著她的腰，指尖感受著她的溫熱，想像自己是在繁花腐敗的溫室花房裡，將鼻子埋進花堆猛嗅花香，若能嗅到窒息不知該有多好。儘管聽子一語不發，清顯也詳細地看見，自己的幻想就快達到完美勻稱的境界了。

熱吻結束後，聽子的大髮髻依然埋在清顯的制服胸口。清顯在濃郁髮油的香氣中，眺望布幕彼方帶著銀色的遠處櫻花，覺得令人愛憐的髮油香氣和黃昏櫻花的香味是一樣的。夕陽殘照裡，遠櫻層層疊疊，密集得宛如起毛的羊毛，在近乎銀灰色的粉白下，深藏著些許不吉祥的紅色，恍如死者化妝的胭脂紅。

清顯驀然發現聰子淚濕臉頰。他不幸的探究心，旋即開始揣測這是幸福的眼淚或不幸的眼淚？然而在他還分不清之前，聰子的臉已離開他懷裡，淚水也沒擦，彷彿變了一個人，絲毫不帶一絲柔情，眼神尖銳滔滔不絕地說：

「小孩子！你還是個小孩子！你什麼都不懂，而且根本不想懂。早知如此，我就該更無所顧忌的把一切都教給你。你可能自以為了不起，但其實你還是個嬰孩。我真的該多教你一點就好了。可是，已經太遲了……」

聰子說完便轉身往布幕那邊跑去，留下一個心靈受傷的年輕人。

究竟發生了什麼事？聰子這番話，精心羅列出最能深深傷害他的語言，瞄準他最脆弱的部分射出毒箭，聚集了對他最有效的毒素，可說是嚴重打擊他的語言精華。清顯首先應該意識到這毒素的精鍊度非比尋常，首先應該思考如此純粹的惡意結晶是怎麼形成的。

偏偏他心悸得厲害，雙手不住顫抖，眼裡噙著委屈的淚水，同時滿腹激怒，就這樣呆立在那裡，無法思考感情以外的任何問題。此時，要他在賓客前露臉，而且一副泰然自若地陪賓客到深夜宴會結束，是世上最艱難的事。

二十

宴會進行得相當順利，沒有出現任何差錯，圓滿結束。生性大而化之的侯爵相當滿意，認為客人當然也很滿意。對他而言，侯爵夫人最璀璨耀眼的價值，就在此刻。以下的對話就可看得出來。

「兩位殿下始終心情愉快的樣子。妳覺得他們是心滿意足回去的嗎？」

「這還用說嗎？妃殿下都說打從天皇駕崩以來，第一次過得這麼快樂呢！」

「雖然這種說法不得體，不過也確實如此。可是從下午一直到深夜，時間太長了，客人不會覺得疲憊嗎？」

「不會的。你安排得那麼周詳綿密，有條不紊，一個節目接著一個節目都有不同的樂趣。我不認為大家有時間疲憊。」

「播放電影的時候，沒有人看到睡著吧？」

「沒有。大家都睜大眼睛，看得很投入。」

「話說聰子，真是個善良的女孩。那部電影確實很感人，但只有她一個人落淚。」

播放電影的時候，聰子毫無顧忌地哭泣。電影播完開燈後，侯爵才發現她臉上的淚水。

清顯筋疲力盡回到自己的房間，但精神亢奮得難以入眠。他打開窗戶，彷彿看到一群青黑色的鱉頭，從黑暗池面探出來看他……

他終於按鈴叫飯沼來。飯沼已從夜間大學畢業，現在晚上一定在家。

飯沼進入清顯的房間後，一眼就看出「少爺」被憤怒與焦躁折磨得渙散的表情。以前飯沼沒有察言觀色的能力，現在卻變得非常厲害。尤其面對日常接觸的清顯表情，現在已如看慣的萬花筒，能明晰地看清各種纖細色彩的玻璃碎片組合。

這種轉變，也使飯沼的心思與嗜好產生了變化。以前他看到年輕主人煩憂憔悴的表情會厭惡，認為這是怠惰懦弱的靈魂表徵，如今甚至能覺得別具風情了。

清顯那憂愁的美貌，確實與幸福或喜悅不搭，能提昇氣質的反倒是悲傷或憤怒。而且清顯憤怒或焦躁時，必定會同時出現一種沒有安全感的依賴。這時原本就已白皙的臉龐更加蒼白，美麗的眼睛泛起血絲，流線型的眉毛歪斜扭曲，顯露出失去重心踉蹌的靈魂想抓住東西的渴望，宛如迴蕩在荒野的歌聲，散發出一種荒蕪中的依賴。

清顯一直沉默不語。但飯沼近來已會不請自坐，即使清顯沒開口勸坐，他也自動坐下，拿起清顯放在桌上的今晚宴席菜單看了起來。這是飯沼在松枝家待上幾十年，也絕不可能有機會嘗到的美味佳餚。

大正二年四月六日賞櫻會晚宴菜單

一、湯品：清燉鱉湯

二、湯品：雞蓉濃湯

三、魚肉：白葡萄酒煮鱒魚佐奶油醬汁
四、獸肉：蒸煮牛里肌肉佐蘑菇醬
五、禽肉：燒烤鵪鶉鑲蘑菇
六、獸肉：炙燒羊里肌肉佐芹菜
七、禽肉：鵝肝冷盤
　配酒：鳳梨酒雪酪
八、禽肉：紙包暹羅雞[38]蒸煮蘑菇
九、蔬菜：奶油蘆筍，奶油扁豆
十、甜點：芭芭露亞奶凍
十一、甜點：雙色冰淇淋，小點心

——清顯心神不定，眼神時而輕蔑時而哀求，盯著一直在看菜單的飯沼。他知道飯沼在等他先開口，但這種少根筋的顧慮令他生氣。要是飯沼能忘記主僕之別，像個哥哥將手搭在清顯肩上問他怎麼了，該有多麼容易聊開。

清顯沒發現坐在那裡的飯沼，已不是以前的飯沼。以前飯沼只會笨拙地壓抑激烈的熱情，但如今對待清顯，他還不知如何以體貼柔軟的心，介入他原本就不擅長的細膩情感領域。

「你不知道我現在是什麼心情吧。」清顯終於主動打破沉默，「我受到聰子嚴重的侮辱。她的口氣完全不把我當成年人看，簡直在說我至今的行為像愚蠢的小孩。不，她是真的說了。她專挑我最討厭的事攻擊我，我對她的態度失望透了。看來那天賞雪的早晨，我對她百依百順，也只是被她當作玩具……關於這件事，你有沒有些什麼頭緒？例如蓼科有沒有跟你說什麼？」

飯沼尋思了好一會兒說：

「沒有，我什麼都沒聽說。」

由於他思索的時間長得不自然，像藤蔓纏繞在清顯敏銳的神經上。

「你說謊。你一定知道些什麼。」

「沒有，我什麼都不知道。」

在這樣的問答攻防後，飯沼終於說出不想說的事。雖然飯沼已能看出別人心思變化的結果，但對心理反應依舊不夠敏感，全然不知自己說的話給清顯帶來多麼沉重的打擊。

「我是聽阿峰說的。她只私下跟我一個人說，叫我絕對不能說出去。可是這件事跟少爺有關，也許說出來比較好。

今年新年的親族賀年會，綾倉家的小姐有來吧。每年的這一天，侯爵都會親切地跟親戚家的孩子聊天，而且什麼事都可以問他。那時侯爵就開玩笑問了綾倉小姐：

『妳有什麼事想問我嗎？』

38 暹羅雞，即鬥雞。書中出現暹羅王子，故保留原文用字。

綾倉小姐也開玩笑似地說：

『有，我有很重要的事想問您。我想請教您的教育方針。』

為了慎重起見，我得先跟您說，這些話都是侯爵的枕邊話。這麼說可能有些不妥（飯沼說得滿懷痛恨），這是在床上，侯爵笑著對阿峰說的。然後阿峰原封不動告訴我。

綾倉小姐這話引起侯爵的興趣，於是侯爵問：

『妳說的教育方針，指的是什麼？』

綾倉小姐說：

『我是聽清少爺說的。據說您帶他去花街柳巷，施予實地教育。清少爺因此學會了玩樂，自認已經是個男人，神氣得不得了。您真的帶他去做這種不道德的實地教育嗎？』

這番理應難以啟齒的話，她就這樣強勢地流暢問出口。

侯爵聽了哈哈大笑。

『這個問題還真犀利啊。簡直像矯風會[39]的人站在貴族院的臺上質詢。如果事情真像清顯說的那也就罷，我必須辯解一下，其實最關鍵的清顯本人拒絕這種教育喔。妳也知道他那個人，他是個不肖子，一點都不像我，既晚熟又有潔癖，我是有邀他去沒錯，可是我一開口，他就拒絕了，還氣呼呼地跑掉。明明不屑去那種地方，居然為了面子，對妳吹牛撒這種謊，這倒是滿有趣的。不過話說回來，不管你們感情再好，他也不該向一個大家閨秀說花街柳巷的事。我可不是這樣教育他的。我這把他叫來，好好訓他一頓。這樣他會受到刺激，或許會有興趣體驗一下花街柳巷的尋歡滋味。』

綾倉小姐聽了之後，費盡唇舌阻止侯爵的輕率舉動。侯爵也答應當作沒聽過這件事，保證不會對任何人說，但最後還是偷偷跟阿峰說，而且還邊說邊笑說得非常開心，叫阿峰絕對不能講出去。

不過阿峰畢竟是女人，心裡藏不住話，就跟我說了。可是我有鄭重警告她，說這件事關係到少爺的名譽，嚴厲叫她守口如瓶，如果她說出去，我就跟她斷絕來往。她被我這種意外的嚴肅態度震住，所以我想阿峰也絕對不會洩漏出去。」

清顯聽著聽著，臉色愈發蒼白。但另一方面，過去恍如在濃霧中處處碰壁的東西，此刻霧散天晴，出現根根分明的白色晶瑩列柱，所有模糊不清的事物也都有了清晰的輪廓。

首先，聰子矢口否認拆過清顯那封信，其實她已經看過了。

當然這封信理應給聰子帶來若干不安，但在新年的親族賀年會上，從侯爵口中證實那是謊言後，她欣喜若狂，沉醉在她所說的「幸福的新年」裡。如此一來，那天在馬廄外，聰子突然熱情告白的原因也真相大白了。

因為聰子徹底安心了，才會那麼大膽找清顯去賞雪！

唯獨今天聰子的淚水與無禮的指責，依然不知究竟為何。現在揭曉的是，聰子始終都在說

39 矯風會，全名為基督教婦女矯風會，成立於明治十九年的女性團體，提倡禁酒、廢娼。

謊，始終都暗自輕視清顯。無論如何辯解，誰都無法否認這個事實：她以折磨清顯為樂來接近清顯。

「聰子指責我是小孩子，一方面又想把我永久關在小孩子的狀態裡，這已經毋庸置疑。實在太奸詐了。她有時擺出柔順依賴的女人風情，其實內心始終不忘輕侮我。表面上奉承恭維我，其實是在玩弄我。」清顯如此尋思。

他實在太生氣了，以至於忘記一切都源於自己那封滿紙謊言的信，一切都始於自己撒的謊。

他只顧一味地將凡事都和聰子的背信扯在一起。因為她傷害了一名男子苦悶地站在少年與青年交界線上，最重要的自尊心。看在成人眼裡，這只是無聊的芝麻小事（侯爵父親的笑就說明了這一點），但這些芝麻小事，在男性某個時期，最容易傷到他敏感的自尊心。不知聰子是否明白這一點，但她確實以缺乏體貼的做法，蹂躪了清顯的自尊心。清顯覺得自己丟臉丟到彷彿生病了。

飯沼於心不忍地看著清顯蒼白的臉色與漫長的沉默，但尚未發覺這個傷害是自己帶來的。此刻，飯沼對於這個長年傷害他的美少年，不抱任何復仇企圖，但也不知自己已讓這個少年受了重傷。也因此，飯沼從未像現在這樣，如此心疼這個低頭不語的少年。

飯沼滿懷不捨又天真地思量，是否該扶清顯，帶他上床。如果他哭了，自己也會掬一把同情淚吧。不料清顯抬頭後，臉上一片乾燥，不見淚痕。那冷漠如箭的眼神，立即粉碎了飯沼的幻想。

「我知道了。你可以走了。我也要睡覺了。」

清顯從椅子站了起來，將飯沼推到門外。

二十一

翌日，蓼科打了幾通電話來，但清顯都沒接。

蓼科拜託飯沼，務必請清顯來接電話，因為小姐有事必須親自跟清顯說。但飯沼早已被清顯下令嚴禁轉達，便不予理會。到了不曉得第幾通電話，聰子親自打來拜託飯沼，飯沼依舊斷然拒絕。

糾纏不休的電話連著幾天打來，女僕之間也開始議論紛紛。清顯依然堅持不接，最後蓼科終於找上門來。

飯沼穿著小倉裙褲，端坐在昏暗便門玄關的式台[40]中央迎接蓼科，擺出一副絕不讓她進去的架式。

「少爺不在家，無法見妳。」

40 式台，為玄關裡高一階的地板處，迎送客人的地方。

「怎麼可能不在家。想要阻擋我，就叫山田出來跟我說。」

「叫山田來也一樣。少爺絕對不會見妳。」

「那好，我就強行進去，我一定要見到他。」

「少爺的房門鎖著，妳絕對進不去。妳要硬闖妳的自由，但妳應該是帶著祕密使命來的，要是被山田知道了，引起軒然大波，傳到侯爵耳裡，妳也無所謂嗎？」

蓼科沉默不語，在昏暗中惡狠狠瞪著飯沼凹凸不平的青春痘臉。飯沼眼裡看到的則是，外頭春光明媚的迴車道閃耀著五葉松的背景，襯托出蓼科濃厚白粉填滿年老臉龐的皺紋臉，活像皺綢畫[41]裡的人物。那雙在雙眼皮下深深凹陷的眼睛，惡狠狠地充滿怒火。

「好吧。雖然是少爺的命令，可是你說的這麼強硬，想必你有相當的覺悟吧。過去我也穿針引線幫了你不少忙，也就到此為止。那就請幫我問候少爺，我就此告辭。」

——四五天後，聰子寄來一封厚厚的信。

若是一如往常，聰子會顧忌山田，要蓼科親自交給飯沼，再轉交給清顯，可是這封信卻光明正大，由山田放在蒔繪花紋的漆盤送來。

清顯特地把飯沼叫來房間，將未拆封的信亮給他看，然後叫他打開窗戶，當著他的面扔進火缽燒掉。

飯沼彷彿在目睹什麼精妙的犯罪，望著清顯白嫩的手，一會兒閃避吐著小火舌的火焰，一會兒又鼓舞被厚信紙壓得快熄滅的火焰，宛如小動物在桐木火缽裡胡亂跳動。他心想，過去幫忙的話會燒得更順利，卻又害怕遭拒而作罷。他明白清顯只是叫他來當證人。

清顯避不開煙燻，掉了一滴眼淚。飯沼曾經期盼，自己對清顯施予嚴厲的訓育，能讓清顯流下理解的眼淚。然而此刻眼前，清顯被火烘得通紅的臉頰流下的美麗淚珠，並非來自飯沼的力量。飯沼不禁納悶，為何在這個人面前，無論什麼情況，都只會感受到自己的無能為力。

——約莫一星期後，這天侯爵早早回家，清顯也久違地陪父母在主屋的和室共進晚餐。

「時間過得真快啊，明年你就要受封『從五位』了。以後家裡的人要稱你『五位少爺』了。」

侯爵說得興高采烈。清顯內心卻在詛咒，自己明年就要成年了。年紀輕輕才十九歲，就對人的成長感到疲累不堪，他懷疑這種心境是否受聰子的毒害影響。孩提時期，清顯也曾掐指期盼新年到來，迫不及待想成為大人。如今那種心情早已遠離，他只是冷冷地聽父親說話。

親子三人共進晚餐時一如往常，哀愁八字眉的母親照例有條不紊地照料丈夫與兒子用餐，喝得紅光滿面的侯爵故意擺出超乎尋常的開心，一切都照既定的角色進行。但此時父母稱不上使眼色地稍微交換了眼神，清顯見狀深感驚愕，因為沒有比這對夫妻間竟有默契更詭異的事。清顯先看向母親，母親有些畏怯，說話也有些支支吾吾。

「……是這樣的，有件事實在難以啟齒，不過倒也不是誇張到難以啟齒的事，只是想問一下你的想法。」

41 皺綢畫，以和紙揉出細密皺褶，印有插圖與文字的圖畫書裡的畫。

「什麼事？」

「就是又有人來向聰子提親了。而且這樁親事相當難能可貴，如果再進行下去，就不能輕易拒絕了。至於聰子的態度，目前還是像以前那樣曖昧不清，不過我想這次她可能無法不講情面地斷然一口回絕，而且她的父母也希望這樁親事能順利談成……所以我們想問問你，你和聰子是青梅竹馬一起長大，你應該不會反對她結婚吧。你只要說出你的想法就行。如果你有意見，就當著你父親的面說出來。」

清顯沒有停下筷子，面無表情地立即回答：

「我沒有意見。這件事跟我毫不相干吧。」

須臾沉默後，侯爵方寸不亂，以愉快的口吻說：

「現在還來得及。如果，我是說如果，如果你對她有意思的話就直說。」

「我對她完全沒有意思。」

「所以我說如果嘛。既然沒意思，那就好辦。畢竟我們長年受他們家的照顧，所以這門親事，我們也要盡量協助，能幫多少忙就盡量幫，也得花上一筆錢……不過話說回來，下個月就是祖先的忌日，要是這門親事談得順利，聰子也會忙起來，今年可能無法來參加祭典了。」

「那就一開始別邀她不就得了。」

「你這話真令人吃驚啊。我不知道你們的感情變得這麼水火不容。」

侯爵大笑，在笑聲中結束了這個話題。

對父母而言，清顯終究是個謎。他的心思與父母相去太遠，每當父母想探尋他的心思軌跡就會迷路，最後索性放棄。如今侯爵夫妻甚至有點埋怨綾倉家，對兒子幼年時所施的教育。

難道自己以前憧憬的公卿貴族的優雅，只是意味著這種意志不堅與撲朔迷離嗎？儘管遠看很美，但近看兒子這種教育成果，等同只是在他身上安了一個謎。侯爵夫婦的心靈衣裳，縱有各種想法，充其量只是南國風情的鮮豔單色。但清顯的心靈衣裳，卻像古代宮中高級女官穿的多層衣裳色調，朽葉色裡透著紅色，紅色又融進細竹青，分不清究竟是什麼顏色，侯爵光是忖度就覺得疲累。光是看著兒子凡事漠不關心，冷淡沉默的美貌就覺得累。侯爵尋遍自己的少年回憶，也找不到如此曖昧不清，表面看似微波蕩漾，清澄水底那顆不安定的心卻已飽受折磨的記憶。

片刻後，侯爵開口說：

「還有一件事，我打算最近把飯沼辭掉。」

「為什麼？」

清顯首度露出罕見的驚愕表情。他是真的很意外。

「他也照顧你很久了，明年你也成年了，而且他也大學畢業了，我覺得這是個好時機。直接的原因是，我聽到他一些不好的傳聞。」

「什麼傳聞？」

「他在家裡做出不規矩的勾當。講白了就是他和女僕阿峰私通。這在以前是要斬首的。」

「這個傳聞是聽誰說的？」

「誰說的不重要。」

清顯腦海立即浮現蓼科的臉。

「以前是要斬首的，不過現在不能這麼做。而且他是故鄉老家推薦來的，加上那位中學校長每年都來拜年，除了這層關係，我也不想毀了他的前途，所以私下叫他離開是最息事寧人的做法。此外，我想兩全其美地處理這件事，也就是把阿峰也辭掉。如果他們有意思可以結為夫妻，我也會幫飯沼再找份工作。總之，我的目的是讓他們離開這裡，別讓他們心懷怨懟才是上策。畢竟他確實照顧你很多年，這方面他沒有出任何差錯。」

「做到這個地步，真的仁至義盡了……」侯爵夫人說。

——這晚，清顯有和飯沼見面，但他什麼都沒說。

清顯躺在床上，尋思了許多事情，知道如今自己是全然孤獨了。說到朋友只有本多一人，但又不能毫不保留地把事情都告訴他。

清顯做了一個夢。他在夢中思索，覺得這個夢實在無法寫進日記。因為過於錯綜複雜，也過於盤根錯節。

夢中出現了許多人。他看到雪中的第三聯隊營區廣場，卻發現本多是那裡的軍官；忽然一群孔雀飛到雪地上，兩位暹羅王子站在聰子左右，為她戴上垂著長瓔珞的金冠；忽而又出現飯沼與蓼科爭吵的畫面，兩人扭成一團，雙雙墜入萬丈深淵；阿峰乘著馬車來，侯爵夫婦畢恭畢敬地出迎；而清顯自己則坐在竹筏上，搖搖晃晃地漂流在無垠的茫茫大海上。

清顯在夢中尋思，可能是陷入夢境太深，夢溢到現實領域來，造成夢的氾濫。

二十二

洞院宮的第三王子治典王殿下，現年二十五歲，剛晉升近衛騎兵上尉，長相英俊，氣度豪邁，是洞院宮最寄予厚望的兒子。但也正因如此，治典王殿下選妃也不聽別人的意見，給他介紹了眾多候選女子，他都看不上眼，就這樣蹉跎歲月。正當洞院宮夫婦為此苦惱之際，松枝侯爵邀他們來賞櫻宴，若無其事引介了綾倉聰子。洞院宮夫婦都非常滿意，示意要一張聰子的照片，綾倉家立即獻上一張聰子的正裝照。治典王殿下看了照片，以往的辛辣話語半句都沒說，完全看得入神。如此一來，儘管聰子已二十一歲，年齡也不成問題了。

松枝侯爵為了報答綾倉家對清顯幼時的養育之恩，一直掛念著要振興家道中落的綾倉家。最快的方法，即使不是天皇直系宮家，也要與一般宮家聯姻，況且綾倉家源自正統公卿羽林家，與皇族結親也名正言順。只是這種情況下，需要強而有力的經濟後盾。對綾倉家而言，光是想到結婚的龐大陪嫁費用，與後續逢年過節要給宮家侍者僕人的贈禮，就是令人昏厥的支出。因此松枝家已準備扛起所有費用。

聽子冷眼看著周遭人們忙不迭地進行這門親事。四月天晴的日子稀少，陰霾的天空下，春天的氣息日漸稀薄，夏天的徵兆出現了。這座唯有大門壯觀的武家宅邸裡，聽子站在樣式簡素的房間凸窗，眺望疏於整理的寬闊庭院，發現山茶花已凋謝，又黑又硬的葉叢間冒出新芽，石榴樹帶刺神經質的細小枝葉尖端也吐出微紅新芽。所有的新芽都直立生長，整座庭院看似墊起了腳尖，伸長背脊。庭院彷彿長高了幾分。

聽子明顯變得沉默寡言，經常陷入沉思。蓼科見狀十分擔憂。另一方面，聰子又從善如流般很聽父母的話，凡事都乖乖順從，不像以前老愛提出異議，只是帶著淺淺微笑全盤接受。這百依百順的溫柔帷幕後面，隱藏著聰子無垠的漠不關心，猶如最近的陰霾天空。

到了五月的某一天，聰子收到洞院宮別墅茶會的邀請函。若照往年慣例，這時松枝家的祭祖邀請函應該已經到了。偏偏聰子滿心期待的祭祖邀請函沒來，倒是洞院宮家的總管送來茶會邀請函，若無其事交給管家就走了。

這些看似自然發生的事，其實都是暗地裡祕密精心策畫。話不多的父母也是那群人的同黨，在聰子所在之處的地板周圍，悄悄畫滿了複雜的符咒，想把聰子鎖在家裡。

洞院宮的茶會，當然也邀請了綾倉伯爵夫婦。但若由洞院宮派自家馬車來迎接顯得太過誇張，因此借用了松枝家的馬車。這幢明治四十年建造的別墅位於橫濱郊外，若不是來赴這種約，這趟馬車之旅可說是全家難得的愉快出遊。

這天久違的晴空萬里，伯爵夫婦都為此吉兆感到開心。一路上南風強勁，沿途處處可見鯉魚旗迎風飄揚。家中有幾個小孩就掛幾條鯉魚旗，大黑鯉魚旗混雜著小紅鯉魚旗，但只要掛上五條就顯得雜亂，迎風飄揚的氣勢也不夠落落大方。伯爵坐在馬車窗邊，豎起白皙手指，細數山腳下某戶人家的鯉魚旗，竟然多達十條，不禁笑說：

「真能生啊！」

聽在聰子耳裡，這是與父親的身分教養極不相襯的粗鄙玩笑話。

長勢驚人的青葉嫩葉格外醒目，山巒的綠從黃綠到墨綠都有，在千種綠色相映交輝中，尤其陽光透過楓樹嫩葉灑落的樹蔭地面，呈現出一片紫磨金色特別迷人。

「哎呀，有灰塵……」

母親忽地看向聰子的臉，想用手帕拭去灰塵，聰子冷不防縮了縮身子，臉上的灰塵也旋即消失。這時母親才發現，原來是玻璃窗上一塊汙漬擋住了陽光，落影在聰子臉上。

聰子對母親這種錯覺不感興趣，只是靜靜地報以微笑。聰子討厭母親今天特別仔細審視她的面容，簡直像在檢視要餽贈別人的紡綢。

生怕頭髮被風亂掉，車窗緊閉，馬車裡熱得像火爐。車身不停晃動，四周綿延不斷的插秧前的水田，倒影著新綠山巒……聰子已分不清對未來的殷切盼望是什麼。一方面，她被危險的心思擄獲，出奇大膽地讓自己流進無路可逃的地方；另一方面她又好像在期盼什麼。現在還來得及。還來得及。她希望在千鈞一髮之際來了一道赦免令，卻又憎恨所有的希望。

洞院宮別墅坐落於可俯瞰大海的高崖上，是一幢宮殿外觀的洋館，門前連著大理石臺階。

總管來迎接綾倉一家人。三人下了馬車後，俯瞰停泊著各式船隻的港口，不禁驚嘆連連。

茶會設在可瞭望大海的向南寬闊長廊上。長廊栽種著許多繁茂的熱帶植物，入口處擺設了一對暹羅王室餽贈的巨大新月形象牙。

洞院宮夫婦殿下在此迎賓，親切地請客人入座。侍者以刻有皇族菊花紋章的銀質茶具，端來英式的茶，長條桌上還擺著薄薄的一口三明治，以及西式點心與餅乾。

妃殿下談起前些日子的賞櫻會說很有趣，還聊起麻將和長歌等話題。由於聰子一直靜默不語，伯爵出面為女兒緩頰：

「她在家裡還是個小孩子，我沒讓她打過麻將。」

「哎呀呀，我們可是得空就整天打麻將呢。」妃殿下笑說。

聰子聽了不敢說我們家玩的是雙六盤、黑白十二棋這種古老遊戲。

今天洞院宮穿著西裝，顯得輕鬆愜意。他陪伯爵站在窗邊，宛如在對小孩展現知識，指著港口的船隻說，那是英國的貨輪，平甲板型的船，那是法國貨輪，遮浪甲板型的船。

現場氣氛一目了然，洞院宮夫婦為挑選話題苦惱不已。運動也好，喝酒也好，只要有個共同興趣的話題就好。偏偏綾倉伯爵相當被動，只是笑咪咪聽著別人說話。看在聰子眼裡，覺得自幼從父親那裡學來的優雅，從未像今天這樣毫無用處。伯爵平常也是幽默之人，總愛在當下的話題裡，穿插一些毫不相干或裝傻、別具風格的笑話，不過今天顯然很節制。

就這樣片刻後，洞院宮看看手錶，忽然想起似的說：

「今天正好治典王向軍隊請假回來。我這個兒子非常粗魯，還請各位不要見怪，其實他的本性善良溫和。」

洞院宮剛說完，玄關就傳來一陣喧嚷，看來是王子回來了。

治典王殿下響著配刀，蹬著軍靴聲，穿著威武軍服出現在長廊，向父親洞院宮行舉手禮。霎時，聰子感到一種難以言喻的空虛威風，但洞院宮顯然很喜歡王子的這種勇武，因此聰子也明白這位年輕王子凡事都遵照父親的願望處世。這也是因為他的哥哥異常柔弱，健康又欠佳，一直讓父親失望之故。

治典王殿下這種態度，當然也是因為首度見到美麗的聰子，為了掩飾自己的難為情。無論寒暄致意時，甚或後來，治典王殿下都沒直視聰子。

王子的身高不高，但體格健壯，反應機敏，一身傲骨且意志堅定，年紀輕輕就頗具威嚴。父親洞院宮瞇起眼睛，心滿意足地端詳兒子。然而外界也盛傳，這是因為這位儀表堂堂的嚴謹父親，內心深處缺乏堅強意志之故。

治典王殿下的興趣是，喜歡蒐集西洋音樂唱片，談起這方面頗有一家之言的見解。於是妃殿下說：

「你去放張唱片來聽吧。」

「好。」

治典王殿下回答，走向室內放置留聲機的地方。此時聰子的視線，不由得追著他的身影而去。當他邁開大步跨過長廊與房間交界處，窗戶白光清晰滑過他擦得晶亮的黑皮長筒軍靴。聽子看到這一幕，覺得連窗外藍天都鑲著藍色平滑的陶片。聽子輕輕闔眼，靜候音樂響起。此時等待的不安，使她內心深處布滿烏雲，連唱針落在唱盤上的剎那微弱聲響，都轟隆得有如雷鳴。

——之後，聽子與治典王殿下只聊了兩三句無關要緊的話。到了傍晚，綾倉一家人便向洞院宮告辭。一星期後，洞院宮家的總管來訪，與伯爵長談。結果決定，正式向宗秩寮[42]提交意見徵詢書。聽子也私下看過這份文件，內容如下：

宮內大臣閣下鈞鑒：

關於治典王殿下與從二位勳三等伯爵綾倉伊文長女聽子之結婚事宜。

雙方商定成親，特此上書請示尊意。專此叩上。

洞院宮府總管　山內三郎

大正二年五月十二日

三天後，宮內大臣的回函來了。內容如下：

回覆洞院宮府總管徵詢事宜

洞院宮府總管：

關於治典王殿下擬與從二位勳三等伯爵綾倉伊文長女聰子結婚事宜。雙方商定成親並徵詢本省意見，現謹復同意。專此奉復。

宮內大臣
大正二年五月十五日

如此一來，徵詢宮內省同意的手續便已完成，接下來就能隨時奏請天皇敕許。

二十三

清顯已是學習院高等科的最高年級生，明年秋天就要上大學。有些人會在一年半前就開始準備升學考試，但本多絲毫沒有這種跡象，清顯頗為欣賞。

乃木將軍恢復的全體學生住校制度，校方原則上嚴格遵守，但也允許病弱的學生通學，像本多和清顯這種基於家庭方針不住校的學生，就要提出煞有介事的醫生診斷證明書。本多的假病名是心臟瓣膜症，清顯則是慢性支氣管炎。兩人常揶揄彼此的裝病，本多模仿心臟病的胸悶

42 宗秩寮，為宮內省的下屬機關，掌管皇族、皇族會議、王族、公族、華族與爵位等相關事務部門。

呼吸困難，清顯則假裝乾咳。

沒人相信他們真的有病，兩人也沒必要裝得煞有其事，唯獨上日俄戰爭倖存士官們的監武課[43]例外。上這堂課時，總是形式性的，不懷好意將他們當作病人看待；教官訓示時也會譏諷他們，說連住校生活都辦不到的病弱之徒，萬一國家有難如何保衛國家等云云。

兩位暹羅王子住校，清顯很同情他們，常帶禮物去宿舍探望。王子們已將清顯當自己人，所以看到清顯來就經常發牢騷，抱怨行動不自由。快活又冷酷的住校生，未必是王子們的好朋友。

本多對於冷落朋友多時，如今又像厚顏小鳥飛回來的清顯，依然若無其事地歡迎。清顯也把自己忘記本多的事，忽然拋到九霄雲外。新學期開始後，清顯驟然變了個樣，有種空虛的開朗與快活。本多深感訝異，可是當然什麼都沒問，清顯也什麼都沒說。

如今清顯深信，縱使對好朋友也不可徹底敞開心扉，是唯一明智之舉。多虧如此才不用擔心在本多眼裡，自己像個被女人玩弄於鼓掌間的傻孩子，也明白有這份安心，自己面對本多時才能如此自由開朗。此外清顯也認為，自己這份唯獨不想讓本多感到幻滅的心意，以及唯獨想在本多面前當個自由自在的人的心意，足以彌補對本多的無數冷淡，也是自己重視這份友誼最好的證明。

其實清顯對自己的開朗也深感驚訝。後來父母也一副恬淡地將洞院宮與綾倉家的親事進展告訴兒子，還笑說那個好強的聰子，到了相親席上也變得拘謹僵硬，連話都說不出來了。從父母的話裡，清顯當然無從得知聰子的悲傷。

想像力貧乏的人，往往直接從現實的事態提取判斷所需的素材；想像力豐富的人，反倒立即築起想像的城堡，將自己關在裡面，緊閉所有門窗，讓想像力在裡面翱翔。清顯有後者這種傾向。

「接著等勅許下來就好了。」

母親說這話的聲音，在清顯耳畔迴盪。「勅許」二字，讓他聽到一種如實的聲響，彷彿在又寬又長的漆黑長廊前方有一扇門，門上有個小巧但堅固的金鎖，金鎖自己咬牙切齒喀噠一聲上鎖了。

清顯發現自己竟能泰然自若地聽父母談這件事，覺得自己很堅強，有著不會被憤怒與悲傷壓垮的不死之身。他不禁暗忖：「原來我是個遠比自己想像中，更不容易受傷的人啊。」以前，父母的情感紋理粗糙，讓他感到疏遠；如今發現自己無疑繼承了這個血統，令他感到歡喜。原來他並非容易受傷的一族，而是屬於傷人的一族啊！

想到聰子一天天遠離自己，不久將抵達遙不可及之處，清顯有種難以言喻的快感。宛如目送給餓鬼布施的燈籠倒影在水面，乘著夜潮逐漸遠去，祈禱它漂得愈遠愈好，漂得愈遠才更能證明自己的力量。

43 監武課，類似軍訓課。

但是現在，這廣大世間沒人能為他此時的心情作證。這使他更容易偽裝自己的心情。那個不斷對他說「我非常明白少爺的心情，交給我來辦吧」的「心腹」已被趕走，不在身邊也不在視線範圍裡了。能夠擺脫蓼科這個大騙子自然高興，但能擺脫飯沼那種近乎肌膚之親的親密忠心更高興。一切的煩惱都止熄了。

父親對飯沼仁至義盡的驅離，清顯認為是飯沼自作自受。這種想法庇護了他冷酷的心。而且多虧了蓼科的告密，自己也不用背棄絕不將飯沼與阿峰的事告訴父親的承諾，這也使他非常高興。一切都是自己這顆如水晶般，冷冽透明有稜有角的心的功德。

飯沼要離開這個家時，有來清顯的房間告別，而且哭了。清顯甚至將他的淚水解讀成各種含意。他認為飯沼只是一味地強調自己的忠心耿耿，這使清顯不太愉快。

飯沼原本什麼都沒說，只是哭泣。他認為什麼都不用說，清顯也會懂。這七年的相處，對清顯而言是始於感情與記憶都模糊的十二歲春天，但只要清顯回顧記憶，應該處處都有飯沼在。飯沼在清顯的少年期幾乎如影隨形，簡直像落在清顯旁邊，一個髒兮兮藏青碎白花紋的深藍黑影。他那無盡的不滿、無盡的憤怒、無盡的否定，清顯對此愈是裝作不在意，心情愈是沉重。但另一方面，也多虧了飯沼陰暗鬱悶眼裡隱藏的這些情緒，清顯才能免於少年期難以避免的不滿、憤怒與否定。飯沼追求的東西，始終只在自己心裡燃燒。他對清顯愈有期望，清顯就離他愈遠，這或許也是自然的發展。

當清顯將飯沼收為自己的心腹，將他加諸在自己身上的壓力化成無力時，清顯可能早就在精神上，朝向今天的別離邁出一步了。主僕之間，原本就不該這樣相互理解。

飯沼垂頭喪氣站在那裡。清顯鬱悶地望著他藏青碎白花紋和服胸前，隱約露出映著夕陽餘暉的雜亂胸毛。飯沼強加給人的忠心，被這令人厭煩的厚重肉體保護著。他的肉體對清顯充滿責難，連那髒兮兮長滿青春痘凹凸不平臉上映的夕陽餘暉，也彷彿泥濘上的夕照，閃著厚顏無恥的光輝，述說著相信他並與他一起離開這個家的阿峰的存在。真是何等無禮！少爺慘遭女人背叛，孤零零留在這裡，書生卻得到女人的信任，得意洋洋要離開這裡。而且飯沼一副深信不疑的樣子，認為今天的離別是自己一片忠心所導致的結果，使清顯有些惱火。

但清顯依然秉持貴族的態度，展現出冷淡的人情。

「這樣你離開這裡之後，很快就會和阿峰結為夫妻吧？」

「是的。承蒙侯爵成全，我們是打算這麼做。」

「到時候通知我。我也會送賀禮給你。」

「謝謝少爺。」

「住的地方敲定後，寫信告訴我，說不定哪天我也會去看你。」

「少爺願意大駕光臨，我最高興不過了。可是我們住的地方一定又小又髒，恐怕無法好好招待您。」

「不用在意這種事啦。」

「好，既然您這麼說……」

飯沼說完又哭了，從懷裡掏出粗糙的再生紙擤鼻涕。

清顯說的一言一語，正是這種場合該說的話。他流暢地說出自己的想法，清楚地展現出不帶任何感情的話語更能感動人心。原本只為感情而活的清顯，如今基於需要也學會了心理政治學，這種學問在必要時，應該也適用在他自己身上。他會學了穿上感情盔甲，並把盔甲擦得晶亮。

沒有憂愁沒有煩惱，也擺脫了所有不安，這個十九歲少年覺得自己是冷酷萬能的人。有些事情確實結束了。飯沼離去後，他站在敞開的窗前，眺望新綠的紅葉山映在池面的美麗倒影。

窗邊的櫸樹枝葉繁茂擋住了視線，必須伸長脖子探出窗戶，才能看到九段瀑布落入瀑布潭的景象。池面也是，靠近岸邊的池面覆蓋著一片淡綠蓴菜葉，還看不到萍蓬草的黃花，但在大廳前彎彎曲曲的石橋橋洞，已可看到白紫兩色的菖蒲花，浮現在銳利如劍的綠葉叢中。

清顯看到一隻吉丁蟲，緩緩地想爬進室內，停在窗框上。吉丁蟲閃著金綠光芒的橢圓甲冑上，有著兩道鮮豔的紫紅線條，緩緩地擺動觸角，線鋸般的細腳一點一點向前移動，恍如在奔流不息時間裡，沉重到有些滑稽地想保住，凝聚在牠全身的沉靜光彩。清顯凝望之際，深深被吉丁蟲吸引。吉丁蟲以燦爛的身姿，一點一點靠近他。那毫無意義的移行，彷彿在垂訓清顯，如何將瞬息無情改變現實局面的時間，活得美麗燦爛。他自己的感情盔甲呢？是否能像這隻吉丁蟲的甲冑，綻放出自然美麗的光彩？是否擁有足以抵抗一切外界的穩重力量？

此刻，清顯深深覺得，周圍的茂密林木、藍天、雲彩、鱗次櫛比的房屋，所有的一切都在服侍這隻吉丁蟲。現在，這隻吉丁蟲成了世界的中心，世界的核心。

——今年松枝家祭祖氛圍與往年不同。

首先，往年到了這天，飯沼會一早去打掃神宮，獨自將祭壇和椅子都準備妥當。但今年飯沼不在了，這份工作落到山田肩上。這原本就不是山田的工作，而且一直是年輕人負責，所以山田被迫接這份工作，心裡很不是滋味。

其次，聰子沒有受邀。雖然只是少了一位受邀參加祭典的親戚，況且聰子也不是真正的親戚，但沒有其他美麗女賓可以取代聰子。

神明似乎也對這種變化感到不快，今年祭祀到一半，天空驀然烏雲密布，甚至響起雷聲隆隆，女人們擔心下雨，根本無法靜心聽神官誦讀祭文。所幸等到穿緋紅裙褲的巫女逐一為大家斟神酒時，天空也放晴了。強烈的陽光照在低頭女人的領口，搽著厚厚白粉如白色水井的脖子冒出汗珠。此時紫藤棚的花房深深落下串串花影，後排的參列者享受到花影餘蔭。

若是飯沼在的話，看到年年向祖先表達敬意與追悼的祭典氛圍變得如此稀薄，想必會很生氣吧。尤其明治天皇駕崩以來，明治的帷幕早已被收起，祖先也成為與現世無關的遙遠神靈。參列者，包括清顯的祖母遺孀，也有幾位老人家，但這些人的哀悼之淚也早已乾涸。

由於祭祖儀式漫長，女人們的竊竊私語聲也逐年變大，但侯爵也不敢出言責備。如今侯爵也覺得這個祭典是沉重的負擔，希望能辦得輕鬆點，不要過於沉悶。有位濃妝豔抹、五官頗具琉球風的巫女，顯得格外明豔動人。侯爵一直盯著她，連在儀式進行中，她黑亮眼眸投影在素陶酒杯的神酒裡，侯爵都看得出神。儀式結束後，侯爵匆忙去酒鬼表弟海軍中將那裡，開了這位巫女的猥褻玩笑，惹得中將哈哈大笑，也引來旁人側目。

侯爵夫人深知自己的哀愁八字眉最適合這種祭典，表情始終文風不動。

至於清顯，敏銳地感受到飄盪在會場的濃厚氣息：全家的女人，於五月底聚集在這紫藤花影下，甚至有些他連名字都不知道的底層婢女，這些女人不僅竊竊私語，逐漸失去該有的莊重，而且面無表情，絲毫不顯悲傷，只是聚集在這裡等著祭典結束各自散去，每張臉都白得像神情恍惚的白晝月亮，卻又帶著不可思議的凝重不如意。這分明是女人的氣味，聰子也隸屬其中。而且這種氣味，即使以白幣帛纏繞數枚光滑強韌綠葉的楊桐玉串，也終究難以驅除。

二十四

失去的安心感撫慰著清顯。

他的心總是如此運作：知道事實上已失去，比害怕失去好多了。

他失去了聰子。這樣也好。原先的怒氣平息了，感情的付出也變得節約許多。這種狀態就像一支被點燃的蠟燭，明亮熱鬧，但身體卻化成蠟液逐漸消融，如今火被吹熄，孤立在黑暗裡，但已不用怕身體會被侵蝕。清顯這才明白，原來孤獨是一種休息。

時序臨近梅雨。就像康復期的病人提心吊膽地不保養身體，清顯也想試探自己是否已不會動心，故意流連在聰子的回憶裡。他拿出相簿，瀏覽往昔照片，看到一張兩人幼時胸前掛著白色圍兜兜，並肩站在綾倉家槐樹下的合照，那時的自己已長得比聰子高，感到非常滿意。擅長書法的伯爵，曾熱心教導他們藤原忠通創的法性寺流派的古老日式書法。有時他們字帖寫膩了，伯爵為了讓他們提高興致，便讓他們輪流在卷軸上寫《小倉百人一首》，這個卷軸如今還保存著。當時清顯寫了一首源重之的和歌：「狂風疾猛吹，強浪更撞擊岩石，卻只擊碎我，只有我一人心碎，煩惱憂愁的此時。」聰子在旁邊寫了大中臣能宣的和歌：「如全國輪替，來宮中當警衛者，夜裡燃篝火，直到白日才熄滅，我也如此思念你。」顯而易見，清顯的字跡頗為拙稚，聰子運筆流暢巧緻，完全看不出是小孩寫的。長大後，清顯鮮少碰這個卷軸，因為他發現，裡面有著聰子先走一步的成熟與自己的不成熟，這種差距使他感到難堪。如今虛心再看，他覺得自己的字跡雖然拙稚，但有種拙劣的男子氣概躍動感，與聰子行雲流水的優雅恰好形成一種對照。不僅如此，當他想起握著蘸滿墨汁的毛筆，毫不畏懼落筆在印有小松的金箔紙上，一切的情景便栩栩如生地浮現。當時聰子又黑又長的濃密頭髮梳成娃娃頭，身體前傾在卷軸寫字，由於太過投入，黑髮雪崩般從肩膀滑落，但她不予理會，依然以纖細的手指緊握毛筆。清顯從髮間空隙偷看她一心不亂的可愛側臉，緊咬下唇的光潔伶俐小門牙，雖是小女孩卻姣好秀挺的鼻樑，百看不厭。此外還有那沉鬱黯淡的墨香，走筆紙上發出輕風拂過竹葉般的沙沙聲，硯海與硯岡這種奇妙的名稱，從平靜無波的岸邊陡降的墨海深不見底，只見漆黑的停滯，墨條的金箔剝落散亂於上，恍如月影漫射光的永恆夜之海……

「就像這樣，我甚至可以心無邪念地追憶往事了。」清顯自豪地暗忖。

就連夢中也沒出現聰子。似乎看到聰子的身影時，夢中的女子立即轉身離去。此外清顯也常夢見大白天的寬闊街道，但不見半個人影。

——在學校，巴塔納迪多殿下拜託清顯，將之前委託松枝家保管的戒指帶來。

兩位暹羅王子，在學校的風評不太好。主要因為他們的日文程度還不夠，影響到學習也無可奈何，但連同學的友善笑話都聽不懂，不免惹人不耐，最後只好對他們敬而遠之。此外兩位王子總是笑臉迎人，粗野的學生卻認為他們不可捉摸。

讓兩位王子住校是外務大臣的主意，但清顯聽說舍監為了接待這兩位貴賓心力交瘁。學校為他們準備準皇族規格的特別房間，床鋪也用上好的，舍監也竭盡全力讓他們與其他住校生和好相處。但時日一久，兩位王子只窩在兩人的城堡裡，經常連朝會和體操都不出席，更加深了與住校生的隔閡。

這種情況是諸多因素糾纏而成。兩位王子來日後，準備時間不到半年，尚不足以適應日語授課，而且準備期間裡也不是那麼勤奮用功。就連最能讓他們大放異彩的英語課，無論英譯日或日譯英也都茫然不知所措。

話說，巴塔納迪多殿下委託松枝家保管的戒指，收在五井銀行的松枝侯爵私人保險箱裡，因此清顯特地借了父親的印章去取出戒指，傍晚又回到學校，來宿舍找王子們。

這天的天空讓人覺得是沒下雨的梅雨期，顯得陰霾悶熱。兩位王子殷切期盼的光輝璀璨夏天，雖已近在咫尺卻可望不可及。這天的天氣彷彿呈現出王子們的焦躁心情，是個沉悶的日子。宿舍是簡陋的木造平房，深深地掩藏在繁茂樹蔭下。

運動場那邊仍不時傳來練橄欖球的叫喊聲。清顯討厭那種從喉嚨迸出的理想主義叫喊聲。粗暴的友情，新人道主義，沒完沒了的時尚與俏皮話，對羅丹的天才與塞尚的完美無止境的禮讚……這些只不過是新型運動的叫喊聲，對應古老劍道的叫喊聲。他們的喉嚨總是充血，他們的年輕散發著梧桐葉香，戴著高高唯我獨尊的隱形烏帽子[44]。

兩位王子夾在這兩種新舊潮流中，加上日文不好，日子想必過得很煎熬。剛擺脫一個憂慮、心胸變得寬大的清顯，想到這裡不禁同情他們。雖說是校方特別準備的上好房間，但走廊簡陋昏暗，兩位王子的名牌掛在走廊深處的一扇老舊門上。清顯來到門外，輕敲房門。

兩位王子開門，見是清顯，立即流露出想黏著他不放的樣子。兩位王子裡，清顯特別喜歡巴塔納迪多殿下，也就是昭披耶，喜歡他個性持重又愛做夢的特色。但最近連輕浮聒噪的庫利沙達殿下都變得鬱悶消沉，兩人總是窩在房裡，悄悄地用母語交談。

44 烏帽子，平安時代流傳下來的一種黑色禮帽，帽子愈高代表等級愈高。

房裡除了床、書桌、衣櫃，沒有像樣的擺飾。建築物本身充滿乃木將軍的兵營風格，腰壁板以上只是一片白牆，唯獨白牆的小架上，供奉著王子們朝夕膜拜的金色釋迦像放出異彩。窗戶兩側收攏著染上雨漬的棉布窗簾。

兩位王子明顯曬黑的臉，在暮色中微笑時，唯有皓齒格外醒眼。兩人請清顯坐在床邊，迫不及待地催他拿出戒指。

鑲著一對黃金精細雕刻的護門神夜叉半獸形臉的祖母綠戒指，綻放出與這個房間不相襯的光芒。

昭披耶歡聲接過戒指，立即戴在他柔軟淺黑的手指上。這手指宛如為愛撫而生，纖柔且充滿細緻的彈力。戒指戴這手指上，彷彿一道熱帶月光從門扉隙縫照進來深深映在鑲木地板上。

「月光公主終於回到我手上了。」

昭披耶略帶憂傷地嘆息。庫利沙達沒像以前那樣揶揄他，只是拉開衣櫃抽屜，取出珍藏在幾件襯衫裡的妹妹照片。

「在學校的時候，就算我說這是我妹妹的照片，擺在桌上，也會被笑。所以我們都小心翼翼把月光公主的照片藏起來。」

庫利沙達殿下說得都快哭了。

過了片刻，昭披耶才坦言，月光公主已經兩個月沒來信，問了公使館也說不清楚，甚至也沒來信向哥哥庫利沙達報平安。如果生病或發生了什麼變故，理應會發電報來通知，因此昭披耶忍不住猜想，會不會發生了連哥哥都不能說的事情？若是如此，八成是暹羅宮廷急著在進行政治聯姻。

每當想到這裡，昭披耶就心情鬱悶，滿心只想著明天會不會有信來？如果來了，會不會是壞消息的信？根本無心念書。此時為了尋求精神寄託，王子想到的辦法只有一個，就是取回月光公主臨別贈送的戒指，將自己的滿腔思念，寄託在這只密林晨光色澤的祖母綠戒指上。

此刻昭披耶似乎忘了清顯的存在，將戴著祖母綠戒指的手指，伸向桌上的月光公主照片旁，彷彿想召喚兩個隔著時空的實體凝結為一的瞬間。

庫利沙達殿下打開天花板的電燈，照在昭披耶手上的祖母綠戒指，反射到相框玻璃上，恰好落在月光公主白色蕾絲服的左胸上，形成一個昏暗的綠色四角形。

「這樣看起來像什麼？」昭披耶以英文如夢似幻地說：「她好像有一顆綠火心臟吧。在密林樹枝爬來爬去，如蔓藤般的纖細綠蛇，說不定就有一顆這種冰冷綠光，帶著細微龜裂的心臟。或許她當初送我這個溫柔餞別禮物，就是期待有一天，我能看出這層寓意。」

「沒有這回事！昭披耶。」庫利沙達殿下毅然反駁。

「庫利，你別生氣。我完全沒有侮辱你妹妹的意思。我只是在說，戀人真是奇妙的存在。你不覺得照片只是留下她當時拍攝的倩影，但這個臨別贈送的寶石卻忠實反映出她現在的心情？在我的回憶裡，照片與寶石，她的倩影和她的心靈，是各自分離的，現在卻像這樣合而為一了。

畢竟我們愚蠢到，即使戀人在我們面前，都認為她的人和心是分開的。如今我和她分隔兩地，說不定反而比相聚時更能看見一個成為結晶的月光公主。如果別離是痛苦的，那麼相聚也可能是痛苦的；如果相聚是快樂的，那麼別離也沒道理是不快樂的。

對吧？松枝。戀愛就像魔術一樣可以穿越時空，我想探索其中的奧祕。就算那個人就在眼前，我們也未必愛戀那個人的實體，而且認為那個人的容姿是實體不可缺的形式，所以受到時空的阻隔會產生雙重疑惑，但相對的也可能雙倍地接近實體存在……」

清顯不知道王子的哲學思辨深奧到什麼程度，但他不敢等閒視之，況且王子這番話也讓他聯想到許多事情。他相信自己現在是「雙倍接近」聰子，但也明確知道自己愛戀的並非她的實體存在。可是證據在哪裡呢？自己只是動不動就陷入「雙重疑惑」不是嗎？難道自己愛戀的終究是她的實體……清顯下意識輕輕搖頭。這時他驀然想起以前做過的一個夢，夢中昭披耶的祖母戒指出現一個奇異美女的臉。那名女子究竟是誰？是聰子？還是未曾謀面的月光公主？抑或是？……

「不過話說回來，夏天到底什麼時候才會來？」

庫利沙達殿下憂心地望著窗外枝繁葉茂籠罩的黑夜。繁茂樹林的彼方有一棟棟燈光閃爍的學生宿舍，可能是到了晚餐時間，宿舍食堂傳來陣陣嘈雜聲。此外也聽到走在林間小徑的學生吟詩聲，以及那馬虎隨便的吟詠腔調引起其他學生嘲笑的哄笑聲。兩位王子蹙起眉頭，彷彿害怕有魑魅魍魎隨著黑夜一起出現……

——清顯還返戒指後，不久竟因此引發一件不愉快的事。

數日後，蓼科打電話來。女僕前來傳達，但清顯不肯接。

第二天電話又來了，清顯依然不肯接。

清顯對此有些耿耿於懷，偏偏他的心被一件事制約了，姑且不論聰子的事，他對蓼科的無禮仍舊怒氣難消。想到那個愛說謊的老太婆又厚顏無恥來騙人，他就怒火中燒，滿腔怒火集中於此，巧妙地消除了不接電話帶來的些許不安。

過了三天後，正式進入梅雨季，終日陰雨綿綿。清顯放學回來，山田便畢恭畢敬以漆盤送來信件。看到背面的落款，誇示地寫著蓼科的名字，清顯大為吃驚。封口以漿糊黏得很牢，一摸就知道是厚厚的雙重信封，裡面還有一個信封。清顯生怕獨處時會忍不住拆讀，便故意在山田面前，撕碎這封厚厚的信，然後命令山田扔掉。因為他擔心扔在自己房間的字紙簍，說不定又會把碎片撿起來拼湊。山田在眼鏡後面瞪大眼睛露出驚愕之色，但什麼都沒說。

又過了幾天後，撕信一事竟日益沉重壓在心頭，清顯對此很生氣。若只是氣那封信已經和自己無關，卻搞得自己心煩意亂也就罷了，令他更生氣的是，他發現自己竟然後悔了，後悔當時沒有毅然決然拆讀那封信。這個後悔令他難以忍受。當時撕信扔掉，確實出於堅強的意志力，不料隨著時間過去，如今想來可能只是過於怯懦。

撕掉那封不起眼的白色雙重信封的信時，他的手感到一種頑強的抵抗，彷彿信紙裡加了柔軟強韌的麻絲成分。其實信紙的紙質當然沒有加入麻絲，而是他心中潛藏一種意念，若不使出更強的意志力，恐怕無法撕碎這封信。這是一種何等的恐懼。

他已不願再為聰子煩惱，也討厭自己的生活被她香氣濃郁的不安濃霧籠罩。好不容易才奪回明晰的自己……姑且不論這些，他撕毀那封厚信時，覺得在撕裂聰子失去光澤的白皙肌膚。

梅雨期間偶爾放晴的悶熱週六下午，清顯從學校回來，看到主屋玄關前人聲嘈雜，家裡的馬車在準備出發，僕人將紫色綢巾包裹的大件禮物搬進馬車。每當有東西搬進馬車，馬就動動耳朵，骯髒的臼齒流下光澤的唾液。強烈的陽光照在宛如抹了油的青鬃馬頸上，細密毛下的靜脈起伏恍如浮雕。

清顯要走進玄關時，正巧碰上母親穿著繡有家紋的三層禮服出來。

「我回來了。」清顯說。

「哦，你回來啦。我正要去綾倉家祝賀。」

「祝賀什麼？」

母親向來討厭讓僕人聽到重要的事，便把清顯拉到玄關放置傘架的昏暗角落，壓低嗓音說：

「今天早上，勅許終於下來了。你要不要也一起去祝賀？」

兒子還沒回答要不要去，侯爵夫人就看到兒子眼裡閃過一抹黯淡的喜悅，但因急著出門，無暇探究這箇中意涵。

母親跨出門檻後又回頭。此時她帶著悲愁八字眉說出的話，代表她在這個瞬間什麼都沒學到。

「喜事終歸是喜事嘛。不管你們感情再怎麼失和，這時也該誠摯地祝福她。」

「您去吧。我就不去了。」

清顯在玄關目送母親的馬車離去。馬蹄如雨聲踢飛砂礫，松枝家的金色家紋閃爍在迴車道的五葉松間，活潑地搖晃遠去。主人出門後，僕人們如釋重負，清顯感受到背後恍如發生一場無聲的誇張雪崩，遂轉身看向主人不在的空蕩宅邸，只見僕人都低著頭，靜候他走進屋裡。面對這莫大的空虛，清顯覺得自己已確實擁有龐大的思索題材，足以立即填滿這莫大的空虛。於是他看也不看僕人一眼，邁開大步走了進去，迅速穿越走廊，恨不得早點窩進自己的房間。

在這過程中，他的心灼熱燒燙，隨著奇異的劇烈心跳，看見發出尊貴光芒的「敕許」二字。敕許終於下來了。日前蓼科頻繁的電話與那封厚厚的信，想必是敕許下達前的最後掙扎，希望在那之前得到清顯的寬恕，以消除內心愧疚的一種焦躁表現。

這天剩下的時間，清顯委身於翱翔的想像力。外界萬物都入不了他的眼，過去平靜明晰的鏡子已然粉碎，唯有熱風吹得他心頭紛亂嘈雜。以往他少許熱情必定伴隨的憂鬱陰影，如今也在這激烈熱情裡消失得無影無蹤。若有與這相似的情感，最相似的首先可能是歡喜。但這種毫無理由的強烈歡喜，也可能是人類情感中最可怕的。

究竟什麼讓清顯如此歡喜，那就是「不可能」這個念頭。絕對不可能。聰子與自己之間的情絲，宛如琴弦遭利刃斬斷。這把利刃就是「勅許」，一切都隨著斷絃迸裂聲嘎然斷了。打從少年時期，他長年浸淫於反覆的優柔寡斷，悄悄夢想的，悄悄企盼的，就是這種事態。他這種夢想源自當年進宮牽裙擺仰望妃殿下如越冬白雪的頸項，所綻放出的屹立拒絕的無以倫比之美，而這也無疑預言了他這種企盼：絕對不可能。這正是清顯一味忠於曲折的感情，所招致的事態。

但這份歡喜又是怎麼回事？他的目光無法離開這份歡喜的黑暗、危險與恐怖。

為自己認為的唯一真實，既無方向也無歸結的「感情」而活……若說這種生存方式，終於將他引到這份歡喜的黑暗漩渦前，剩下的理應只有跳入這個深淵。

他再度拿出幼時與聰子輪流寫的書法習字《百人一首》來看，心想上面是否還留著十四年前聰子的薰香味，便湊上去嗅聞卷軸。結果在略帶霉味的幽遠香氣裡，有種痛切、格外無力又不羈的感情鄉愁復甦了。他憶起玩雙六盤時，聰子贏了吃起皇后賞賜的點心，用她的小牙齒一咬，菊花狀的點心邊緣增添了紅色融化開來。還有看似冰冷雕成白菊點心的稜角，碰到舌頭就化為甜美泥濘滋味……那些昏暗的房間，那來自京都的皇宮風秋草屏風，那些幽靜的夜晚，聰子黑髮輕掩的小哈欠……這一切一切都漾著寂寥的優雅。

清顯覺得，自己逐漸朝向一個看都不敢看的觀念靠攏而去。

二十五

……清顯心裡響起如高音的小喇叭聲。

「我愛聰子。」

他生平首度萌生這種感情，無論從哪個角度看，無疑都是愛情。

「優雅就是觸犯禁忌，而且是至高的禁忌。」他如此思忖。這個觀念，首度疏通了他長久以來被堵塞的真實肉慾。回想起來，他那總是飄浮不定的肉慾，一定是在暗自尋求這種強烈的觀念支柱。他為了找到真正符合自己的角色，付出了多大的心力。

「現在我才真正愛著聰子。」

要證明這份感情的正確與真實，光是它成了絕對不可能的事就已足夠。

他心神不寧地從椅子站起又坐下。平常總覺得自己渾身充滿不安與憂鬱，此刻卻覺得溢滿青春活力。他曾以為自己深受悲傷與敏銳打擊，其實那一切都是錯覺。

他打開窗戶，眺望陽光閃耀的池面，做了一個深呼吸，吸進撲鼻而來的櫸樹嫩葉清香。盤捲在紅葉山天際的雲層，已蘊含著夏雲沉甸甸的光芒。

清顯雙頰發燙，眼裡閃著光輝。他成了嶄新的人。再怎麼說他都十九歲了。

二十六

……他在熱情的夢想中度過時光，一心等著母親歸來。若母親還在綾倉家，對他不方便。但他終究等不及母親歸來，脫下制服，換上薩摩絣[45]有襯裏的和服搭上裙褲，吩咐僕人備車。

他故意在青山六丁目下車，轉搭剛開通的六丁目到六本木的市營電車，在終點站下車。通往鳥居坂的轉角處，依然留著「六本木」名稱來源[46]的其中三棵大櫸樹。電車開通後，樹下一如往昔掛著「人力車候車站」的大字招牌，豎有木樁，幾個頭戴圓頂斗笠、身穿深藍短褂與細筒褲的車伕在等候客人。

清顯叫了其中一名車伕，預付了特別多的小費，請車伕急奔至近在咫尺的綾倉家。

松枝家的英國製馬車無法進入綾倉家的長屋門，因此門前若有馬車候著，門也左右敞開，就表示母親還在裡面。若沒有馬車，門也關著，表示母親已然離去。

清顯乘坐的人力車經過門前時，大門緊閉，門前有四道來去的車輪痕。

清顯讓人力車返回鳥居坂附近，自己留在車裡，請車伕去叫蓼科來。等候之際，人力車是最佳藏身處。

蓼科來得很慢。清顯從車篷隙縫，看見逐漸西斜的夏日陽光恍如濃稠果汁，亮晃晃地浸泡著新綠樹梢；也看見一棵高大橡樹，從鳥居坂附近的紅磚高牆探出頭來，新綠的樹冠上綴滿一簇簇帶著紅暈的白花，宛如白色鳥巢。此情此景喚起他那天早晨賞雪的回憶，心中滿是難以言喻的感動。但此時硬要見聰子並非上策，因為他已擁有篤定的熱情，無須再隨情緒盲動。

蓼科跟著車伕從便門出來，看到掀開車篷的是清顯，霎時茫然呆立。

清顯倏地抓住蓼科的手，硬是將她拉進車裡。

「我有話要跟妳說。妳挑個不會引人注意的地方吧。」

「您這麼說我很為難……這實在太突如其來了……松枝夫人才剛剛回去……而且我還得準備今晚的慶賀家宴，真的忙得走不開。」

「好了，妳趕快把地點跟車伕說。」

清顯硬是不放手，蓼科也只好對車伕說：

「請往霞町的方向去。從霞町三番地，繞到三聯隊的正門，那裡有一條斜坡路，下了斜坡就到了。」

人力車出發了。蓼科神經質地攏著鬢髮，一直凝視著前方。清顯第一次和這個塗著厚厚白粉的老太婆靠得這麼近，雖然感到厭惡，但也初次發現這個老太婆矮小得像侏儒。

蓼科幾度低喃，聲音隨著車身晃動，聽起來像模糊不清的波浪起伏。

45 薩摩絣，藏青色底、飾有白色碎花紋的平織布。原為琉球特產，後來也在九州薩摩藩生產。薩摩即後來的鹿兒島，也是松枝家的故鄉。

46 「六本木」為六棵樹之意。名稱來源有兩種說法，一是這個地區原有六棵大櫸樹而得名，二是以前當地的六位大名，名字裡都有木字。

「已經來不及了……一切都太遲了……」

又或是：

「在這之前好歹也回一句話……在這之前，好歹也……」

由於清顯靜默不語，蓼科終於在抵達目的地之前，告訴清顯要去哪裡。

「我有個遠親，在這裡專門出租房子給軍人住，雖然有點髒，但別屋[47]隨時空著，可以安心談話。」

明天星期天，六本木這一帶會驟然變成熱鬧的軍人市街，滿街都是穿卡其色軍服的軍人和前來會面的家屬。今天是星期六還不至於如此。清顯閉上眼睛，回想人力車走過的地方，覺得那天下雪的早晨，確實也經過這裡，也經過那裡，心想好像也經過這個坡道時，蓼科忽然喊停車。

這裡沒有大門也沒像樣的玄關，倒是有木板牆圍起一座寬闊的庭院，坐落在坡道下方，主屋是一棟兩層樓房。蓼科從圍牆外窺看二樓。這棟簡陋建築物的二樓似乎沒人，簷廊邊的玻璃門也都關著。玻璃門六扇相連，龜甲形格子裡的玻璃完全透明，卻看不到裡面。材質粗劣的玻璃，映出歪斜扭曲的黃昏天空。在對面人家屋頂工作的工人，身影也如水中人影，歪斜地映在玻璃上。黃昏的天空，也像黃昏的湖面，帶著憂愁，歪斜而濕潤地映在玻璃上。

「士兵回來會很吵。其實這裡原本只租給將校。」

蓼科說著，拉開貼著鬼子母神符的細格子門，朝屋裡打了聲招呼。

不久出現一位頭髮斑白，個子頗高的初老男人，嗓音略帶沙啞地說：

「啊，是蓼科大姐啊，請進。」

「方便借一下別屋嗎？」

「好啊，好啊。」

三人走過後面的走廊，來到四疊半榻榻米的別屋。坐定後，蓼科便說：

「我們只能待一下子。況且和這麼俊美的少爺在一起，不曉得會被說什麼閒話呢。」

蓼科突然變得輕佻走樣，這話也分不清是對主人還是對清顯說。房裡整理得相當乾淨，入口處半疊大的脫鞋處，掛有短幅茶室字畫，並設有源氏襖[48]，整個房間與外觀簡陋的軍人出租公寓大相逕庭。

「您要跟我說什麼？」

主人離去後，蓼科立即問。清顯靜默不語，蓼科絲毫不掩煩躁，又問了一次。

「到底有什麼事？又為何偏偏挑今天這個日子。」

「就是因為今天這個日子，我才來。我希望妳能安排我和聰子見面。」

「您在說什麼呀，少爺。已經太遲了……事到如今，還有什麼好說的。從今天起，一切都

47 別屋，主屋旁另外建造的獨立建築物。

48「襖」是室內的隔間拉門，材質通常是不透光的布質或多層和紙糊製，但源氏襖有一部分是貼增加室內自然採光的和紙，通常在中間。

得聽天皇的安排，別無他法。正因如此，我之前才三番兩次打電話給您，也寫了信給您，可是您完全不理不睬。到了今天，到底還有什麼好說的。您開玩笑也要有個限度。」

「這還不都是妳害的。」

清顯看著蓼科抹厚厚白粉、爆出青筋的太陽穴周圍，極盡威嚴地說。

然後他指責蓼科睜眼說瞎話，聰子明明看了他寫的那封信，蓼科卻謊稱沒看；還有蓼科多嘴告狀，害他失去飯沼這個心腹。蓼科終於落淚低頭向清顯道歉，但也不知那眼淚是真是假。

蓼科掏出手紙拭淚，眼圈的白粉剝落，老態畢露。然而被擦得發紅的顴骨上皺紋，反而嫣紅得像擦拭口紅後滿是皺褶的卸妝紙。蓼科哭腫的眼依然望著半空中說：

「這真的是我不好。我知道怎麼道歉都無濟於事。可是除了向您道歉，我更應該向我家小姐道歉。我沒把小姐的心意如實傳達給您知道，是我的錯。我出於好心居中斡旋，不料到頭來都適得其反。請您想想看，小姐看了您那封信有多麼煎熬，到了您面前，還得不露聲色裝得一副若無其事的樣子，需要多大的毅力。於是我出了一個主意，請小姐在親戚賀年會上，豁出去直接問侯爵。小姐問了之後多麼安心。從那之後，小姐日日夜夜思念您，終於下定決心邀您去晨間賞雪，那可是一個女孩家不顧羞恥主動邀請您。那段時間，她覺得活在世間是幸福的，連做夢都會呼喚您的名字。後來在侯爵的安排下，洞院宮派人來提親時，小姐一心指望您能下定決心，將一切希望都寄託在您身上，可是您卻默不吭聲，視若無睹。之後小姐的煩惱與痛苦，真是說不完道不盡。敕許即將下來時，小姐想把最後的希望告訴您，不管我怎麼勸阻都沒用，可是打了電話您又不接，最後只好用我的名義寄信給您。可是連最後這一絲希望也破滅了。小姐心灰意冷，打算從今天起徹底放棄一切，您又偏偏在這時候來說這種話，真是情何以堪。您也知道，我們家小姐自幼受的是敬重天皇的教育，到了這種時候，我不認為她的心會有所動搖……一切都已經太遲了。如果您怒氣難消，就打我踢我吧，直到您甘願為止……總之我已經無能為力，一切都太遲了。」

清顯聽著這個故事，一顆心宛如被利刃般的喜悅割裂，但同時一切未知的要素也全然消失，一切都彷彿在內心深處早已知曉明瞭，蓼科只是再說一次。

他覺得自己萌生了前所未有的犀利智慧，並且具備了一種力量，足以打開這個周密緊逼而來的世界。他年輕的雙眼發亮，如此思忖：

「既然她看了上次我拜託她燒毀的信，那這次我要反過來，對，我要好好利用那封撕得粉碎的信。」

清顯一直靜默不語，盯著身形矮小、滿臉白粉的老太婆。蓼科依然用手紙按住發紅的眼角。室內暮色漸深，她窄小的肩膀顯得脆弱易碎，彷彿只要猛烈一抓骨頭就會嘎嘎作響地粉碎。

「還來得及喔。」

「不，來不及了。」

「來得及。要是我把聰子最後寫的那封信給洞院宮看，妳覺得會怎麼樣？那可是請求勅許之後寫的信喔。」

蓼科聽了猛然抬頭，臉上全無血色。

接著是漫長的沉默。此時窗戶出現光亮，是主屋二樓的房客回來打開了電燈。從這裡望過去，隱約可見卡其色軍褲。圍牆外傳來賣豆腐的擴音器聲，梅雨季的夏日黃昏，溫熱得讓人覺得宛如穿著法蘭絨衣服。

蓼科不曉得反覆在咕噥什麼。聽起來像是在說，所以我叫她不要寫嘛，都那樣極力勸她不要寫了。可能在說她曾忠告聰子不要寫那封信吧。

清顯持續保持沈默，逐漸覺得勝算在握。心裡彷彿有一隻隱形的野獸徐徐抬頭。

「好吧。」蓼科終於開口：「就讓您和小姐再見一次面。不過，您要把那封信還給我。」

「沒問題。可是光是見面不夠，到時候妳必須避開，讓我們兩人真正獨處。事成之後我會把信還給妳。」清顯說。

二十七

——三天後。

雨下個不停。放學後，清顯穿上防雨的風衣外套遮掩制服，來到霞町的出租公寓。因為他接獲通知，聰子只能在伯爵夫婦不在家的此時出門。

進入別屋，清顯也沒脫掉風衣，生怕被人看到裡面的制服。老主人端茶來對他說：

「既然來到這裡，請您放心。我們是不問世事的人，您不需有所顧忌。那麼請您慢坐。」

主人離開後，清顯抬頭一看，發現主屋二樓的窗戶，今天掛上了遮擋視線的簾子。為了防止雨水飛濺進來，窗戶也緊閉，室內非常悶熱。清顯百無聊賴，隨手打開桌上的小盒子，朱漆盒蓋內側也已悶得冒出水滴。

——源氏襖的外頭傳來衣服的窸窣摩擦聲，與竊竊私語的交談聲，清顯知道聰子來了。

源氏襖打開後，蓼科三指抵地向清顯行禮，然後倏忽像翻白眼似的，無言地目送聰子進來，隨後即關上源氏襖，如烏賊閃身消失在潮濕白晝的黑暗裡。

聰子端坐在清顯前面，低著頭，以手帕捂臉。她一手撐在榻榻米上，扭著身子，低頭髮際下的白皙後頸，恍如山巔浮現的小湖。

清顯默默與她對坐，覺得敲打屋頂的雨水聲彷彿直接圍繞在身邊。此時他仍不敢相信，這一刻終於來了。

聰子一句話也說不出來，把她逼到這種處境的是清顯。此刻的聰子已經沒有餘裕說出年長者的訓誡話語，只能默默低泣。而這樣的聰子，正是清顯最期盼的。

這不僅是穿著裏層深紫、表層淡紫的初夏和服的豪奢獵物，更代表了禁忌、絕對不可能、絕對拒絕，洋溢著舉世無雙之美的存在。聰子就該如此！且不斷背叛這種形象威脅他的，正是聽子自己。看吧，只要她想做就能變成如此神聖的美麗禁忌，平常卻喜歡扮演虛假的姊姊角色，一邊關愛對方，一邊又輕蔑對方。

清顯頑固拒絕花街柳巷的尋歡，一定是因為以前就透視並預感到，聽子內在有著最神聖的核心，宛如透視蠶繭、守護著淡青色幼蛹成長。清顯的純潔必須與這個神聖結合，屆時禁錮他的迷濛悲傷世界也會被打破，充滿沒人看過的完美無瑕曙光。

他覺得自幼受綾倉伯爵調教的優雅，如今已成為一條格外柔韌又凶暴的絹帶，會絞殺他自己的純潔。不僅絞殺他的純潔，同時也絞殺聽子的神聖。這才是這條長久用途不明的豔麗絹帶，真正的使用方法。

他無疑深愛著聽子，所以膝行靠近聽子，將手搭在她肩上。但那肩膀頑固拒絕。他很愛這種拒絕的反應。那是規模宏大，宛如典禮儀式，與我們居住的世界等身大的壯大拒絕，也是沉沉壓在那充滿溫柔肉慾肩上的「敕許」的抵抗拒絕。這才是使清顯的手心灼熱，使他的心燃燒起來最有效的拒絕。聽子庇髮[49]的端麗梳痕裡，散發出充滿香氣的漆黑光芒直到髮根，他看了一眼便如迷失在月夜森林裡。

清顯將臉湊近那手帕下露出的濕濡臉頰。臉頰無言地拒絕，左右搖動。但那搖動的樣子過於專注，清顯遂知這個拒絕並非出於真心，而是來自比她的心更遙遠的地方。

清顯撥開手帕想吻聽子，但那曾經在下雪早晨向他求吻的唇，如今卻一直拒絕他。最後聽子別過臉去，像小鳥睡覺似的姿態，將嘴唇緊緊抵在和服的衣襟上，動也不動。

雨聲急遽轉烈。清顯傾身抱著聰子，打量她的堅固度。繡著夏薊的襯領與外層和服的領子緊緊貼合，只露出一小塊倒三角形的肌膚，宛如神殿大門正確地關著。高高地束到胸部下方的冷硬腰帶，中間扣著如裝飾圖釘的金色帶釦閃閃發亮。但清顯還是從她和服袖根開口處與袖口，感受到肉體的溫熱微風。這微風拂上清顯的臉。

他一隻手離開聰子的背，緊緊抓住她的下顎。那下顎宛如小象牙棋子，被收在清顯的手裡。臉上滿是淚水，淚濕的美麗鼻翼顫動。於是清顯得以強吻她的唇。

忽地，聰子內心的火爐彷彿被打開了爐門，火勢驟增，燃起奇妙的烈焰，雙手自由了，抵住清顯的臉。這雙手想推開清顯的臉，但嘴唇已離不開清顯的唇。她濕濡的唇因拒絕的餘波而左右移動，清顯的唇便陶醉在這絕妙的潤滑中。就這樣，堅固的世界如一顆浸泡在紅茶裡的方糖融化了，進入無限甜美與溶解的境界。

清顯不知如何解開女人的和服腰帶。聰子背後頑強的御太鼓結，一直違逆他的手指。當他想胡亂硬拆，聰子將手伸到背後，一邊強硬抵抗清顯的手，一邊又微妙地協助他。兩人的手指在腰帶上煩瑣地糾纏。帶釦終於解開時，腰帶發出低鳴急遽往前彈。這時腰帶彷彿是靠自己的力量動了起來。這是複雜又難以收拾的暴動開端，整件和服也會跟著叛亂。清顯急於鬆開聰子胸前的衣服，但因不得其門而入，使得身上多處的帶子一會兒變緊一會兒變鬆。最後護在聰子

49 庇髮，前髮與兩鬢向前鼓起的一種束髮髮型，流行於明治至大正初年。

胸前那塊小小的白色倒三角形，終於全部被打開了，在清顯面前袒露出一大片芬芳白皙酥胸。

聽子一語不發，也沒說不可以。分不清是無言的拒絕，抑或無言的誘導。她是無限地在誘他深入，也是無限地在拒絕。只是清顯覺得，此刻在和這個神聖、這個不可能奮戰的力量，不僅是自己一人的力量，還有其他的什麼。

那究竟是什麼呢？聽子依舊閉眼的臉龐逐漸泛起紅潮，清顯在這裡清楚看見放蕩的影子凌亂搖曳，並感受到托著她背部的手心，有種非常微妙，充滿羞恥的壓力在增加，然後她就難以抗拒似地仰躺而下了。

清顯掀起聽子的和服下擺，再凌亂地撥開印著在紗綾形[50]與龜甲雲[51]上飛翔的鳳凰五色鳳尾的友禪染長襦袢[52]下擺，終於得以遠遠窺看聽子被層層衣物裹住的美腿。但清顯還是覺得太遠太遠，還有層層的雲彩必須撥開。他覺得在又深又遠的地方，有個狡猾的核心在支撐接踵而來的繁雜，而且這個核心屏息在等待著他。

終於，聽子的美腿露出一道白色曙光。清顯將身體靠上去時，聽子伸手溫柔地托住了他。不料這個恩惠變成了仇，清顯連那道白色曙光該不該碰都猶豫了起來，就這樣結束了。

——兩人躺在榻榻米上，望著雨聲又激烈響起的天花板。他們內心的激動都難以平息。清顯豈止不累，甚至處於不想承認已經結束的亢奮裡。但兩人之間，猶如暮色漸濃籠罩房間的暗影，顯然充滿意猶未盡之情。清顯隱約聽到源氏襖外傳來老人的乾咳聲，起身想去看看，但聽子輕輕拉住他肩膀制止他。

不久，聰子一聲不響做出了跨越意猶未盡的舉動。這時清顯首度體會到，照著聰子的誘導行事有多麼享受。在這之後，他就寬恕一切了。

清顯的青春活力立即死而復甦，坐上聰子平穩的接納雪橇。這時他才明白，原來在女人的誘導下，無論多麼難行的路都能暢行無阻，一路滿是風光明媚。因為房裡太熱，清顯早已脫掉衣服，真切地感受到自己肉體的堅實存在，宛如採藻船突破水與水藻的阻力前進。聰子臉上沒有泛起任何痛苦，甚至如微光般露出若有似無的微笑，清顯對此甚至不感詫異。他心中所有的疑惑都煙消雲散了。

——事後，清顯抱著衣衫凌亂的聰子，將臉頰往她臉上一貼，發覺她淚水淌了下來。

清顯相信這是太過幸福而流下的淚水，同時也認為流淌在兩人臉頰的淚水，最能肅靜地訴說，兩人剛才做的事是無法挽回的罪過。但這種罪過的想法使清顯的心湧現勇氣。

今天聰子開口說的第一句話是，拿起清顯的襯衫催促：

「快穿上，別著涼了。」

清顯粗魯地想把襯衫抓過來，聰子卻輕輕拒絕，將襯衫貼在自己臉上，深深吸了一口氣才

50 紗綾形，將卍（萬字）的漢字斜體連續排列而成的紋樣。

51 龜甲雲，以龜殼細紋做出雲朵圖案的紋樣。

52 長襦袢，穿在和服裡的長襯衣。

還給清顯。白襯衫稍稍被她淚濕了。

清顯穿好制服後，被聰子的拍手聲嚇到。蓼科故弄玄虛似的，過了好久才打開源氏襖，探出身來。

「您在叫我嗎？」

聰子點點頭，以眼神示意自己身旁的凌亂腰帶。蓼科關上源氏襖，看也不看清顯一眼，默默地在榻榻米上膝行過來，幫聰子穿好和服，繫好腰帶，然後從房間角落拿來梳妝鏡臺，為聰子重梳頭髮。這段時間裡，清顯無事可做，覺得自己好像死了一樣。房裡已然點燈，兩個女人宛如在進行儀式的漫長時間裡，他成了無用之人。

聰子梳妝完畢，低垂著頭，美麗動人。

「少爺，我們得告辭了。」蓼科代替聰子說：「這樣我們已經履行約定了，請您忘了我們家小姐吧。還有您答應的那封信，也請還給我們。」

清顯盤腿而坐，默不作答。

「這是您答應的，請把信還給我們。」蓼科重申。

清顯依然默不吭聲，凝視著頭髮絲紋不亂、穿戴整齊、美麗地坐在那裡的聰子，那模樣彷彿什麼事都沒發生過。霎時，聰子冷不防地抬眼，與清顯四目相對。剎那間，清顯看到聰子眼裡閃現清澄激烈的光芒，明白了她的決心。

這時清顯獲得了勇氣，如此回應：

「那封信我不能還。因為我還想這樣見面。」

「這什麼話呀，少爺。」蓼科怒不可遏，「您知道會有什麼後果嗎？居然說這種小孩子的任性話……您知道這後果會有多可怕吧？到時候身敗名裂的不是只有我蓼科一人喔！」

「算了吧，蓼科。在清少爺願意欣然還信之前，我們也只能這樣再跟他見面。這是唯一能拯救妳和我的辦法了。如果妳也想救我的話。」

聰子制止蓼科的聲音，清澄得彷彿來自死後世界，清顯聽了不禁戰慄。

二十八

清顯難得來找本多長談，因此本多請母親準備晚餐，這晚自己也打算暫停準備升學考試。這個樸素黯淡的家，只因清顯來了就增添熱鬧氣氛。

白天，太陽像白金般始終被裹在雲裡燃燒，天氣悶熱潮濕，到了晚上也一樣悶熱。兩個年輕人捲起碎白紋樣的單衣袖子在聊天。

清顯來到之前，本多就有一種預感。此刻兩人坐在靠牆的皮沙發閒聊，清顯一開口，本多就覺得清顯已非以前的清顯，簡直判若兩人。

本多第一次看到他眼神的光芒如此率直。這毫無疑問是青年的眼神，但本多也懷念清顯以前略帶憂愁、動不動就垂眼的眼神。

儘管如此，朋友願意把如此重大的祕密坦誠相告，本多感到幸福。這是本多長久期盼，但從未強迫朋友做的事。

仔細想想，當祕密還只是內心的問題，清顯連朋友都會隱瞞，但若這個祕密成為真正重大、攸關名譽與罪惡的祕密時，他才會爽快地坦白出來。站在被坦白告知的立場，本多覺得受到無上的信任，沒有比這個更高興了。

或許是心理作用，看在本多眼裡，清顯長大了許多，以往優柔寡斷美少年的脾性已褪去不少。此刻在這裡說話的是個陷入熱戀的青年，言談舉止已完全沒有以往的不情願與不真確。

清顯雙頰紅暈，皓齒閃亮，儘管有時欲言又止害羞起來，但語氣活潑有力，眉宇間的凜然之氣更勝以往，十足是個戀愛中的青年形象。然而與這形象最不搭的，或許是他動不動就內省。

這也難怪本多聽完就迫不及待說出這種前言不符後語的話。

「聽了你這番話，不知為何我想起一件似乎不相干的事。忘了是什麼時候，你曾經問我，記得日俄戰爭的事嗎？後來我去你家，你拿日俄戰爭照片集給我看，其中有一張『憑弔得利寺附近戰死者』的奇特照片，你說最喜歡這張，還說簡直像精心導演的群像劇照。那時我有些詫異，向來討厭硬派的你，居然說出這麼不可思議的話。

不過現在聽說你這番話，我腦海居然浮現那個黃塵瀰漫的平野景象，和你這個美麗的愛情故事重疊在一起。我自己也不知道為什麼。」

本多一反常態說出這種曖昧不清又令人痴迷的話，卻也驚訝於自己竟以讚嘆的心情，在看待清顯這樁觸犯禁忌且犯法的事。明明自己早已下定決心，要當一個站在法律這邊的人。

這時僕人端來兩人的晚餐。這是母親的體貼，為了這兩個好友能無拘無束用餐，特地請僕人送來的。各自的托盤裡都備了酒，本多向朋友勸酒，說了一句家常話：

「你吃慣了山珍海味，我媽很擔心我家的家常便飯不合你的胃口。」

但清顯吃得津津有味，本多看在眼裡很是開心。兩個年輕人，就這樣默默地享受食物帶來的健康樂趣。

——兩人用餐後，沉浸酒足飯飽的沉默之際，本多不禁思忖，為何聽了同齡的清顯這番戀情告白，沒有萌生嫉妒或欣羨之情，反倒心中充滿幸福感。這種幸福感宛如雨季的湖水，不知不覺溢漫到湖邊的庭院，滋潤了自己的心。

「接下來你打算怎麼辦？」本多問。

「還能怎麼辦？我這個人起步很難，可是一旦起步就不會半途而廢。」

本多頓時瞠目結舌。若是以前的清顯，做夢也不敢期待他會說出這種話。

「那你是想跟聰子結婚？」

「這是不行的，敕許已經下來了。」

「你沒有甘犯敕許也要與她結婚的想法？比方說兩人逃到國外去結婚？」

「你是不會懂的……」

本多今天第一次看到，清顯欲言又止的神色，再度浮現以往那種迷濛的憂傷。儘管本多可能是想看這種表情而故意追問，但真的看到之後，自己心中原本的幸福感也蒙上了些許不安陰影。

本多望著清顯那宛如以精挑細選的微妙線條，精緻勾勒出美得像工藝品的側臉，想著清顯對未來期望的究竟是什麼，忽然心頭一震。

清顯端著餐後水果草莓，移位到本多總是整理得乾乾淨淨的書桌，手肘支在桌上，飄飄然地輕輕左右搖晃旋轉椅。微微敞開的胸部和臉，以手肘為支點不安定地變換角度，右手則是拿著牙籤，將草莓一顆顆扔進嘴裡。這副模樣展現出他擺脫嚴格家教，沒規矩的愜意。當草莓上的砂糖，掉到敞開的白淨胸口，他也只是不慌不忙地拍掉。

「喂，會長螞蟻喔！」

本多如此一說，清顯只是含著草莓笑了笑。他有些醉了，平常過於白皙的薄眼瞼也泛起紅暈。有時旋轉椅不小心轉過頭，他的身體像是撇下桌上白裡透紅的手臂不管，微妙地扭曲起來。宛若這個年輕人，忽然遭到自己都沒意識到的莫名痛苦襲擊。

清顯那兩道彎眉下，炯炯有神的眼睛確實充滿夢想。但本多看得出來，那眼裡閃爍的光芒絕非對未來的嚮往。

本多一反常態，想把滿心的焦躁拋給清顯，愈來愈想親手毀掉剛才的幸福感，於是開口問：

「所以，你打算怎麼辦？你有想過後果嗎？」

清顯抬眼注視朋友。本多從沒看過如此閃耀卻又如此黯淡的眼眸。

「為什麼有必要想這種事？」

「可是，圍繞著你和聰子的人，大家都緩緩前進在尋求一個結果。你們兩個總不能像蜻蜓之戀，飄在空中靜止吧。」

「這我知道。」

清顯只說了這句便緘默不語，若無其事地望向房裡各個角落的陰影，例如蜷曲在書架下或字紙簍旁的小陰影。隨著夜幕低垂，這間簡素學生風的書房裡，也悄悄滲進不少情念般的小陰影蹲踞在各處。清顯那流線型的黑眉宛如拉滿的弓，將這些陰影整成流麗的形狀。這是生於情念又勒緊情念的眉毛，護衛著容易黯淡不安的眼睛，忠實地追隨目光所到之處，儼然如姿勢正確又俐落的侍從，一心一意跟隨著眼睛。

本多心一橫，說出剛才一直盤旋在腦海的想法。

「剛才我說了很奇怪的話吧。就是聽到你和聰子的事，居然想起日俄戰爭的照片。

為什麼我會做這種聯想？硬要說的話，大概是這樣。

那個轟轟烈烈的戰爭時代，隨著明治一起結束了。戰爭的往事，已經墮落成監武課那些倖存者的當年勇，或是鄉下灶爐邊拿來說嘴的事。現在已經不會有很多年輕人奔赴戰場戰死了。

但是，行動上的戰爭結束後，如今取而代之的是，感情上的戰爭時代開始了。這是一種無形的戰爭，遲鈍的人完全感覺不到，甚至不相信有這種事。但這種戰爭確實開始了，為了這種戰爭而被特別挑選的年輕人，一定已經開始戰鬥了。而你確實就是其中一人。

這跟行動上的戰場一樣，年輕人也會戰死在這感情的戰場上。這可能就是以你為代表，我們這個時代的命運吧……所以你已經有所覺悟，要在這場新戰爭裡戰死，對吧？」

清顯只是淺淺一笑，沒有回答。忽然一陣下雨前兆潮濕凝重的風，宛如迷路般從窗戶吹進來，給他們些許冒汗的額頭帶來一絲清涼便走了。本多思忖，清顯沒回答是因為不言自明不需回答？抑或因為這番話說中了他的心思，但過於隆重，所以無法好好回答？原因想必是兩者之一。

二十九

三天後，拜學校停課之賜，本多上午就放學了，和家裡的書生一起去地方法院旁聽。這天一早雨就下個不停。

本多的父親是大法官，在家也相當嚴峻。他看到十九歲的兒子，上大學之前就努力鑽研法律，深感後繼有人，決定將未來寄託在兒子身上。以前法官是終身職，但今年四月大規模修訂法院組織法之後，兩百多名法官被迫停職或離職，本多大法官抱著與不幸老同事共進退的心情也提出辭呈，但沒獲准。

不過這件事也成了他心態的轉捩點，對兒子變得寬宏大量，像是上司關愛未來的接班人。本多從未感受過這樣的父愛，為了回報更加努力鑽研法律。

雖然兒子尚未成年，他准許兒子去法院旁聽，也是一種轉變。不過他當然不會讓兒子來旁聽自己審理的案子，而是讓兒子和家裡學法律的書生一起來，無論民事或刑事，都准許他們自由進出法院。

父親表面上的理由，是想讓只透過書籍學習法律的兒子，能夠接觸日本法庭的真實情況，了解法律實務上的側面。但這終究只是表面上的理由，其實他是想藉由暴露人世間真實面貌的刑事案件審理，來撞擊十九歲兒子依然柔軟的感受性，測試兒子能從中學到什麼。

這是相當危險的教育。但是，相較於年輕人藉由流連風月場所或歌舞音樂，只吸收到迎合年輕柔軟感性胃口的東西，而被同化的危險，去法院旁聽至少能真切感受到，世上有法律之眼在森嚴監視，更具教育效果。此外也能親眼看到人的不定型、熾熱不淨如黏液般的情念，如何在轉眼間遭到冷酷的法律烹調。讓兒子見識這個烹調場的運作，應該也有技術教育上的好處。

本多匆忙趕往刑事第八部的小法庭，途經法院昏暗的走廊時，原本昏暗的走廊卻亮了些，原來是下在荒蕪中庭綠樹草木上的雨反光進來。本多深感這棟宛如將犯人的心鎔鑄進去的建築物，作為理性的代表也未免充斥太多陰鬱的情緒。

這種惆悵，直到他坐在旁聽席的椅子依然揮之不去。性急的書生匆忙帶他來這裡，此時卻忘記這個大法官之子的存在，只顧看著自己帶來的判例集。本多不悅地望著他，然後又望向法官席、檢察官席、證人台、辯護律師席那些沒人坐的空椅子，被雨水染上濕氣的景象，覺得這是自己內心空虛的寫照。

年紀輕輕，他竟然只會旁觀！彷彿旁觀是他與生俱來的使命。

本多原本深信自己是個性明快的有為青年，自從聽了清顯那番告白，起了詭異的變化。說是變化，其實是這一對摯友間發生了不可理解的顛倒現象。長久以來，他們非常尊重對方的個性，從不曾企圖影響對方，可是三天前，清顯宛如自己病癒卻將疾病傳染給別人的人，在朋友心裡留下內省這種病菌。這病菌立即迅速繁殖開來，如今本多比清顯更適合內省這種資質。

這種症狀，首先會出現一種莫名其妙的不安。

「清顯今後究竟該怎麼辦呢？作為朋友，難道我只能茫然地在一旁看著情勢發展？」

本多不斷尋思。等候下午一點半開庭的這段時間，他的心早已離開即將開始的審判，只顧追著這個不安跑。

「我是否應該對朋友提出忠告，勸阻他不要繼續下去？

一直以來，我連他的痛苦都能視而不見，一心只守護他的優雅，認為這是我對他的友情。可是如今，他把一切都說出來了，我應該行使作為朋友好管閒事的權利，把他從迫在眉睫的險境救出來才對吧？就算到頭來清顯會怨恨我，甚至跟我絕交我也不後悔。十年或二十年後，清顯或許會明白我的苦心，哪怕一生都不明白也無所謂吧。

清顯確實朝著悲劇勇往直前。這雖然很美，可是為了掠過窗前的一瞬鳥影之美，犧牲自己的人生，我能坐視不管嗎？

沒錯。今後我要閉上眼睛投身於平庸愚蠢的友情，不管他怎麼怨我，我也要對他危險的熱情潑冷水，一定要竭盡全力阻止他完成自己的命運。」

——本多想到這裡，腦袋突然燥熱起來，實在無法在這裡等待與自己毫不相干的審判。他恨不得立刻衝去找清顯，好說歹說讓他回心轉意。可是偏偏又不能這麼做，這份焦躁成了新的不安，使他焦急不已。

回過神來，本多發現旁聽席早已坐滿，也明白了書生為何要那麼早來佔位子。旁聽席裡，有像法律系的學生，也有不起眼的中年男女，還有戴著臂章的新聞記者忙碌地忽站忽坐。有些人明明出於卑劣的好奇心來到這裡，卻裝出一副嚴謹的模樣。有的蓄著鬍子，有的煞有介事地搖扇子，有的用留得長長的小指指甲在掏耳朵，掏出硫磺般的耳垢在消磨時間。本多看著這群人，覺得這些自認「我們絕不會犯罪」的嘴臉真是醜陋極了。他告訴自己，至少要努力表現得和這群人沒有絲毫相似之處。由於下雨關窗，光線透過窗戶宛如白灰般，平板單調地照在旁聽席人們身上，唯有法警黑色帽簷的光澤格外顯眼。

人們嘈雜了起來，因為被告出庭了。被告穿著藍色囚服，在法警護送下抵達被告席。旁聽席的人紛紛爭睹被告的長相，本多被他們擋住，只能從隙縫中看到稍胖的白臉和鮮明的酒窩。

後來本多也只能看到這是個女囚，後腦杓梳著兵庫髷[53]，動不動就縮起渾圓肉感的肩膀，但沒有僵硬的緊張感。

辯護律師也出庭了，接著就等法官和檢察官出席。

「就是那個人喔，少爺，沒想到那個女人會殺人呀。俗話說人可不可貌相，真的是這樣。」

書生在本多的耳畔低語。

——審判依既定程序進行，從法官訊問被告的姓名、住址、年齡與族籍[54]開始。場內一片靜肅，甚至能聽到書記官忙碌書寫的沙沙聲。

被告起身回答：

「東京市日本橋區濱町二丁目五番地，平民，增田富。」

雖然她回答得很流利，但聲音太小聽不清楚，旁聽人擔心聽不見接下來的重要詢問，紛紛探出身子，將手掌呈喇叭狀貼在耳後。至此，被告都答得很流利，但在年齡的地方，不知故意還是怎樣，稍微遲疑了一下，後來在律師催促下，她才像醒來似的稍微大聲說：

「三十一歲。」

這時她回頭看了看律師，得以看到散亂在她臉上的鬢髮，以及明亮有神的眼睛。

站在那裡的是一個嬌小女人，看在旁聽人眼裡卻如一隻半透明的蠶，吐出意想不到的複雜罪惡蠶絲。連她稍微轉動一下身體，都令人想像她囚服腋下滲出的汗珠，或因不安心悸而導致乳頭都顫動的乳房，還有對凡事都遲鈍到有些冷淡的豐臀模樣。她的肉體吐出無數罪惡之絲，終於被罪惡之繭關在裡面。肉體與罪惡之間，竟有著如此絕妙的精緻對照……這正是世人追求的東西，一旦陷入這狂熱的夢魘，平常會激起人們愛慾想望的東西，都會成為罪惡的原因與結果，無論過瘦或微胖的女人，她們的身體都是罪惡的型態，就連想像她乳房滲出的汗珠也是……就這樣，她的肉體之惡成為無害的想像力媒介，旁聽人沉浸在以此理解她罪惡的喜悅裡。

本多儘管年輕也能感受到這種旁聽人的想像，但他的潔癖拒絕這種想像，只顧傾聽被告回答法官訊問所做的陳述，朝著案件核心探索前進。

女囚的陳述十分冗長，而且經常顛三倒四，目前能知道的是，這樁殺人案是一連串熱情的盲動所造成的悲劇。

「妳什麼時候開始和土方松吉同居？」

「那是在……去年，我才不會忘記呢，是去年的六月五日。」

這句「我才不會忘記呢」引起旁聽席一陣哄笑，法警立即命令大家肅靜。

增田富是一間料理店的女侍，和廚師土方松吉過從甚密。土方是喪妻不久的鰥夫，後來增田富照顧起他的生活起居，去年開始同居，但土方不肯正式讓她入籍為妻，而且同居期間變本

53 兵庫髻，特色是將頭髮梳攏到頭頂上，盤成高高的髮髻。
54 族籍，戶籍簿上記載的華族、士族或平民等身分。

加厲在外面玩女人，去年年底又勾搭上同在濱町的岸本料理店的女侍，在她身上花了很多錢。這名女侍叫阿秀，年僅二十，擅長以甜言蜜語哄騙男人，搞得土方經常夜不歸營。到了今年春天，增田富把阿秀叫出來，拜託阿秀把男人還給她。阿秀嗤之以鼻，因此增田富一時氣憤便殺了阿秀。

這是市井常見的三角關係爭執，看起來沒什麼獨特之處，但隨著事實審理進入細節，出現了很多靠想像難以觸及的細微真實。

增田富有個八歲的私生子，之前寄養在鄉下的親戚家，為了讓孩子在東京受義務教育而接來身邊，因此也決意和土方共組家庭。不料身為一個孩子的母親，卻被硬逼著走上殺人之路。

增田富終於開始陳述殺人當晚的情形。

「不，要是那時阿秀不在就好了。這樣或許就不會發生那種事。我去岸本找她的時候，要是她感冒在家休息就好了。

我用來當凶器的是一把生魚片刀。松吉是個很有職人脾性的廚師，擁有好幾把特別順手的菜刀，他曾說：『對我來說，這是武士之刀。』絕對不給女人和小孩碰，總是親自磨刀，非常珍惜。因為他和阿秀的事，我開始吃醋之後，他可能覺得危險吧，就把刀子藏起來了。

他這樣揣測我，我真的很生氣，有時候還故意開玩笑嚇他：『就算沒有菜刀，其他的刀子多得是。』後來松吉很久沒回家，有一天我在整理壁櫥，無意間發現了一包菜刀。我驚訝的是，這些菜刀居然大多生鏽了。看著這些鏽斑，我就知道松吉有多麼迷戀阿秀。我拿著菜刀渾身發抖。這時候剛好小孩放學回來了，我的心情也漸漸平靜下來，忽然想當一個好老婆，想說如果把松吉最珍愛的生魚片刀拿去磨刀店磨一磨，說不定松吉也會很高興。我用包袱巾包著刀子打算出門時，孩子問我：『媽，你要去哪裡？』我說我要去附近辦點事，叫他乖乖看家，他居然說：『媽，妳不用回來了，我要回去念鄉下的小學。』這實在太奇怪了，我問他為什麼？他說因為附近的小孩嘲笑他，說你媽太纏人，被你爸拋棄了。這話一定是孩子們從父母那裡聽來的。所以比起有個被人嘲笑的母親，我的孩子更懷念鄉下的養父母。我不禁怒火中燒，動手打了孩子，扔下哭泣的孩子就衝出家門了……」

增田富還說，這時她根本沒想到阿秀，一心只想把菜刀磨好圖個清爽，就衝出家門了。

磨刀店忙著做預約的工作，增田富等了一小時才磨好刀，走出磨刀店後，忽然不想回家了，步履蹣跚地往岸本料理店走去。

阿秀經常任意請假到處玩，這天也是下午才來上班，被老闆娘痛罵了一頓。因為這事和松吉有關，阿秀訴說原委哭著向老闆娘道歉，事情總算告了一個段落。此時增田富來到店裡，要阿秀出來一下，說有事要跟她談。阿秀竟然也意外爽快地答應了。

這時阿秀已換上乾淨俐落的待客服裝，腳蹬著木屐學花魁劃8字形走路，懶洋洋地走得東倒西歪，輕佻地說：

「我剛剛向老闆娘保證了喔，以後絕不碰男人。」

增田富聽了滿心歡喜。怎料阿秀又推翻前言似的，爽朗地笑說：

「可是不知道我忍得了三天嗎？」

增田富拚命壓抑自己的情緒，邀阿秀去濱町河岸的壽司店請她喝酒，自己裝出大姐姐的樣子，費盡心思企圖和她交涉。但阿秀只是冷笑，固守沉默。增田富藉著幾分醉意，演戲似的低頭懇求，阿秀卻撇過臉去不理不睬。一個小時後，外頭的天色也暗了，阿秀說再不回去會被老闆娘罵，她要回去了，便站了起來。

之後兩人是怎樣走到傍晚的濱町河岸空地，增田富已經記不清楚，可能是為了阻擋阿秀回去，不知不覺就走到這裡來了。無論如何，增田富並非起了殺意才引她來這裡。

兩人爭執了幾句之後，阿秀望著河面上殘留的夕照餘暉，笑到露出皓齒地說：

「再說下去也沒有用啦。妳就是這樣糾纏不休，阿松才會討厭妳。」

這是決定性的一句話。增田富如此陳述當時的心情：

「……聽到這句話，我氣到快腦充血。該怎麼說呢？那時我的心情就像一個嬰兒在黑暗裡，想要什麼東西，或是為了什麼事難過得不得了，可是又不會說話，只會著火似的哇哇大哭，拚命地揮動手腳。無意中，我慌亂的手不知何時解開了包袱巾，緊緊握著菜刀。阿秀的身體，就在昏暗中，撞上了我緊握亂揮的菜刀。我只能這麼說。」

——這番話，使本多在內的旁聽人，彷彿鮮明看到一個嬰兒在黑暗中揮動手腳的幻象。

增田富說到這裡，雙手捂臉啜泣。從後面也能看到她囚服下的雙肩顫動，渾圓肉感的肩膀反而令人心生憐憫。此時旁聽席的氣氛，從一開始的明顯好奇心，逐漸轉為另一種氣氛。

雨下個不停，窗戶白濛濛的，法庭裡溢滿沉痛的光線，彷彿只有站在中間的增田富，代表著活著、呼吸著、悲傷、呻吟的人類所有感情。唯獨她具有所謂的感情的權利。剛才人們還將她當成一個微胖汗涔涔的三十歲女人肉體看待，此刻卻屏氣凝神，凝視著一種情念突破了人類的肌膚，像被活殺來做生魚片的蝦子蠕動的景象。

她渾身都被看透了。人們看不到的犯罪，此時也藉由她的身體現形，映在人們眼裡，顯示出遠比善意或道德更明晰的罪惡特質。舞臺上的女演員只展現想被看到的部分，與之相比，增田富根本一覽無遺被看光了。這等同把整個世界，都轉為觀看者的世界。她身邊的律師，似乎也無力幫她。身材嬌小的增田富，沒有配戴女人用來裝飾的髮飾或任何寶石，也沒有穿引人注目的華麗和服，光只是一個犯人就是十足的女人。

「如果日本實施陪審制，這個案子搞不好會獲判無罪。贏不了伶牙俐齒的女人啊。」書生又低聲對本多說。

本多思忖，人的熱情，一旦順著熱情的法則動起來，任誰也擋不住。這是以人的理性與良心作為當然前提的近代法，絕對無法接受的理論。

另一方面，本多也如此尋思，起初來旁聽這場審判時，認為是和自己無關的審判，現在覺得並非如此，但也發現增田富在眼前噴發的如鮮紅熔岩般的情念，自己不曾有過。

雖然雨還下著，天空已明亮不少。部分烏雲化開了，持續下的雨，轉眼成了太陽雨。玻璃窗上的雨滴一起發出閃爍光芒，夢幻般地照射進來。

本多希望自己的理性能永遠像那光芒，卻也難以捨棄動不動就被熾熱黑暗吸引的心性。但這熾熱的黑暗只是魅惑，沒有其他，就只是魅惑。清顯也是魅惑。而且能從底層深處動搖生命的魅惑，其實未必是生命本身，而是與命運有關。

本多心想，原本打算給清顯的忠告，目前還是暫時按下，觀望一陣子再說。

三十

暑假將近時，學習院發生了一起事件。

巴塔納迪多殿下的祖母綠寶石戒指不見了。庫利沙達殿下大吵大鬧說這是竊盜事件，把問題鬧大了。巴塔納迪多殿下希望低調處理這件事，因而責備堂弟輕率，但內心也和堂弟一樣相信這是竊盜事件。

校方對於庫利沙達殿下的喧鬧，做出理所當然的反應，亦即學習院裡不可能發生竊盜事件。這場紛爭益發激起兩位王子的鄉愁，甚至想要回國。然而讓兩位王子和校方真正針鋒相對的，是發生了以下這件事。

舍監仔細聽完兩位王子的說法後，發現他們的證詞有所出入。他們說傍晚去校內散步，回到宿舍，然後去吃晚餐，再回到房間後，發現戒指不見了。至於這段時間，戒指在哪裡？有沒有戴在身上？庫利沙達殿下說，堂兄戴著戒指出去散步，要去吃晚餐時把戒指放在房裡，所以是吃晚餐的時候被偷的。可是當事者巴塔納迪多殿下卻說已記不清楚，散步時確實有戴出去，但不知道吃晚飯時有沒有摘下來放在房裡。

究竟是遺失還是遭竊，這是相當重要的關鍵。因此舍監詢問王子們的散步路徑。王子們說，那天黃昏很美，兩人越過禁止進入的天覽台柵欄，在草坪上躺了一會兒。

舍監掌握到這個情況，是在一個雨下下停停的悶熱午後。他當機立斷催促兩位王子去找，說自己也一起幫忙找，三個人找遍天覽台的每個角落。

天覽台位於練武場一角，草坪環繞的台地，是明治天皇觀看學生們練武的紀念場所。在這所學校裡，天覽台是僅次於明治天皇親手栽種的桐楊樹御榊壇的神聖場所。

今天兩位王子在舍監的陪伴下，公然跨越柵欄，登上了天覽台。草坪被細雨淋濕，要找遍這五、六十坪的台地不是容易的事。

光是找王子們躺下來聊天的地方不夠，因此三人分頭從三個角落仔細尋找，縱使稍稍轉大的雨勢打在背上，也撥開一根根青草仔細尋找。

庫利沙達殿下露出些許抵抗態度，嘴裡抱怨著不公平，也加入尋找行列；溫厚的巴塔納迪多殿下，因為找的是自己的戒指，乖乖地從台地一角的斜面開始仔細尋找。

對兩位王子而言，這是第一次如此細膩觀察草坪上的每一株草。雖然可以用戒指上黃金護門神的閃耀光芒當作目標尋找，但祖母綠寶石的深綠和青草的綠相似，實在難以辨認。

雨水順著制服的立領流到背上，王子們懷念起母國雨季的溫暖雨水。草根的淡綠，彷彿陽光照進了根部，但其實烏雲未散；濕漉草坪間的雜草小白花，被雨水打得低下頭去，依然保住粉嫩花瓣的乾爽光澤。有時較高的雜草鋸齒狀葉在草坪形成陰影，雖然覺得戒指不可能在那裡，也會撥開葉子看個究竟，結果發現有小甲蟲在那裡躲雨。

由於一直非常近距離看草，草葉在王子們眼裡變得愈來愈大，使他們憶起母國雨季密林的旺盛景象。閃耀的積雲光芒忽然在草叢間擴展開來，天空有一半蔚藍，一半陰暗，讓人覺得震耳雷聲即將轟隆到來。

現在王子們熱切尋覓的已不再是祖母綠戒指，而是彷彿被每一株草的綠色欺騙，不耐煩地在尋找月光公主那撲朔迷離、難以掌握的面容。兩位王子找得都想哭了。

這時一群身穿運動服的運動社團學生，將毛衣掛在肩上，撐傘經過這裡，駐足看著這一幕。戒指不翼而飛的事早已傳遍校內。大家認為男人戴戒指是一種柔弱的習慣，因此對於遺失戒指與這種熱切的尋找，鮮少人寄予善意或同情。這群學生知道王子們在雨中彎腰低頭尋找的是那只戒指後，加上之前對庫利沙達嚷嚷是竊盜懷恨在心，因而紛紛對王子們冷嘲熱諷，惡言相向。

但此時他們還沒看到舍監，後來看到舍監站起來嚇了一跳。舍監以令人害怕的溫和態度叫他們過來幫忙，他們旋即默默轉身離去。

三人已逐漸向台地中心靠近，愈來愈覺得希望渺茫。這時雨已遠離，陽光微弱地照射下來。

午後近黃昏的斜陽，照得濕漉漉的草坪閃閃發亮，疊映出複雜的草葉陰影。

巴塔納迪多殿下看到一處草陰下閃著斑斕綠光，心想一定是祖母綠寶石，以濕濡的手撥開草堆一看，卻只見灑落在泥土上的朦朧光芒，以及草根映出的金色光芒，根本沒有戒指。

——清顯後來才得知這場徒勞的找戒指故事。舍監的做法固然誠懇，但也不可否認使王子們無端蒙受屈辱。結果因為這件事，王子們收拾行李搬出宿舍，住進帝國飯店，並對清顯表示近期打算回暹羅。

松枝侯爵從兒子那裡聽到這件事，甚感痛心。若兩位王子就這樣回國，不僅會在心裡留下難以抹滅的創傷，更會終生討厭日本吧。侯爵試圖化解校方與王子們的對立，但兩位王子態度頑固，目前看來調解無望。因此侯爵暫且按下等候時機，覺得現在最重要的是阻止兩位王子回國，然後再想辦法軟化他們的心。

這時正好暑假快到了。

侯爵找清顯商量，決定一放暑假就邀請兩位王子去松枝家的海邊別墅，由清顯陪伴他們。

三十一

清顯進一步徵得父親的同意，找本多一起去。因此暑假的第一天，包含兩位王子在內的四個年輕人，搭火車從東京出發了。

通常松枝侯爵來這座鎌倉別墅時，町長、警察署長與其他大人物都會來車站迎接，從鎌倉車站到長谷的別墅，沿路還會鋪上海邊運來的白沙。但這次侯爵事先向町公所交代，縱使其中有人貴為王子，也要把這四個年輕人當學生看待，絕對不要去車站迎接他們，因此四個人從車站搭人力車，輕鬆愜意地抵達別墅。

登上草木蓊鬱的蜿蜒山路走到盡頭，便能看到巨大石砌門柱的別墅大門，門柱上刻著取自王維詩名的「終南別業」四個字。

這座日本的終南別業，占地一萬多坪，坐擁整個山谷。祖先蓋的茅屋於數年前燒毀，侯爵立即在原址蓋了這幢和洋折衷，擁有十二間客房的大宅邸，陽臺以南的遼闊庭園全部改為西式庭園。

朝南的陽臺可瞭望正前方的伊豆大島，夜空下的噴火恍如遠方篝火。走個五、六分鐘便可抵達連結庭園的由比海濱。侯爵曾在這個陽臺上，以望遠鏡眺望侯爵夫人做海水浴的情景當作消遣娛樂。但庭園與大海間夾著農田景色實在不太協調，於是侯爵在環繞庭園南端種了一片松樹以遮蔽農田，不過松林長大後，眺望庭園雖可直接看到大海，也會失去用望遠鏡的樂趣吧。

這裡的夏日景色，壯麗得無以倫比。整座山谷呈扇形展開，右邊的稻村崎，左邊的飯島，彷彿直接連結庭園的左右山脊。極目望去，宛如天空、大地與兩個海岬圍起的海域，都在松枝別墅的領域裡。侵犯這個領域的，只有恣意舒展的雲影，偶爾掠過的鳥影，與海上的小船影。

因此，在這雲朵看似魁梧佇立的夏季，以這座扇形山谷為客席，遼闊的海面為舞臺，有種蒞臨雲朵亂舞劇場的感覺。當時設計師不同意在露天陽臺鋪設拼木地板，遭侯爵斥責反駁：「船的甲板不是用木材做的嗎？」還特地選用了材質堅硬的柚木鋪成棋盤狀地板。清顯曾一整天，在此凝望海上雲彩的微妙變化。

這是去年夏天的事。

積雲如攪拌的凝乳，凝聚在海上的天空，沉痛的陽光甚至照進雲彩深處的皺襞裡。那光芒勾勒出陰影的部分，益發顯得倔強。可是雲谷間，光芒無精打采沉澱的部分，看似有種比這裡更遲緩的時間在假寐；威猛雲層面向陽光的部分，反而似乎有種更迅速而悲劇的時間在流逝。兩者都是絕對無人之境，因此無論假寐或悲劇，在這裡都是同質性的嬉戲。

只要清顯定睛凝眸，雲的形狀就絲毫不變；轉瞬間看向別處，雲的形狀就已經變了。雄壯威猛的雲層鬢毛，不知何時亂得像睡醒的亂髮。但只要凝視之際，雲就宛如放空，即使紊亂也絲毫不動。

是有什麼鬆掉了嗎？宛如精神鬆弛般，那樣充滿光芒的白色堅固型態，轉瞬間就沉溺於愚蠢柔弱的感情裡。而且這是一種解放。然而清顯也曾看過，零碎的雲不久又凝聚起來，恍如以千軍萬馬之勢攻來，在庭園覆蓋了詭異的陰影。這時海濱和農田首先轉陰，從庭園南端一路陰翳過來。仿照修學院離宮栽植修剪的楓樹、楊桐樹、茶樹、檜木、瑞香、滿天星、厚皮香樹、松樹、黃楊樹、羅漢松等樹木密布的斜坡，剛才還陽光普照，枝葉閃著如馬賽克的色彩，轉眼間也蒙上了陰影，連蟬聲都哀戚得像在辦喪事。

特別美麗的是晚霞。到了黃昏時刻，從陽臺極目望去，所有雲朵彷彿都預感到自己會被染成絢麗的色彩，可能是紅色、紫色、橘紅或淡綠。被上色之前，雲朵一定緊張得蒼白……

「這座庭園真美啊。我想都沒想到日本的夏天居然這麼美。」昭披耶雙眼發亮地說。

站在陽臺上兩位王子的褐色肌膚，最適合這個場域。今天他們的心情都開朗愉悅。

清顯與本多都覺得陽光太強；兩位王子則覺得這陽光適度溫和，怎麼曬都曬不膩。

「先去洗個澡休息一下，然後我帶你們參觀庭園。」清顯說。

「為什麼需要休息？我們四個人都這麼年輕，這麼有活力不是嗎？」庫利沙達說。

清顯暗忖，對兩位王子而言，最需要的可能不是月光公主，也不是祖母綠戒指，或朋友，或學校，而是「夏天」。夏天似乎可以彌補他們的任何缺憾，療癒任何悲傷，補償任何不幸。

清顯想像著尚未體驗過的暹羅炎夏，不禁也陶醉在眼前豁然展開的夏景裡。蟬聲瀰漫整座庭園，冷靜的理智如冷掉的汗水從額頭蒸發。

四個人下了陽臺，來到寬闊草坪中央的日晷儀旁邊。

古老的日晷儀刻著「1716 Passing Shades」字樣，形狀如鳥兒昂首的藤蔓花紋青銅指針，剛好被固定在北西與北東之間，羅馬數字十二的地方，但影子已接近三點。

本多撫摸文字盤的「S」附近，想問王子們暹羅的正確位置在哪個方位，但隨即又想到會徒增他們的鄉愁因而作罷。然後他無意間轉身背對太陽，自己的影子遮到了日晷儀，三點的影子也消失了。

「對了，這樣做就好了。」昭披耶見狀，像是在責怪日晷儀地說：「要是一整天都遮住日晷儀，就能讓時間消失。我回國後也要在庭園做一個日晷儀，如果遇上幸福美好的一天，就叫僕人整天用自己的影子遮住日晷儀，讓時間停止。」

「這樣僕人會中暑身亡吧。」

本多說著，再度讓強烈陽光照在文字盤上，三點的影子復甦了。

「不會啦，我們國家的僕人整天曬太陽都不會有事。而且陽光的強度，大概是這裡的三倍吧。」庫利沙達說。

清顯不禁想像，他們能曬成發亮的褐色肌膚，體內一定藏有陰暗涼爽的地方。他們是躲在自己體內的樹蔭下休息吧。

——清顯忽然向兩位王子透漏，去後山散步很有趣，因此本多連擦汗的時間也沒有，落得必須跟大家去爬後山的處境。以前清顯對凡事都提不起勁，這回竟然率先走在前面，本多看了那股氣勢驚訝不已。

可是走著走著抵達山脊啟始處，看到松林樹蔭蘊含海風，由比濱一帶也璀璨閃亮，登山的汗水立即被吹乾了。

四個青年重拾少年時的活潑，由清顯帶頭，往山白竹與羊齒草阻擋了大半的山脊小徑前進。不久清顯忽然停下踩踏去年落葉的腳，指向北西方，高聲喊道：

「你們看！只有從這裡才看得到！」

其他三人也停下腳步，透過樹木間的空隙，眺望鄰近的廣闊山谷裡，房屋相當雜亂無章的門前町[55]，發現一尊矗立的大佛像。

他們從山上可以大致看到大佛渾圓的背與衣服的皺褶，但大佛的臉只能看到側臉，以及從順著渾圓肩膀流暢而下的些許衣袖線條。陽光照得青銅渾圓的肩膀閃閃發亮，照在平坦寬闊胸部上則顯得清亮澄明。已然西斜的太陽，細膩地照出一圈圈的青銅螺髮。垂在旁邊的長耳，宛如從熱帶樹垂下的奇妙長果乾。

兩位王子看到大佛，立即下跪。本多與清顯見狀大吃一驚。兩位王子不惜弄髒燙得筆挺的亞麻布白褲，跪在潮濕的竹葉堆上，對遠方沐浴在夏日陽光裡的露天佛像合掌膜拜。

清顯與本多輕率地對看了一眼。這種信仰早已遠離他們，在生活裡已蕩然無存。對於王子們這種值得讚賞的禮拜，他們當然沒有嘲弄之意，只是覺得大家都是同學，此刻王子們卻飛到觀念與信仰都不同的世界去了。

三十二

繞了一圈後山，又逛完庭園的每個角落，四個人的心情終於平靜下來，在海風習習的客廳休息，喝著從橫濱運來、放在井水裡冰鎮過的檸檬汽水，疲勞很快消除後，他們又急著趁太陽下山前去海邊，各自準備了起來。清顯和本多穿上紅色丁字褲，套上在背部連接腋下的開洞處縫以千鳥縫[56]的白棉布泳衣[57]，戴上草帽，一身學習院風的裝束，等著動作緩慢的王子們換裝。不久兩位王子終於現身，穿著英國製的橫條紋泳衣，肩膀露出曬成茶褐色的肌肉。

雖說已是交往多年的好友，但清顯從未在夏天邀請本多來這幢別墅，只有一次在秋天，邀請他來撿栗子。因此從小時候在片瀨海岸的學習院游泳場以來，這是清顯和本多第一次來海邊，兩人小時候也不像現在這麼熟。

四個人筆直跑過庭園，穿過庭園盡頭尚未長大的松林，再越過後面的農田來到沙灘。下水前，清顯和本多老老實實做暖身操。兩位王子看得捧腹大笑。這笑聲是對清顯和本多的輕微報復，因為他們剛才只遠眺大佛，沒有跪拜。看在兩位王子眼裡，暖身操這種近代的，

55 門前町，在神社或寺院門前附近形成的城鎮。
56 千鳥縫，一種手縫技法，縫線交叉成山形。
57 樣式像肌襦袢（貼身開襟汗衫），雖說是泳衣，但不是游泳穿的，而是在外面行走時穿。下水游泳只穿一條紅色丁字褲。

且只為自己而做的戒律，想必格外滑稽可笑。

但能如此捧腹大笑，也表示王子們現在非常輕鬆愉快，清顯也很久沒看到異國友人如此開朗的模樣。盡情戲水後，清顯也將身為主人的款待義務拋在一旁，讓王子們用母語聊天，自己則和本多用日語交談，四個人分成兩組，離得遠遠的躺在沙灘上。

薄雲籠罩著落日，陽光沒剛才那麼強烈，尤其清顯白皙的肌膚感到格外舒適。他濕濡的身體只穿一件紅色丁字褲，閉著眼睛輕鬆仰躺在沙灘上。

本多盤腿坐在他左邊，面對大海。海面相當平靜，但波浪的景色深深麼魅惑了他的心。他視線的高度與海面高度，應該幾乎等高，卻不可思議地覺得，大海在眼前結束，接著是陸地的開始。

本多掬起一把乾沙，從這隻手掌倒到另一隻手掌，沙子從指間滑落，手掌空無一物後，又掬起一把新沙，重複剛才的動作，但眼睛與心思都被大海迷住了。

大海就在眼前結束。如此遼闊盈滿的大海，如此充滿力量的大海，就在眼前結束了。無論對時間或空間而言，沒有比佇立在分界線更令人感到神祕。置身於大海與陸地的如此壯闊分界線上，宛如見證了一個時代走向另一個時代的巨大歷史瞬間。而本多與清顯生存的現代，也不外乎是一個潮退，一個潮漲，一條分界線。

……大海就在眼前結束。

望著波浪的盡頭就會明白，這是經過多麼漫長的努力，最後悲慘地在這裡結束。一個環繞全世界海洋規模的極其雄壯企圖，在此徒勞而終。

……但是，儘管如此，這又是多麼安詳溫柔的挫折啊。波浪最後小餘波的波邊，立即褪去紊亂的感情，與潮濕平坦如鏡面的沙灘化為一體，等到變成淡淡的細微泡沫，浪身已大致退回大海。

細數海上即將崩落的白浪，各自有四、五層浪花，總是同時扮演各自的角色，有昂揚、有頂點、有崩壞、有融合，有退走。

露出橄欖綠平滑腰身而碎去的波浪，是擾亂也是怒吼，那怒吼逐漸變成只是叫喊，叫喊終歸成了低語。碩大的白色奔馬，變成小小的白色奔馬，然後整列橫隊的勇猛馬身消失，最後只在沙灘留下勁踢的白色蹄印。

兩道從左右展成扇形相互侵犯的餘波，不知不覺融入鏡面般的沙灘，但此間依然如鏡中的鏡像活潑地動著。宛如墊起腳尖翻騰的白浪，在那裡映出尖銳的縱長形狀，看似閃閃發亮的霜柱。

波浪退去的遠方，又有重重波浪朝海岸奔來，沒有一個露出白色平滑的背面逃離。大家都咬緊牙根，以岸邊為目標奮力奔來。但若極目看向更遠的外海，會發現剛才奮力奔向沙灘的波浪，其實也只是稀薄衰弱擴展的強弩之末。愈往外海而去，海的顏色益發濃重，岸邊海水的稀薄成分逐漸被濃縮，被壓榨，到了深綠的水平線，無限被熬煮的青藍變成了堅硬的結晶。儘管大海總是裝出距離與遼闊的模樣，但這結晶才是大海的本質。這些稀薄匆忙的波浪重複運行，到了最後凝結出的青藍結晶，才是真正的大海。

⋯⋯⋯⋯⋯⋯⋯⋯

本多思索至此，眼睛和心靈都累了，轉眼看向似乎真的睡著的清顯。

他那白皙美麗柔軟的身軀，和只穿著一件紅色丁字褲形成鮮明對比，微微起伏的白皙腹部與丁字褲上緣的交接處，閃著已經乾掉的沙和貝殼細微碎片的光芒。清顯正好以左手枕著後腦杓躺著，因此本多看見了他的左側腹，比櫻花花蕾般的左乳頭更外側些，平常被上臂擋住的地方，有三顆極小的黑痣聚在一起。

身體的特徵真是不可思議，本多認識清顯多年首度發現這三顆黑痣，感覺像朋友不小心說出的祕密，令他霎時不敢直視。於是他閉上眼睛，那三顆黑痣反而像遙遠的鳥影，鮮明地浮現在眼瞼內側的強烈白光黃昏天空裡。

本多又睜開眼睛，看見清顯形狀姣好的鼻翼發出輕微鼾聲，微張的雙唇間閃耀著潤澤潔白的牙齒。接著本多又看向清顯側腹的三顆黑痣，這次看起來像是嵌入白皙嫩肉裡的沙粒。

此時，在本多眼前結束的是乾燥沙灘。臨海的偏黑沙地顯得相當結實，到處承載著乾燥的點點白沙，也刻劃出輕微波跡的浮雕，小石子、貝殼和落葉彷彿變成化石穩穩地嵌入沙地，而且無論再小的石子，也順著海水退去的痕跡，以扇形朝向大海展開。

不只是小石子、貝殼和枯葉，還有被浪濤打上來的馬尾藻、小木片、稻桿、橘子皮等，都這樣被嵌在沙地上。因此極其細小的黑沙粒，也有可能嵌進清顯緊緻白皙的側腹。

這想必很痛吧，本多思忖著要不要趁清顯醒來之前，撥掉他側腹的黑沙粒。可是仔細凝視之際，發現那微小的黑粒隨著胸部呼吸起伏，也跟著穩健地起伏，因此應該不是無機物，而是清顯身體的一部分，換言之是黑痣沒錯。

本多覺得這些黑痣背叛了清顯肉體的優雅。

或許是肌膚感到過於強烈的凝視，清顯倏地睜開眼睛，撞上本多的視線，追著他困惑的表情，如此問道：

「你能不能幫我一個忙？」

「好啊。」

「我來鎌倉，表面上是為了陪王子們玩，但其實是想製造我不在東京的幌子。你懂嗎？」

「我早就料到八成是這樣。」

「我想把你和王子們放在這裡，自己時不時溜回東京。我無法忍受三天見不到她。我不在的時候，請你幫我應付王子們，如果東京的家裡打電話來，就靠你的本事幫我糊弄過去。今天晚上，我會坐末班火車的普通車位去東京，明天一早搭頭班車回來。一切拜託你了。」

「好！」

本多強而有力地答應。清顯一臉幸福地伸手和他握手，接著又這麼說：

「有栖川殿下的國葬，你父親也會參加吧？」

「會，應該會。」

「有栖川殿下過世得真是時候啊。我昨天聽說，因為他過世，洞院宮家的納采儀式也會往後延。」

朋友的這句話，讓本多真切地感到危險。清顯的戀情居然與國事息息相關。

這時兩位王子興高采烈地跑來，打斷了他們的談話。庫利沙達氣喘吁吁，以不流利的日文說：

「你們猜，剛才我和昭披耶在聊什麼？我們在聊輪迴轉世的事喔！」

三十三

兩個日本青年聽到這句話，不禁面面相覷。輕率毛躁的庫利沙達向來沒有餘裕察言觀色。相形之下，這半年來，吃盡各種苦頭的昭披耶，雖然褐色臉龐不易看出明顯泛紅，但也顯然在猶豫是否該持續這個話題。過了半晌，可能聽起來比較文明些，昭披耶以流利的英文說：

「沒有啦，剛才我和庫利只是在聊，我們小時候從奶媽那裡聽到的《本生經》故事，說連佛陀的前世，作為菩薩都曾轉世為金天鵝、鵪鶉、猴子和鹿王等等，所以我們就在猜，我們的前世會是什麼？庫利硬說他的前世是鹿，我的前世是猴子，這讓我很生氣就跟他吵了起來，我說我的前世是鹿，庫利才是猴子。你們覺得呢？」

不管站在哪一邊都會得罪人，因此清顯和本多都微笑不答。清顯為了轉移話鋒，說我們對《本生經》一無所悉，請王子們說其中一個故事給我們聽。

「那我就來說金天鵝的故事吧。」昭披耶說：「這個是佛陀還在當菩薩的時候，連續兩次轉世的故事。我想你們也知道，所謂菩薩，就是尚未開悟成佛的修行者，佛陀的前世就是菩薩。所謂修行，就是追求無上菩提，利益眾生，修諸波羅蜜之行。據說當時還是菩薩的佛陀，轉世為各種動物，行善積德。

很久很久以前，菩薩出生在某個婆羅門家，娶了同階級的女孩為妻，生了三個女兒就過世了，妻女被別人家收養。

菩薩死後，投胎轉世為金天鵝，但具有憶起前世的智慧。不久菩薩天鵝長大後，全身都是金色羽毛，美得無以倫比。當牠游過水面，影子就如月光閃閃發亮；當牠在林間飛翔，樹梢的葉叢燦爛得如金籠子；當牠偶爾在枝頭歇息，樹上像是結出不合季節的黃金果實。

天鵝洞悉自已前世是人，知道還活著的妻子與女兒們被別人收養，靠著做家庭副業餬口。於是天鵝心想：

『我的每一根羽毛都可以搥打成扁扁的金板賣錢。為了我仍在人間受苦的可憐貧困伴侶，今後我就一根一根地把羽毛送給她吧。』

於是天鵝飛到往昔妻女住的窗口，看著她們貧困的生活，心中滿是哀憐之情。而妻子和女兒們，看到光輝燦爛的天鵝停在窗框嚇了一跳，如此詢問：

『哇，好漂亮的金色天鵝。你是從哪裡飛來的？』

『我曾是妳的丈夫，是妳們的父親。我死了以後，投胎轉世為金天鵝。既然我今天來看妳們，就要改善妳們的困苦生活。』

然後天鵝給了她們一根羽毛就飛走了。

就這樣，天鵝有時會來給她們一根羽毛就飛走。母女的生活也明顯富裕起來。

有一天，母親對女兒們說：

『禽獸的心是難以捉摸的。妳們的天鵝父親，說不定哪天就不來了。所以下次他來了，把他剩下的羽毛拔光吧。』

『天啊！這太殘忍了媽媽！』

女兒們驚聲反對。但貪婪的母親依然照做，有一天金天鵝再度飛來，她把金天鵝引過來，雙手抓住，拔光了剩下的羽毛。但是很奇怪的，拔下的金色羽毛不久就白得像白鶴羽毛那樣白。於是前世的妻子，把已經不會飛的天鵝，放進一個大甕裡飼養，希望牠能再長出金羽毛。可是天鵝再長出的羽毛都是白色的，等羽毛長齊了就飛走了，化成一個閃耀的白點沒入雲裡，從此沒有再回來。

……這是我們從奶媽那裡聽來的，《本生經》裡的一個故事。」

本多和清顯都相當驚訝，這個故事和以前聽的童話故事非常相似，但接下來話題轉到是否相信轉世的議題上。

以前清顯和本多從沒被捲入過這種議論，因此有些不知所措。清顯以探詢的眼神看了看本多。平日我行我素的清顯，碰到這種抽象議題，一定會露出這種無依無靠的表情，但這次反而像銀馬刺般往本多心裡輕輕一刺，使得他挺身而出。

「如果真有轉世這種事，」本多有些性急地說：「那也一定要像天鵝的故事，具有洞悉前世的智慧比較好，要是沒有這種智慧，一度斷掉的精神，一度失去的思想，到了下一個人生不留任何痕跡，就會開始另一個新的精神，另一個與前世無關的思想……這麼一來，在時間上排成一列的各個轉世個體，和分散於同一時代的空間的各個個體，就只具有相同的意義了……這樣不就失去轉世的意義嗎？如果把轉世當作一種思想看來，會有這種把幾個毫不相干的思想統括起來的思想嗎？而我們確實沒有前世的任何記憶，所以單就這點來說，所謂的轉世，只是在試圖證明不可能有確證的徒勞努力吧。要證明轉世的存在，就必須等分看待前世與現世，必須有比較對照的思想見地。可是人的思想，一定會偏向前世、現世、來世的某一方，無法擺脫歷史中的『自己的思想』領域。這大概就是佛教說的『中道』，可是我懷疑人類是否能擁有『中道』這種有機的思想。

退一步說，如果把人類持有的一切思想當作各種迷妄來看，那麼一個生命從前世轉世到現世，要辨識前世的迷妄與現世的迷妄，就必須有第三個見地。唯有這第三個見地，才能證明轉世。對於轉世的當事人來說，只不過是永遠的謎。而這所謂第三個見地，可能是悟道的見地，所以轉世這種思想，只有超脫轉世的人才能理解。可是理解了轉世的思想，這時轉世也就不存在了不是嗎？

我們活著，卻擁有豐富的死。例如葬禮、墓地、供在墓碑前枯萎的花束、對死者的記憶、目睹近親者的死亡，還有預測自己的死。

既然如此，死者們或許也擁有豐富多樣的生。從死者的國度看我們的城鎮、學校、工廠的煙囪、陸續死去的人和陸續誕生的人。

轉世，只是我們從生的這一邊看死的說法，相反的就是從死的那一邊看生吧？只是看的角度改變而已吧？」

「那為什麼人在死後，還能把思想或精神傳給人們？」昭披耶沉著地反駁。

本多這個聰明且血氣方剛的青年，帶著些許輕視口吻，斷定地說：

「這和轉世的問題不一樣。」

「哪裡不一樣？」昭披耶沉穩地說：「一個思想能超越時間的隔閡，進入不同的個體繼承下去，這你也承認吧。既然如此，同一個個體超越時間，進入另一個的思想中，將這個思想繼承下來，也不是奇怪的事吧？」

「貓和人是同一個個體嗎？剛才的故事裡有人、有天鵝、有鵪鶉、還有鹿。」

「從轉世的觀點來看，這些都是同一個個體。即使肉體不連續，只要妄念連續，都可以看成同一個個體。或許不要稱為個體，稱為『一個生命的流轉』比較洽當。

我失去了那只充滿回憶的綠祖母戒指。因為戒指不是生物，不能轉世。可是『失去』究竟是什麼呢？對我來說，失去是出現之本。那只戒指，總有一天會像綠色星星，出現在夜空的某處吧。」

王子說到這裡，悲從中來，看似忽然想逃離這個問題。

「可是，昭披耶，那個戒指說不定是什麼生物悄悄化身的。」庫利沙達天真地說：「然後說不定用自己的腳，不曉得逃到哪裡去了。」

「如果是這樣，那只戒指，現在說不定也轉世成月光公主那樣的美女。」昭披耶旋即沉浸在自己的戀情回憶裡，半晌又說：「其他人都來信跟我說，她平安無事，可是為什麼月光公主自己不寫信給我？他們是在安慰我吧。」

本多對這番話充耳不聞，只顧著思索剛才昭披耶說的奇妙反論。不把人當作一個個體，而是當成一個生命的流轉，這是有可能的。不當作靜態的存在，而當作流動的存在來理解也有可能。正如剛才王子所言，一個思想在不同的「生命流轉」中被繼承，和一個「生命流轉」在不同的思想中被繼承，其實是同一件事。因為生命和思想同一化了。然後將生命和思想是同一種東西的哲學擴展出去，便形成了統括無數生命流轉的巨大生命潮流的連環，人們稱之為「輪迴」，這或許也可能是一種思想……

本多沉浸於這種思索之際，清顯在暮色漸濃中搜集海沙，和庫利沙達一起全心全意建造沙雕寺院。但暹羅風的寺院尖塔與鴟尾，很難用沙子形塑出來。庫利沙達巧妙地在沙裡滴了一些水，塑出極為細膩的尖塔，接著又宛如從女人的袖子拉出又黑又軟的手指那樣，小心翼翼地從濕濡的海沙屋頂，拉出翹起的鴟尾。但這彷彿痙攣般翹起伸向空中的黑沙手指，不久就隨著沙子乾掉而脆弱地斷裂崩塌了。

本多和昭披耶也停止辯論，轉眼看向清顯和庫利沙達像孩子似的興高采烈忙著玩沙。海沙堆砌的寺院需要點燈了。好不容易精雕細琢的正面與長窗，已經均勻地籠上暮色，變成只有輪廓的黑塊。細碎的白波，有點像臨終者的白眼，將這世界即將消失的光亮集中於此，形成白色背景，寺院成了朦朧的剪影畫。

不知不覺間，四人的頭上已是星空。銀河清晰可見跨於天頂。本多知道的星星名稱很少，但也立刻看出隔著銀河的牛郎星與織女星，以及為了幫兩人作媒而張著巨大翅膀的天鵝座北十字星。

四個年輕人聽著比白天更澎湃的浪濤聲，看著白天被隔開的大海與沙灘在黑夜裡融合為一的景象，以及愈來愈多的繁星彷彿要欺壓人的擁擠景象……被這樣的景象包圍，彷彿置身在隱形的巨大古琴裡。

這確實是一把古琴！他們是被捲入琴槽的四粒沙子，那裡是無垠的黑暗世界，琴槽外是光輝燦爛的世界，從龍角到雲角張著十三根弦。若有一雙美得難以形容的白皙玉手來彈奏，群星悠悠運行的音樂會震響這把琴，搖晃琴槽底部的四粒沙子。

夜晚的大海，微風習習。海潮的香氣，還有被沖上岸的海藻散發的氣味，使得年輕人委以涼風的裸露身體，充滿戰慄般的情緒。海風的濕氣纏上肌膚，反而噴出火熱的東西。

「該回去了。」清顯突然說。

這當然是催促客人回去吃晚飯的意思。可是本多知道，清顯一直惦記著末班火車的時間。

三十四

不到三天，清顯就溜回東京，回來只將那裡發生的事詳細告訴本多，包括洞院宮家的納采儀式確實延期了。但這當然不意味聰子的婚事觸礁了。聰子常受邀去宮家，洞院宮殿下也已把她當自己人看。

清顯並不滿足於這種狀況，開始籌畫叫聰子來終南別業共度一夜，也想借本多的智慧完成這危險的計畫。但這件事，有著光想就覺得麻煩的重重障礙。

一個極其悶熱難以入眠的夜晚，清顯在淺眠中做了一個從未有過的夢。夢中有個淺灘，海水溫溫的，從外海被打上岸的各種漂流物，堆積得和陸地的垃圾難以分辨，時而刺傷涉水者的腳。

……清顯不知為何，穿著平常不穿的白木棉和服與白木棉裙褲，帶著獵槍，站在原野的道路上。這片原野有些起伏，但不遼闊，遠處可見民宅毗連的屋頂，也有腳踏車行經原野道路，但有一種異常沉痛的光芒占領了這個地方。那光芒恍如夕陽的最後殘光，孱弱無力，也不確定來自天空或地下。覆蓋著起伏原野的雜草也從內部發出綠光，遠去的腳踏車本身也發出朦朧的銀光。清顯驀然低頭一看，發現自己穿的木屐那又白又粗的木屐帶，還有腳背的靜脈，都奇妙明亮地浮現出來，清晰可辨。

這時光芒轉暗，一大群鳥從天空一角飛來，隨著陣陣啼囀逼近頭頂上空之際，清顯舉起獵槍朝著天空扣下扳機。他並非只是單純地無情射擊，他內心充滿難以言喻的憤怒與悲傷，與其說是射鳥，更像是瞄準天空的巨大藍眼連續開槍。

被打中的鳥紛紛掉落下來，天地間頓時捲起哀號與鮮血的龍捲風。因為無數鳥兒一邊哀號一邊滴血，密集成一根粗大的柱子，又無止盡地墜落在同一個地方，看似瀑布不斷傾瀉而下，這種墜落伴著聲音與血色，連續有如龍捲風。

看著看著之際，這龍捲風凝固了起來，成為一棵參天大樹。這是無數鳥兒屍體堆積而成的樹，因此樹幹也呈現異常的褐紅色，而且沒有枝葉。但巨樹成形靜止後，哀號聲也停了，四周又恢復和先前一樣，溢滿沉痛的光芒。沒有人騎的嶄新銀色腳踏車，搖搖晃晃從原野的道路駛來。

清顯感到自豪，認為自己驅除了覆蓋天日的東西。

這時他發現遠處有一群人，穿得和自己一樣一身白，從原野的道路走來。他們肅穆地前進，在離清顯約三公尺處停下腳步。仔細一看，每個人都拿著光澤閃耀的楊桐葉玉串。

他們在清顯面前揮動玉串，為清顯淨身，聲音清朗明亮。

清顯清楚地看出，其中一人的臉就是書生飯沼的臉，大吃一驚。而且這個飯沼還開口對清顯說：

「你是凶神。這一點錯不了。」

被這麼一說，清顯看了看自己，發現不知何時，脖子上被掛了一條藤色與茜色相間的勾玉項鍊，那玉石冰冷的觸感擴及胸肌，而且覺得自己胸部平厚如岩。

清顯順著白衣人指的方向轉頭一看，發現那棵鳥兒凝結而成的巨樹，長出了茂密的鮮嫩綠葉，連下方的枝椏也籠罩在這明亮的綠意裡。

……這時清顯醒了。

由於這個夢太不尋常，清顯打開久違的夢日記，盡可能詳細記錄下來。夢醒之後，他體內依然有種激烈的行動與勇氣的熱躁，彷彿剛從一個戰場歸來。

——想在深夜把聰子帶來鎌倉，黎明再將她送回東京，不可以用馬車，也不能搭火車，更不能坐人力車，無論如何需要汽車。

但不能用清顯家認識的自家車，更不能用聰子那邊認識的自家車。至於司機，也必須用素不相識、毫不知情的司機。

雖然終南別業很大，但也不能讓兩位王子和聰子碰頭。雖不知王子們是否知道聰子與宮家婚約的事，但見了面肯定會埋下麻煩的禍根。

想克服這些困難，一定要本多出動，扮演他不熟悉的角色。而本多為了朋友，也答應帶聽子來並送她回去。

本多腦海裡浮現的是一位同學的名字。這位同學是富商的兒子，五井家的長男。本多的朋友裡，只有他擁有可以自由使用的汽車。因此本多特地去東京，拜訪位於麴町的五井家，拜託同學將福特汽車連同司機借他一晚。

這位總是在留級邊緣、遊手好閒的五井少爺，看到班上名列前茅耿直嚴謹的優等生，竟然為了這種事來拜託他，驚得目瞪口呆。因此他也不放過這機會擺起架子，傲慢尊大地對本多說，只要把理由說清楚也不是不能借。

雖然這一反本多的平日作風，但面對這個蠢蛋，本多故意膽怯地編造出一套假理由而暗自竊喜。畢竟是謊言，所以本多說得吞吞吐吐，但五井少爺卻認定這是走投無路和羞恥所致。本多看著他深信不疑的樣子，覺得很有意思。理智是多麼難以令人信服，可是熱情，即使是虛假的熱情竟能如此讓人輕易相信。本多以苦澀的喜悅看著這一幕。可是看在清顯眼裡，本多應該也是如此吧。

「我對你刮目相看了。想不到你也有這一面。不過你還是有什麼瞞著我吧。至少可以把她的名字告訴我吧？」

「她叫房子。」

本多不假思索說出久未見面的表妹名字。

「也就是松枝借你住一晚，我提供一晚的汽車給你用？好是好，不過下次考試就拜託你罩我了。」

五井半認真地略為行禮。此刻他眼裡閃耀友情的光輝，認為自己和本多的智力，在各種意義上平起平坐了。這種扁平的人生觀得到肯定後，他以充滿安心感的語氣說：

「人到頭來都是一樣的。」

本多原本就是瞄準這一點。同時本多也託清顯之福，得到了十九歲青年都渴望入手的浪漫名聲。總之，這樁交易對清顯和本多和五井來說，誰也不吃虧。

五井的福特汽車是一九一二的最新款，由於自動啟動器的發明，不用每次都要下車啟動車子，給司機省了很大的麻煩。雖是兩段變速的普通T型車，但車身漆黑，車門以細紅線鑲邊，只有車篷罩著的後座還留有馬車樣式。要跟司機說話，必須將嘴湊近通話管，讓聲音傳到司機耳邊的喇叭口。車頂除了備用輪胎還有行李架，得以勝任長途旅行。

司機姓森，原本是五井家的馬車伕。他跟五井老爺的隨身司機學開車，去警局考駕照時，讓師父堂堂正正在警局門口等候，考筆試碰到不懂的問題就來門口問師父，然後回去作答。

本多深夜去五井家借車，為了不暴露聰子的身分，將車子開到之前的軍人出租公寓，等蓼科和聰子偷偷坐人力車來。清顯希望蓼科不要來，但其實蓼科也不能來。因為聰子不在的時候，蓼科有很重要的任務，必須讓大家都以為聰子在睡覺，所以想來也來不了。蓼科滿臉擔憂，冗長叮囑了一番，才終於把聰子託給本多。

「在司機面前，我會一直叫妳房子喔。」
本多在聰子耳畔悄聲地說。
福特汽車出發了，發出轟隆的聲音行駛在寂靜住宅區。
本多對聰子凡事不介意的的果敢態度，深感驚訝。她穿著白色洋裝來，更顯果敢。
……深夜和朋友的女人乘車兜風，本多體會到一種奇妙的感受。他只是作為友情的化身，在夏日深夜瀰漫著女人香水味的搖晃車篷裡，與女人貼身而坐。
這是「別人的女人」。這麼說很失禮，但聰子是女人。本多知道清顯對他的信任裡，一直有種冷漠的毒素在維繫兩人奇特的感情，此時他覺得這種毒素前所未有地鮮明復甦了。信任與侮蔑，宛如薄皮手套與手，是緊緊貼合的。本多因清顯的美貌而寬恕了他。
想避開這種侮蔑，只能相信自己的高潔。本多並非盲目的老派青年而如此相信，而是藉由理智而相信的。他絕非像飯沼那種類型的男人，總是把自己想得很醜陋。若認為自己醜陋……最後只會成為清顯的僕役。
即使汽車疾馳的涼風吹亂了聰子的頭髮，聰子當然也絕不失分寸。清顯這個名字，在兩人之間自然而然成了禁語；房子這個名字，則成了小小的虛構親密象徵。
……………………

回程的情況截然不同。

「啊，我忘了跟清少爺說一件事。」

車子啟動不久，聰子這麼說。可是已經無法折返，必須一路趕回東京，否則無法在天光亮得早的夏日破曉前回家。

「我來轉告他吧。」本多說。

「呃……」聰子遲疑了半晌，終於下定決心說：「那麼，請你轉告他，蓼科前幾天見了松枝家的山田，知道清少爺對我們說謊。清少爺假裝握有那封信，其實早在山田的面前撕毀了。蓼科已經知道這件事了。……不過，倒不用擔心蓼科會怎麼樣，她已經萬念俱灰，視若無睹。……就只是這件事，請你轉告清少爺。」

本多一口答應，複誦了這段話，對於這神祕的傳話內容一概不問。

本多這種循規蹈矩的態度打動了聰子，她一反常態，話多了起來。

「你居然能為朋友盡心盡力到這種地步。清少爺有你這樣的朋友，真是世上最幸福的人。我們女人根本沒有真正的朋友。」

聰子眼裡依然殘存著放縱後的餘火，但頭髮梳整得一絲不亂。

由於本多默默無語，不久聰子又低頭輕聲說：

「不過你可能認為，我是個放蕩的女人吧……」

「不可以說這種話！」

本多不由得加強語氣打斷了她的話。因為就算聰子這句話沒有藐視之意，卻也剛好說中本多心中浮現的情景。

本多忠實執行徹夜接送的任務，無論是將聰子送抵鎌倉交到清顯手裡，或是從清顯手裡接過聰子送她回家，他都自豪自己始終保持鎮定。他本來就該保持鎮定，因為他做的這些事就是在參與一個嚴肅的冒險。

但是，當他目送清顯拉著聰子的手，沿著樹蔭走過庭園，奔向海邊時，他確定自己出手幫忙是一種罪，而且還看到這個罪留下多麼美麗的背影飛奔而去。

「是啊，你說的對，不可以說這種話。我明明一點都不認為自己是放蕩的女人。

不知為何，我和清少爺明明犯下可怕的罪，但我們絲毫不感到罪過的骯髒，只覺得身體得到了淨化。剛才在海邊看到松林時，覺得此生再也看不到這片松林了，還有那松濤聲，也覺得此生再也聽不到這松濤聲了。每一個剎那都清明淨澈，沒有絲毫後悔。」

聰子訴說時帶著一種焦躁，不知如何才能把自己的心情，毫不保留地說給本多明白，儘管會背上不知廉恥的罵名。她每次都把和清顯的幽會當作最後一次，尤其今夜，在清新寧靜的大自然擁抱下，達到了多麼駭人且令人目眩的高潮。那就像死亡、寶石的光輝、夕陽的美麗，多麼難以向人訴說。

清顯與聰子想避開明亮的月光，在海邊到處徘徊。深夜的海邊不見人影，唯有漁船高高翹起的船頭在沙灘落下黑影，四周都被月光照得亮晃晃，令人感到無依無靠。月光照在船上，船板也恍如白骨。只要伸出手去，手也宛如被月光穿透了。

清涼的海風吹拂，兩人很快就在漁船陰影處相擁。聰子恨自己鮮少穿的白色洋裝發出耀眼的白，恨不得也忘掉自己白皙肌膚的白，早點脫掉這一身白，隱身在黑暗裡。

明明應該沒人在看，但照在海上的凌亂月光，恍如千萬隻眼睛。聰子望著夜空的雲，望著掛在雲端危危顫顫閃爍的星辰。聰子感到清顯小小的硬乳頭，碰上了自己的乳頭，互相撥弄摩擦，接著又感到自己的乳頭被壓進豐盈的乳房裡。這比接吻更令人心醉神迷，彷彿跟自己養的小動物在互相觸摸嬉戲，有種意識逐漸遠去的甘美。這種在肉體邊緣與末端產生的始料未及的親密交合感，使聰子閉上眼睛，想起掛在雲端的閃爍星辰。

接下來一鼓作氣直抵恍如深海般的愉悅。一心想融入黑暗的聰子，意識到這黑暗只是漁船落下的陰影，不禁心生恐懼。這不是堅固建築或岩石山的陰影，只是不久會出海的漁船暫時落下的陰影。漁船在陸地不是現實，這種看似確實的陰影如同幻境。現在她依然擔心害怕，生怕這艘相當老舊的大漁船，會無聲無息滑出沙灘，逃到海裡去。想要追這艘船的陰影，想要永遠待在這陰影裡，自己必須變成大海。於是，聰子在沉重的溢滿中成了大海。

圍繞著他們的一切，例如那明月的夜空，那閃耀的大海，那吹過沙灘上的風，遠處的松林喧囂聲……一切都約定了要滅亡。

時間薄片的對面，響起一聲巨大的「不」。松林的喧囂不就是這個聲音嗎？聰子覺得，被絕不原諒他們的東西包圍著、監視著、守護著。彷如一滴落在水盤上的油，被盤中的水保護著。

但，水是黑的、遼闊的、沉默的，一滴髮油[58]漂浮在孤絕的境地。

這是什麼擁抱性的「不」！他們無法分辨這個「不」是夜晚本身，抑或接近黎明的曙光。只知道在很近的地方喧囂，尚未開始侵犯他們。

……兩人起身，在黑暗中勉強引頸看見即將沉落的月亮。聽子覺得那一輪圓月，是將他們的罪狀明亮地釘在天空的徽章。

四周悄無人影。兩人為了取出藏在船底的衣服而站了起來，凝視彼此在漆黑的黑暗中，被月光照出的白皙腹部下方的黑色部分。雖然只是短短的時間，但彼此認真地看著那裡。

穿好衣服後，清顯坐在船舷上晃著雙腳說：

「如果我們是一對被允許的情侶，可能就不會這麼大膽了吧。」

「你真過分。原來這是你真正的心思？」

聽子露出埋怨的表情。但他們鬥嘴的俏皮話，有如咀嚼沙子，帶著難以名狀的苦澀。因為絕望就候在旁邊。聽子依然蹲在船身的暗影處，看到清顯從船舷垂下的腳背被月光照得雪白，情不自禁親吻他的腳趾。

……………………

「或許我不該對你說這些事。不過除了你，沒有人可以聽我傾訴。我知道我做的是很可怕的事，可是請不要阻止我，我知道總有一天會結束……在那天來臨之前，我只能拖一天是一天，沒有別的路可走。」

「妳在做心理準備了？」本多不知不覺語帶哀切地說。

「是啊，我在做心理準備。」

「我想清顯也一樣。」

「所以我們更不可以這樣給你添麻煩。」

本多忽然興起奇妙的衝動，想理解這個女人。這是一種微妙的復仇，她打算將本多當作「知心朋友」對待，那麼本多理應也有權不是基於同情或共鳴去理解她。

可是這種深陷愛河的柔美女人，明明在自己身邊卻心繫遠方的女人，究竟該如何理解？……本多天生喜愛理論探索的毛病，又在心中抬頭了。

車身搖晃，不時使聰子的膝蓋靠了過來。但聰子機敏護身，絕不讓兩人的膝蓋碰到。那動作敏捷得宛如松鼠轉輪，令人眼花撩亂，使本多看得有些心煩氣躁。他覺得至少在清顯面前，聰子絕不會做出這種令人眼花撩亂的事。

「剛才妳說在做心理準備。」本多沒看聰子的臉，繼續說：「這和『總有一天會結束』的心情，是怎麼連起來的？是結束的時候，心理準備就來不及了？還是看心理準備而定，其實事情

58 這裡的髮油是帶有香料的油。以前梳傳統日本髮髻，並沒有經常洗頭，所以要抹香香的髮油。

也就結束了？我是真的不太懂。不過我知道，我問了一個很殘酷的問題。」

聽子平靜地回應。本多不由得凝望她的側臉。美麗端莊的側臉不見絲毫慌亂。這時聽子忽然閉上眼睛，車頂昏暗的燈光，使她原本就很長的睫毛落下深深陰影，車窗外黎明前的茂密樹林，宛如纏繞的烏雲掠過。

森司機規規矩矩地背對他們，忙著駕駛。後座與駕駛座之間隔著一面厚玻璃，玻璃上的拉窗緊閉，只要不貼著通話管說話，就不用擔心兩人的談話會被司機聽到。

「你的意思是，總有一天我會讓這段情緣結束？作為清少爺的摯友，這麼說也理所當然。如果我無法活著結束它，那我就死……」

聽子可能希望本多連忙否定她這種說法，但本多頑固地保持沉默，靜候聽子說下去。

「……時候總會到的。而且應該不會太久。我可以向你保證，到時候，我不會有一絲眷戀。既然我已經知道活著是多麼值得感謝，我就不打算永遠貪婪下去。無論怎麼樣的夢都會結束，沒有什麼是永遠的，若將永遠當作自己的權利，豈不太愚蠢了？我和那些『新女性』不一樣……不過，如果真的有永遠，那也只有當下。有一天你也會明白這個道理吧。」

本多忽然明白，為何清顯以前那麼怕聽子。

「剛才妳說，不可以這樣給我添麻煩。這是什麼意思呢？」

「因為你是走在正途的有為青年。不可以讓你跟這種事情有所牽連。這都怪清少爺不好。」

「請別把我想得這麼正派。我家確實是非常嚴謹耿直的家庭。但是，今夜我已經參與犯罪了。」

「不可以這麼說！」聰子語氣強硬，甚至有點憤怒地打斷他，「這個罪只屬於我和清少爺兩個人。」

這話聽來誠然是在袒護本多，但也閃現了旁人不得介入的冷漠驕矜，看得出聰子把這個罪，當成只有她和清顯兩人住的水晶小離宮。這是一座能放在掌心的水晶小離宮，小到誰也無法進入。唯有他們兩人，藉由變身才能短暫住在裡面。而他們住在裡面的情景，可以從外面細微明晰地看得很清楚。

聰子忽然身子前傾，本多伸手想去扶她，摸到她的頭髮。

「對不起。我已經很小心了，可是覺得鞋子裡好像還有沙。如果不留意在家裡脫鞋，因為負責管鞋的不是蓼科，要是別的女僕發現鞋子裡有沙覺得怪怪的，開始搬弄是非就很可怕了。」

本多不知道女人清理鞋子的時候，自己該怎麼做，只好把頭轉向車窗，不去看她清理鞋子。汽車已駛入東京市區，天空呈現鮮豔紫藍色。破曉的帶狀稀薄橫雲，飄浮在市區的屋頂上空。本多一心希望車子早點抵達目的地，卻又惋惜這人生中不可思議的一夜即將結束。不知是不是幻聽，本多聽到背後傳來微弱的聲音，像是聰子將鞋裡的沙子抖落在地板的聲音。本多覺得這是世上最美的沙漏聲。

三十五

兩位暹羅王子似乎很滿意終南別業的生活。

有一天向晚時分，四個人將藤椅搬到庭園草坪上，享受晚餐前的片刻傍晚涼風。兩位王子以母語聊天，清顯耽溺於沉思，本多將書本攤在腿上閱讀。

庫利沙達以日文說，將英國製的威斯敏斯特金嘴香菸發給大家。兩位王子很快就記住學習院這個香菸黑話「彎曲」。學校基本上禁菸，唯獨高等科學生，只要不公然抽菸，校方也睜一隻眼閉一隻眼。學校半地下室的鍋爐室成了他們的吸菸巢穴，稱為「彎曲場」。

「來一根『彎曲』吧。」

由於常在彎曲場抽菸，此刻連在這樣的晴空下，無須避人耳目地抽菸，都有一抹彎曲場的味道，繚繞著某種祕密美味。在鍋爐室抽菸時，英國香菸也帶著鍋爐室的煤炭味，在昏暗中隨時提高警覺轉動的白眼球亮光，以及為了多抽幾口豐富的菸，菸頭不斷亮出火紅的忙碌模樣，這些種種都結合在一起，才能讓抽菸更有滋味。

清顯背著對大家，目光追著在黃昏天空裊裊上升的煙霧，繼而看到海上的雲形走樣模糊，有一面染上淡淡的黃玫瑰色。在這幅景象，他也感受聰子的倩影。聰子的倩影與香氣已滲入萬物，任何大自然的微妙變化都與聰子有關。風忽然停了，夏日向晚的溫熱空氣碰到肌膚，清顯覺得是聰子那時的裸身肌膚瀰漫其中，直接貼上自己的肌膚。隨著暮色漸濃，清顯甚至覺得宛如疊著層層綠羽毛的合歡樹蔭，也飄盪著聰子的部分倩影。

本多習慣身邊要放本書，否則會不自在。家中的書生偷偷借他一本禁書，北輝次郎[59]的《國體論與純正社會主義》，作者年僅二十三歲，堪稱日本的奧托．魏寧格[60]，但書中的內容過於有趣且激進，本多的穩健理性起了警戒心。本多並非討厭過激的政治思想，只是還不懂憤怒為何物，將別人的憤怒視為一種傳染力很強的病。因此這樣饒富興趣地看別人的憤怒，在良心上有點不是滋味。

此外，日前和王子們談了轉世的事，本多為了充實自己的知識，那天清晨送聰子回東京後，便直接返家，從父親的書櫃借了齋藤唯信[61]的《佛教學概論》來看，開頭的業感緣起論很有意思，讓他想起去年初冬熱衷研讀的《摩奴法典》，可是生怕鑽研得太深會影響準備升學考試，就沒有繼續讀下去了。

本多就這樣把幾本書擺在藤椅扶手上，漫不經心地隨意翻閱，最後連攤開在腿上的那一本也不看了，稍稍瞇起他的近視眼，望向圍繞庭園的西側山崖。

天色還很明亮，山崖已罩上陰影，黑幢幢地聳立著。但依然可見西方的天光，在覆蓋山脊

59 北一輝（1883-1937），別名北輝次郎，二戰前的日本思想家，國家社會主義者。二二六事件時，以皇道派青年將校的理論指導者遭捕，軍事法庭判處死刑。
60 奧托．魏寧格（Otto Weininger, 1880-1903），奧地利哲學家，二十三歲自殺，著有《性與性格》。
61 齋藤唯信（1864-1957），佛教學者，著有《淨土教史》、《華嚴五教章講義》等。

的茂林空隙間，細膩交織出的白光。透過樹林看見的西方天空恍如雲母紙，是夏天一日色彩繽紛熱鬧的畫卷盡頭，長長的留白。

……年輕人，帶著愉悅並內疚的心情抽菸。暮色漸濃的草坪一角，蚊子成群飛舞。游泳後黃金般的慵懶。心滿意足的日曬……

本多一語不發，但認為確實可以把今天當作我們年輕人幸福的一天。

王子們應該也有同感。

王子們裝作沒看到清顯忙於戀愛，而清顯和本多也裝作不知道王子們在海邊調戲漁夫的女兒們，但清顯私下包了一筆可觀的慰問金給女孩們的父親。兩位王子在每天清晨從山上遙拜的大佛守護下，夏天就這樣悠然美麗地老去。

僕人捧著放信的晶亮銀盤出現在陽臺（這裡和東京松枝本邸不同，鮮少有機會使用這個銀盤，這名男僕覺得可惜，因為他閒來無事經常花一整天將銀盤擦得晶亮），當他往草坪走去，第一個發現的是庫利沙達。

庫利沙達旋即跑過去拿信，得知這是王太后陛下寫給昭披耶的親筆信，便逗趣地畢恭畢敬捧來，獻給坐在椅子上的昭披耶。

清顯和本多當然看到了這一幕，但他們克制好奇心，打算靜候王子們來向他們訴說滿腔的喜悅與思鄉之情。拆開白色厚紙的聲音清晰可聞，浮現在夕照裡的信紙如白色箭尾羽毛鮮明奪目。霎時，昭披耶發出尖叫聲隨即癱倒，清顯和本多嚇得慌忙起身。昭披耶已不省人事。

庫利沙達呆立，茫然看著兩位日本友人照顧堂哥，但看了掉在草坪上的信後，趴在草坪上嚎啕大哭。清顯和本多都不懂庫利沙達在哭喊什麼，一連串的暹羅語更是難以理解。本多看了王太后陛下的親筆信，也因全部暹羅文而看不懂，只看得出信紙上方閃閃發亮的王家紋章用印，圖案以三頭白象為中心，周圍配以佛塔、怪獸、玫瑰、劍與權杖等，構圖相當複雜。

大家立刻將昭披耶抬到床上。運送過程中，昭披耶已茫然地睜開眼睛。庫利沙達持續嚎啕大哭，跟在後面。

清顯和本多，雖不知究竟發生了什麼事，但也明白一定是噩耗。昭披耶只是躺在床上，默默地望著天花板，褐色的臉龐逐漸融進暮色，一雙珍珠般的眼睛黯然失色。最後勉強能有餘裕以英文說話的，是庫利沙達。

「月光公主死了。昭披耶的戀人，我的妹妹月光公主……既然這樣，通知我就好了，我可以找機會想辦法再告訴昭披耶，不要給昭披耶帶來這麼大的衝擊，可是王太后陛下可能更怕我受到打擊，就直接通知昭披耶了。這一點陛下真是失算了。不過陛下也可能用心良苦，想先給昭披耶帶來直面真實悲傷的勇氣吧。」

這種深思熟慮的話，不像庫利沙達平時會說的話。清顯和本多，被王子們如熱帶驟雨般的劇烈悲嘆深深感動，然後想像著伴隨著閃電雷鳴的驟雨過後，潤澤悲傷的叢林將會迅速茁壯繁茂吧。

這天的晚餐送到王子們的房間，但兩位王子連筷子都沒碰。隨著時間經過，庫利沙達想到作為客人的義務與禮儀，把清顯和本多叫來房裡，以英文將那封長信的內容翻譯給他們聽。

其實月光公主從今年春天就生病了，病到無法拿筆的狀態，所以拜託眾人千萬別把自己生病的事告訴哥哥和堂哥。

月光公主美麗白嫩的手逐漸麻痺，最後無法動彈，宛如一道從窗框照進來的冰冷月光。英國主治醫師竭盡全力治療，但仍無法阻住麻痺擴及全身，最後連話都說不清楚了。儘管如此，月光公主依然希望昭披耶對她的印象能留在離別時的健康形象，因此口齒不清地反覆叮嚀，絕對不可以將她生病的事告訴昭披耶，聽得大家潸然淚下。

王太后陛下常來探望月光公主，每次看到她的病容都不禁落淚。得知公主的死訊時，王太后陛下立即制止眾人，如此說道：

「由我來直接通知巴塔納迪多。」

這封親筆信開頭就寫：「我要告訴你一個悲傷的消息。請你做好心理準備看下去。」接著寫道：「你心愛的茜特拉帕公主過世了。她在病床上有多麼思念你，這件事後面再詳述。作為母親，我首先要說的是，這一切都是佛祖的安排，你要保持身為王子的尊嚴，我祈禱你能勇敢面對這個噩耗。身在異國得知這個消息，想必更加悲痛無助，我也很遺憾無法在你身邊安慰你。至於庫利沙達那邊，你要以兄長之懷，細心關照，告訴他妹妹的死訊。我突然親筆寫信給你，也是相信你有不被悲傷擊敗的剛毅。公主一直到最後都很思念你，希望這能帶給你些許慰藉。

想必你很遺憾沒能見她最後一面，但你要明白公主的苦心，她希望在你心裡永遠是健康美麗的倩影……」

——昭披耶靜靜聽完庫利沙達的翻譯後，終於從床上起身，對清顯說：

「我居然如此驚慌失措，疏忽了母親的訓誡，實在太丟臉了。不過請你想想看。

我從剛才一直想解開的謎，不是月光公主之死的謎，而是月光公主生病到過世這段期間，不，應該說月光公主離世後的二十天裡，儘管我一直感到不安，但我對真相一無所知，甚至還能泰然自若生活在這個虛假的世界。我想解開的是這個謎。

我的眼睛能清楚看到大海和沙灘的閃耀，為什麼看不見這世界底層在進行的微妙變質？世界就像瓶中的葡萄酒悄悄在變質，我的眼睛卻只能透過瓶子，陶醉在那亮麗的紫紅色。為什麼我沒有想要至少每天一次，去檢驗那味道的微妙變化？清晨的微風，樹梢的搖曳，就連小鳥的飛翔與啼囀，我也未曾不間斷地注視聆聽，只是將這一切當作巨大的生命整體來看待，沒有注意到世界美好的沉澱之物，其實每天都從底層在發生質變。如果有天早上，我的舌頭能發現世界的味道發生了微妙差異……啊，如果這樣的話，我一定能立刻嗅出這個世界已經變成『沒有月光公主的世界』了……」

昭披耶說到這裡又哽咽落淚，再也說不下去了。

清顯與本多將昭披耶交給庫利沙達照顧，兩人便回房了。但兩人都無法入眠。

「王子們可能想早日回國吧。不管誰怎麼說，他們都沒有心情繼續待在這裡留學吧。」兩人獨處時，本多立即說。

「我也這麼想。」

清顯沉痛地回答。他顯然也受到王子們的悲傷影響，沉浸在難以言喻的不祥情緒中。

「王子們走了之後，只剩我們兩個留在這裡也怪怪的，說不定父母都會來這裡一起度過夏天。不過反正我們的幸福夏天結束了。」清顯自言自語般地說。

熱戀中的男人，容不下愛情以外的事物，甚至對別人的悲傷也會失去同情，這點本多看得很清楚，但他也不得不承認，清顯冷硬的玻璃心，本來就是純粹熱情的理想容器。

——一星期後，清顯與本多去橫濱送王子們搭英國輪船回國。由於是暑假期間，沒有別的同學來送行，只有和暹羅淵源深厚的洞院宮派總管來送行。清顯和這位總管只寒暄了兩三句，態度相當冷淡。

巨大客貨船駛離棧橋後，送行的彩帶也立刻斷裂隨風飄走，兩位王子出現在船尾，站在飄揚的英國國旗旁，不斷揮著白手帕。

船已朝大海逐漸遠去，送行的人也悉數離去，但清顯一直佇立在反射強烈夏日夕陽的棧橋上，直到本多不得不催他回去。清顯覺得自己年輕時最美好的時光，已逐漸消失在遙遠的大海上。

三十六

——秋天來了，學校開學後，清顯與聰子的幽會更加受限，就連想在傍晚避人耳目地散步，蓼科都得瞻前顧後地跟著。

他們甚至連對瓦斯燈的點燈員都有所忌憚。點燈員穿著瓦斯公司的立領制服，拿著長長的點火棒，沿著鳥居坂一角依然保存的瓦斯燈，朝著戴燈罩的火口點火。每晚這種匆忙的儀式結束後，這一帶也就沒什麼人了，清顯和聰子便能在蜿蜒的巷道散步。此時已蟲聲四起，家家戶戶的燈火也沒那麼亮了。沒有門院的人家，主人剛回來的足音一消失，便傳出響亮的鎖門聲。

「再過一兩個月就會結束了。洞院宮不可能把納采一直延下去。」聰子說得事不關己，恬靜悠然的說：「我每天睡前都會想，明天就會結束吧，會發生無法挽回的事吧，就這樣入睡，奇妙地睡得很安穩。明明做了這種無可挽回的事，還能睡得著……」

「就算納采之後，我們也……」

「你在說什麼呀，清少爺。罪孽太重的話，會壓垮溫柔的心。趁那一天還沒到來之前，不如來算還能見幾次面。」

「妳似乎已經下定決心，以後要把這一切都忘記？」

「是啊，只是還不知道會用什麼形式。因為我們走的路不是路，而是棧橋，總會走到終點，再過去就大海了。這也是無可奈何的事。」

仔細想想，這是兩人初次談及結束。

然而關於如何結束，兩人像小孩般沒有責任感，束手無策，沒有準備，沒有解決方法，也沒有對策，彷彿這樣才能保證他們的純粹。可是儘管如此，一旦說出口，結束這個觀念立即在他們心上鏽蝕，再也離不開了。

兩人的戀情是沒有考慮結束就開始？還是考慮到結束才開始的？如今清顯已分不清。若有一道雷打下來，立刻將兩人燒成焦黑，那也倒好。但若就這樣一直沒有任何懲罰，這該如何是好。清顯不安地思忖：「到時候，我還會像現在這樣熱烈地愛聰子嗎？」

這種不安，是清顯第一次感受到。這種不安使他不自禁握起聰子的手。聰子也反握，想與他十指交纏，但清顯覺得十指交纏太麻煩，索性用力握住她整個手掌，簡直快捏碎了。但聰子絲毫沒流露出疼痛神色，清顯的凶暴力道卻有增無減。當遠處二樓燈光照在聰子臉上，清顯看到她眼裡泛著淚光，心中湧現一股陰暗的滿足感。

他逐漸明白，以前學到的優雅暗藏著血腥本質。最容易的解決方法無非殉情，但這需要更多的苦惱。就連這幽會中不斷逝去的每一個瞬間，清顯都彷彿聽到，來自愈犯愈無限深的禁忌，那絕對無法抵達的遙遠金鈴聲，且聽得入迷。他覺得愈是犯罪，罪就離自己愈遠……最後所有的一切，將以巨大的欺瞞告終。想到這裡，清顯不禁戰慄。

「像這樣一起散步，你看起來好像也不覺得幸福。我可是非常珍惜地在品嘗現在每一個剎那的幸福。……難道你已經厭倦了嗎？」

聰子以一如往常的爽朗聲調，平靜地抱怨。

「因為我太喜歡妳了，早就超越幸福了。」

清顯鄭重其事地說。他知道說這種遁辭，已不用擔心自己的話裡是否帶著些許孩子氣。

兩人走到六本木的商店街。冰店已關上擋雨板，屋簷下飄著印著「冰」的旗幟，在蟲鳴四起的街上看起來無依無靠。再往前走，一大片燈光灑落在黑暗的街上，原來是一間陸軍聯隊御用的田邊樂器行，似乎有什麼緊急工作在加夜班。

兩人避開這個燈光而行，眼角瞥見玻璃窗裡眩目的黃銅光芒，原來那裡掛著一排新喇叭，在異常明亮的燈光下，閃著如盛夏演習場上的璀璨光芒。有人在試吹喇叭，傳出一陣鬱悶爆裂聲，旋即又潰散破音。清顯覺得這個喇叭聲有種不祥的預兆。

「請回去吧。前面人多容易引起注目。」

蓼科不知何時已來到背後，低聲對清顯說。

三十七

洞院宮家對聰子的生活不做任何干涉，治典王殿下又忙於軍務，周圍的人也不安排機會讓殿下與聰子見面，殿下自己也沒表現出強烈渴望見面的意思，但這並非表示洞院宮家對這門親事的態度轉趨冷淡，只能說這是這種婚姻的慣例。周圍的人是這麼想的，既然雙方都已同意結婚，婚前頻繁見面反而有害無益。

另一方面，若即將成為妃子的女方家，在家世背景上有所不足，就必須充實各種素養，以配得上妃子之位。但綾倉伯爵家的教育傳統早已做好充分準備，女兒隨時都能勝任妃子之位。聰子自幼受優雅家風薰陶，隨時都能做出妃子般的和歌，寫出妃子般的書法，插出妃子般的花藝，對這一切都相當嫻熟。縱使在十二歲就被舉薦為妃，也絲毫無需擔心。

只是伯爵夫婦也注意到，聰子至今的教養中缺少三件事，想儘快為女兒補足。那就是洞院宮妃殿下喜愛的長歌與麻將，以及治典王殿下喜愛的西洋音樂唱片。松枝侯爵聽伯爵這麼說之後，立即聘請一流的長歌老師到府授課，此外也將德律風根牌的留聲機，與盡可能收集到的西洋音樂唱片送去伯爵家，唯獨遲遲找不到麻將老師。侯爵自己醉心於英國風的撞球，無奈洞院宮家卻喜歡麻將這種低俗遊戲。

最後侯爵派了精通麻將的柳橋花街酒館老闆娘和一位老藝妓，時常去綾倉家，加上蓼科剛好湊成一桌，教聰子打麻將。費用當然由侯爵家出，包括這位老藝妓的出場費。

包含行家在內的四個女人一起打麻將，照理說會使平常冷清的綾倉家變得熱鬧非凡，偏偏蓼科很討厭這種聚會。她表面上裝出打麻將有傷品味為由，其實是害怕這兩位老行家的犀利眼光會看出聰子的祕密。

即使不會這樣，這種麻將會對伯爵家而言，也等同將松枝侯爵的密探引入家中。因此蓼科擺出排外的高傲態度，總是立即傷了老闆娘和老藝妓的自尊心。不到三天，她們的反感就傳進侯爵耳裡。侯爵便找機會，極其委婉地對伯爵說：

「府上的老女僕重視綾倉家的家風禮儀是好事，可是打麻將是為了迎合洞院宮家的喜好，多少還是要妥協一下。柳橋那兩個女人，至少認為這是光榮的差事，才願意百忙之中撥冗去府上服務。」

伯爵將這個抗議告訴蓼科，蓼科的處境變得很難堪。

其實老闆娘和老藝妓，並非第一次見到聰子。上次那個賞櫻遊園會時，老闆娘在後臺打理安排，這位老藝妓就是扮演俳諧師的那位。第一次麻將會時，老闆娘向伯爵夫婦道賀小姐的婚事，獻上誇張的賀禮，致上一本正經的賀詞：

「好美麗的小姐啊。天生就具備當王妃的高貴氣質。這樁婚事，想必洞院宮殿下也很滿意吧。這次我們能為小姐效勞，是畢生難忘的榮幸。我們當然不會到處張揚，不過會把這件事告訴後代子孫。」

然而到了別的房間，只有四個人圍桌打麻將時，她們就沒這麼客氣了，剛才畢恭畢敬看聰子的潤澤眼神也逐漸消失，出現冷漠無情的批評河床。蓼科覺得自己過時的腰帶銀釦也遭受同樣的目光，不禁暗自生厭。

尤其是老藝妓，搓著麻將牌，若無其事地這麼說：

「不知松枝家的少爺近來可好？我還真沒看過那麼一表人才的少爺呢！」

老闆娘還雲淡風輕地巧妙轉移話題。蓼科看在眼裡，起了警覺心。雖然老闆娘可能只是在責備老藝妓不該說這種不像樣的話……

後來聽子聽從蓼科的主意，在這兩個女人面前盡量少說話。這種花街出身的女人非常善於觀察女人的明暗面，聽子過於留意不要打開心扉，反而卻衍生了別的擔憂。若聽子顯得過於憂慮，會被認為對這門親事不情願，而傳出尖酸刻薄的謠言。偽裝言行，怕被看破心思；但若偽裝心思，又怕言行出紕漏。

最後還是蓼科發揮了她的機智，成功取消了麻將會。她如此對伯爵說：

「我覺得松枝侯爵實在不該全盤聽信那兩個女人的讒言。她們把小姐對麻將沒興趣的責任，全部推到我頭上來。其實小姐對麻將沒興趣，根本都是她們害的。她們一定是去告狀，說我盛氣凌人。就算侯爵再怎麼好心，可是讓柳橋花街的女人進到我們府裡，實在是有損我們的清譽。更何況，小姐已經會學麻將的基本打法，嫁過去以後也只是陪妃殿下玩玩而已，老是打輸不是反而更可愛？所以我認為學麻將就到此為止吧。要是侯爵不肯罷休，那我蓼科只好辭職。」

伯爵當然不得不接受這個帶有脅迫的提案。

——其實蓼科從松枝家的山田管家那裡，得知清顯對那封信撒謊後，就站在十字路口舉棋不定，今後是要與清顯為敵？還是在知悉一切的情況下，照清顯與聽子所希望的行動？最後蓼科選了後者。

這可說是蓼科出於對聽子真誠的愛。但同時也因為蓼科生怕事已至此，若硬生生拆散他們，聰子可能會自殺。因此蓼科認為，目前只能為他們保密，順著他們的意思做，等時候到了他們自然會死心，這才是上策。自己只要盡力保密就好。

蓼科自詡洞悉熱情的法則，同時信奉沒曝光就等同不存在的哲理。換言之，蓼科沒有背叛伯爵，也沒背叛洞院宮家，沒有背叛任何人。簡直像在做化學實驗，一方面親手協助並保證這樁偷情的存在；另一方面又保密消除痕跡否定這個存在。蓼科當然是在走鋼索，但她深信自己生來就是為了為別人善後補救。在那之前只要充分施恩，最後一定能讓對方言聽計從，照自己的話做。

清顯和聰子盡可能地頻繁幽會，蓼科一心等待他們的熱情衰竭，卻沒發現到這麼做的本身，也成了她自己的熱情。對於清顯那種貪得無厭的做法，她也準備了唯一的報復，等清顯終於來求她：「我想和聰子分手了，請妳息事寧人地開導她。」她會讓清顯看到自身熱情的崩壞。但如今蓼科也對這種夢想半信半疑，因為這樣聰子豈不太可憐了。

這個冷靜沉著的老女人，向來信奉世上沒有安全的事物，以這個哲學來保身自戒，如今卻連自身的安全也捨棄，將這個哲學當作冒險的藉口，究竟是怎麼回事？因為蓼科在不知不覺中，成了一個難以說明的快感的俘虜。在自己穿針引線下，讓一對年輕美貌的男女幽會，看著他們沒有未來的戀情之火愈燒愈旺，自己也不知不覺陶醉在赴湯蹈火在所不惜的痛烈快感中。

在這種快感中，她甚至覺得美麗年輕肉體的結合是神聖的，實現了走投無路的正義。

兩人相會時的雙眼發亮，兩人靠近時的砰然心跳，這些都像暖爐溫暖了蓼科早已冰冷的心。因此為了自己，她不會讓火種熄滅。相見前一臉憂鬱憔悴，見到對方立刻容光煥發，比六月的麥穗更加閃耀動人……這個瞬間充滿了奇蹟，宛如瘸子站了起來，瞎子重見光明。

實際上，蓼科的職責應是保護聰子不受邪惡侵犯，但能燃燒的不是惡，能入歌的也不是惡，綾倉家承傳的古老悠遠的優雅裡，不是隱約透漏著這條家訓嗎？

因此，蓼科一直在等待著什麼。可說是在等將放出去的鳥抓回籠裡的機會，但這種期待有著不祥的血腥味。蓼科每天早上精心化京都式濃妝，用白粉遮住下眼皮的起伏皺紋，以吉丁蟲色的京紅[62]唇膏亮彩掩蓋嘴唇的皺紋。然而化妝時，她盡量避免看鏡中自己的臉，將質問般的晦暗視線投向空中。來自秋高天空的光，在她眼裡投下一滴澄澈的光點，眼睛深處可窺見對未來有所渴望的臉……蓼科為了檢視自己完妝的臉，取出平常不戴的老花眼鏡，將細細的金絲腳架掛在耳上。那衰老蒼白的耳朵，立即被腳架的頂端刺得發熱……

——進入十月後，綾倉家接獲通知，納采儀式將於十二月舉行，並附了一份禮單目錄如下：

一、西服布料五匹
二、清酒二桶
三、鮮鯛一盒

後兩項不成問題，西服布料由松枝侯爵負責，拍了一封長電報給五井物產的倫敦分店長，請他儘速訂製英國上好布料寄來。

一天早晨，蓼科去叫聰子起床，發現聰子臉色蒼白，隨即扶她起身，聰子卻揮開蓼科的手，衝到走廊上，還沒到廁所就吐了。但吐出來的東西，只稍稍弄濕了睡衣的袖子。

蓼科陪聰子回房，確認緊閉的拉門外沒有動靜。

綾倉家後院養了十幾隻雞，凌晨的報曉聲，總是彷彿要衝破泛白的紙拉門，描繪出綾倉家的早晨。即使太陽高升後，雞也不會停止鳴叫。聰子在雞鳴聲的包圍下，臉色蒼白地躺回床上，閉上眼睛。

蓼科湊近她耳畔，悄聲說：

「小姐，妳可要聽好，這件事絕不能說出去。衣服上的汙漬，我會私下處理，千萬不可以交給女傭做。今後您吃的東西也由我來安排，我會設法不讓女傭察覺，做出合您胃口的東西。我這麼說是基於對您的愛護，今後最重要的是凡事聽我的話去做。」

聰子如有似無地點頭，美麗的臉龐淌下一行淚水。

蓼科滿心喜悅。一則，最初的徵兆，除了蓼科，沒有別人發現。再則，這正是蓼科期待已

62 紅花色素凝練乾燥後，表面會呈現忽綠忽金彩虹般的色澤稱為「吉丁蟲色」，使用時以唇筆沾水再蘸些唇膏，就會變成紅色，或以指尖直接蘸取唇膏抹在唇上，會留有更多金綠色澤，但隨著嘴唇的溫濕也會轉紅。這種唇膏品質最優的是京都製造的「京紅」。

久的事。雖說早了些，但她很自然就能理解。如此一來，聰子就成了蓼科的人了！

——仔細想想，對蓼科而言，這個世界比單純的情念世界更得心應手。以前聰子初經來潮，也是蓼科最先發現並教聰子如何處理，堪稱是善於處理血腥事件的幹練專家。伯爵夫人對世間的一切都不太關心，甚至連聰子初經的事都是兩年後才從蓼科那裡得知。

自從那天早晨聰子嘔吐後，蓼科更加留意聰子的身體變化，例如肌膚上粉的情況，對於來自遠處的不快預感而皺起的眉頭，對於飲食喜好的變化，日常起居流露出的紫堇色慵懶……從這種種跡象研判，蓼科毫不遲疑朝向一個決斷行動。

「老是悶在家裡對身體不好，我陪您出去散散步吧。」

蓼科說這話時，通常在暗示聰子可以和清顯見面。但現在是過午時刻的大白天，聰子十分詫異，眼帶質疑地看向蓼科。

蓼科一反常態，臉上漲滿不容質疑的神色。她知道自己掌握著事關國家名譽的大事。

她們想從後門出去，行經後院時，看到伯爵夫人雙手交疊於胸，正在眺望餵雞的女僕。秋陽照在雞群羽毛上閃閃發亮，晒衣場的潔白衣物在風中飄揚。

聰子將腳邊的雞群交由蓼科驅趕，向母親輕輕點頭致意。雞群每走一步，都從豐盈的羽毛中露出頑固的雞腳。聰子首度感到這種生物的敵意，彷彿這種生物和自己是同類的敵意。她討厭這種感受。幾根脫落的雞毛，白晃晃地飄近地面。蓼科向伯爵夫人打招呼：

「我陪小姐出去散散步。」

「散步啊？辛苦妳了。」

伯爵夫人說。女兒的大喜日子將近，伯爵夫人也顯得心神不寧，但另一方面愈來愈將女兒當外人看待，鄭重地行禮如儀。這是公卿家的教養，對已經算皇族的女兒不敢有半句苛責。

兩人來到龍土町的小神社，花崗石的柵欄刻著「天祖神社」，走進秋祭結束後的狹小神社，在垂掛紫色帷幔的拜殿前低頭參拜後，聰子跟隨蓼科走進小小的神樂堂。

「清少爺會來這裡嗎？」

聰子今天莫名受到蓼科的威壓，問得畏畏縮縮。

「不，他不會來。今天是我有事想懇求小姐，所以帶您來這裡。在這裡講話不用擔心被人聽到。」

為了讓側面的人觀賞神樂[63]，神樂堂橫排著兩三張石凳當觀眾席。石凳長了青苔，蓼科摺疊自己的外褂鋪在上面，請聰子坐下：

「當心腰部別受涼了。」

然後蓼科鄭重其事地切入正題。

63 神樂，神社祭神的舞樂。

「小姐，事到如今不須我多說，您應該知道天皇是最重要的吧。綾倉家世世代代蒙受皇恩，至今已二十七代了。我蓼科之輩對小姐說這種話，簡直是在對釋迦牟尼講經，可是一旦天皇敕許的婚事，就是無法改變的。要是背棄了這樁婚事，就等同背叛皇恩。這是滔天大罪，世上沒有比這個更可怕了……」

接著蓼科又詳細說明，說她絕非在責怪聰子至今的行為，就這一點來說她也是同罪，只是事情沒有曝光，即使覺得罪過也不必過度自責，但這種事也有限度，既然已經懷孕了，就表示該做了結的時候到了。雖然過去自己只是默默地看著，但如今事已至此，這段戀情就不能再拖下去，希望聰子能下定決心和清顯分手，凡事聽從她的指示去做……蓼科依序羅列出這些重點，努力不帶情緒地對聰子說。

蓼科認為自己都說到這個地步了，聰子也應該全部了解了，會乖乖照她的意思去做。因此終於說完後，她掏出摺疊的手帕，輕輕按在冒汗的額頭上。

蓼科以深表同感的悲傷神情，說出這番充滿說理的話，甚至語帶哽咽。但她也發現自己並非帶著真正的悲傷，來對待這個比親生女兒更疼愛的聰子。疼愛與悲傷之間隔著一道柵欄，蓼科愈是疼愛聰子，就愈希望聰子能和自己共享，潛藏在自己恐怖決斷裡的莫名恐怖歡愉。這是藉由另一樁犯罪，來拯救原先犯下的可怕之罪。到頭來兩罪相抵都不存在了。製造一個黑暗，將原本的黑暗混進去，以此招來可怕的牡丹色曙光。而且都在隱密中進行！

由於聰子沉默太久，蓼科不安地再次詢問。

「今後一切都照我的話做，您覺得如何？」

聰子臉上一片空白，甚至不見絲毫驚慌之色。她不懂蓼科這番煞有介事的說法究竟意味著什麼。

「妳倒是說清楚，妳希望我怎麼做？」

蓼科環顧四周，確認神社前屋簷下輕微鰐口聲響[64]，不是有人拉動，而是風吹動的。神樂堂的地板下，蟋蟀斷斷續續地叫著。

「必須早點把小孩拿掉。」蓼科說。

聰子倒抽了一口氣。

「妳在說什麼呀，這是要坐牢的。」

「您說什麼呀，交給我蓼科處理就好。就算不小心走漏風聲，警方也無法將小姐定罪。您的婚事已經敲定了喔，等十二月納采過後就更安全了。這一點警方也明白。

可是，小姐，您千萬要好好想清楚。再這樣拖下去的話，等到肚子大起來了，天皇當然不會原諒，世人也不會原諒。到時候不但婚事會破局，老爺也沒臉見人只好隱居，而且清顯少爺也會陷入苦境，坦白說連松枝侯爵家的未來也會很慘，所以他們也只能裝作事不關己。到時候，小姐，您將會失去一切喔！這樣您也無所謂嗎？現在只有一條路可走。」

64 鰐口，金屬製佛具，吊在神社屋簷下，參拜時拉動繩索會發出聲響。

「要是風聲走漏了，就算警方閉口不說，遲早也會傳進洞院宮家的耳裡。妳說我有什麼臉嫁過去？有什麼臉伺候殿下呢？」

「用不著為了區區一個謠言擔心害怕。洞院宮家會怎麼想，取決於您怎麼做。您只要一生當個美麗賢淑的妃子就好。流言蜚語一定不久就會消失。」

「妳敢保證，我絕對不會被判刑，不會坐牢？」

「那我就說得更明白點吧。首先，警方是忌憚宮家的，萬一他們知道也不敢把事情公開出來。如果這樣您還擔心的話，也可以把松枝侯爵拉到我們這邊來，請他幫忙。松枝侯爵能言善道，一定能把事情壓下去，況且這也是在為他兒子善後。」

「啊！這可不行！」聰子大叫，「唯有這個絕不允許。絕對不能找侯爵或清少爺來幫忙。這樣我會變成低賤的女人。」

「您別激動，我只是說一個假設的情況。

其次，在法律上，我也下定決心保護小姐。就說一切都是我的陰謀，您完全不知情中了我的圈套，是我在您不知情的情況下讓您聞了麻醉藥，才會落到這種下場。到時候不管怎麼打官司，只要我把罪扛下來就沒事了。」

「妳的意思是，無論如何我都不會坐牢？」

「這一點您儘管放心。」

儘管蓼科這麼說，聰子沒有露出安心之色，反倒說出令人意外的話：

「我想去坐牢。」

蓼科的緊張突然鬆解，笑了起來。

「您在說什麼孩子氣的話！您這又是為什麼呢？」

「女囚犯穿什麼衣服呢？我想知道我當了囚犯，清少爺還會不會愛我？」

——聰子說出這種瘋話，不僅沒有流淚，眼裡還閃現狂喜。蓼科見狀，不禁戰慄。

這兩個女人，儘管身分懸殊，但內心強烈渴望的都是同樣的力量，同類的勇氣。無論為了欺瞞或真實，這時最需要都是等量等質的勇氣。

蓼科覺得，自己和聰子宛如逆流而上的小船與水流的關係，此時兩者恰好勢均力敵，小船暫時停在一個地方，分分秒秒都迫不及待地親密結合。此外，兩人也能理解共同的歡欣。這種歡欣彷彿群鳥逃離即將來襲的暴風雨，飛過頭頂的振翅歡欣聲……這是一種類似悲傷驚愕不安，卻又不太相同，只能命名為歡欣的粗暴情感。

「總之，請您照我說的去做吧。」蓼科看著秋陽下聰子血氣上升泛紅的臉龐說。

「這件事，所有的一切，絕對不能讓清少爺知道。當然包括我的身體狀況，一切都不能讓他知道。

無論事情會不會照妳所說的發展，妳都可以放心，我不會讓任何人插手，只和妳一個人商量，選擇我認為最好的路。」

聰子說話已具有妃子的威嚴。

三十八

十月初，清顯與父母共進晚餐時，得知納采儀式將於十二月舉行。父母對這場儀式深表興趣，競相炫耀自己深諳納采的典章制度。

「為了迎接洞院宮家的總管，綾倉家必須準備一間正寢[65]，不曉得他們會用哪個房間？」

「畢竟是站著進行的儀式，最好有間氣派的西式房間。不過他們家大概只能在內廳鋪布，一路鋪到玄關迎接宮家的人吧。洞院宮家的總管會帶兩名下屬坐馬車來，綾倉家必須先用大高檀紙寫受禮書，並以同樣的紙包好，再用兩條紙捻繫好。總管會穿大禮服來，所以受禮的伯爵也得穿爵服。不過這些繁文縟節，綾倉家才是專家，不用我們多嘴。我們只要出錢就行了。」

——這天晚上，清顯心情煩躁，覺得自己的戀情終於被捆上鐵鍊，甚至能聽到鐵鍊在地板拖行逼近自己的晦暗鐵聲。但敕許剛下來時，他激起的那股衝勁活力卻已然消失。「絕對不可能」這如白瓷般的信念，當時給他多大的鼓舞，如今也已布滿細微裂痕。當初的決心也給他帶來激烈的歡喜，如今只剩一個悲傷的人，凝望一個季節結束。

清顯自問：「難道你想就此死心？」不，不是這樣。敕許明明能發揮那麼大的力量，讓兩人瘋狂結合，納采只不過是敕許延長線上的事，居然清楚地感受到有種力量要從外部拆散兩人。面對敕許的力量，只要跟著內心走就好，但這回面對納采的力量，卻不知如何是好。

翌日，清顯打電話給聯絡場所的軍人公寓主人，託他轉告蓼科，說自己立刻想見聰子。至於回覆，對方說傍晚請清顯再打來問，因此清顯去了學校也無心上課。放學後，清顯從校外打電話去問，主人如實轉告蓼科的回覆：「我想您也知道現在的情況，最近十天無法讓你們見面。一有機會，我馬上通知您，請耐心等候。」

這十天，清顯在苦等的煎熬裡度過，深深覺得以前對聰子冷漠的報應來了。

秋已漸深，但楓紅尚早，唯有櫻樹暗紅的葉子已然落盡。清顯沒心情找朋友來玩，一個人的星期天格外難熬，只能眺望倒映在池面的雲影飄移，或茫然地凝望遠處的九段瀑布，驚訝於流水為何會無止盡傾瀉下來，思忖著柔滑流水的不可思議連鎖，覺得這流水宛如自己的感情型態。

空虛不如意的情緒在體內堆積，有些地方會發熱，有些地方會發冷，身體稍稍一動，沉甸甸的倦怠與焦躁就一併來襲，宛如生病似的。他獨自在寬闊的邸內漫步，然後往主屋後方的檜木林小徑走去，路上遇見老園丁在挖藤葉已黃的山藥。

檜木林梢可窺見藍天，昨日的雨滴從樹梢落下，滴在清顯的額頭。光是這樣，他就覺得這雨滴彷彿在額頭穿洞，帶來清晰激烈的音訊，拯救了自己是否被拋棄、被遺忘的不安。他一直在等待，也沒發生任何事，但內心卻忙碌得像十字路口，不安與疑惑猶如徒勞熙攘的腳步聲穿

65 正寢，即一般民間的正房，主人生活起居與接待客人的房間。但此處的正寢相對於宮殿的寢殿或正殿，必須布置得有模有樣，迎接宮家來下聘。

梭其中。他甚至忘了自己的美！

——十天後，蓼科履行了承諾。但這次幽會吝嗇到撕碎清顯的心。

聰子要去三越百貨公司訂做嫁妝衣物。伯爵夫人理應同行，但有些感冒不適，所以只有蓼科陪同前往。蓼科說清顯可以在這裡與聰子見面，可是在和服賣場被店員看到不太好，因此希望清顯下午三點，在有獅子雕像的入口處等候。到時候看到聰子從百貨公司出來，要他裝作沒看見，靜靜地跟在她們兩人後面就好。然後兩人會進入附近一家不顯眼的紅豆湯店，清顯只要隨後進來，就能在這裡和聰子短暫交談。此時人力車會在百貨公司外守候，假裝聰子還在百貨公司裡。

清顯從學校早退，在制服外穿上風衣，遮住領章，將制帽放進包包，佇立在三越百貨公司門口的雜沓人群裡。聰子出來了，帶著悲戚卻火熱的眼神瞥了清顯一眼，旋即走向馬路。清顯照蓼科交代的做，終於在冷清的紅豆湯店的角落，與聰子面對而坐。

或許是心理作用，清顯總覺得聰子與蓼科之間，似乎有什麼疙瘩。而且聰子的妝容一反常態有些浮粉，也明顯看出她故作健康的模樣，但說起話來語尾無力，頭髮顯得格外厚重。清顯驀然發現，以前色彩鮮豔的繪圖，如今已嚴重褪色。眼前這個人，和他十天來急切渴望見到的人有些不同。

「今晚不能見面嗎？」

清顯問得心急如焚，但也料到絕不會有滿意的回覆。

「別說這種強人所難的話。」

「我哪裡強人所難了？」

清顯語氣激動，內心空虛。

聰子一垂頭，眼淚就跟著流下來。蓼科顧忌周遭的客人，趕忙遞出白手帕，推了推聰子的肩。清顯覺得那推肩的方式有點兇，眼神犀利地瞪向蓼科。

「您這是什麼眼神啊！」蓼科語氣充滿輕慢無禮，「我為了您和小姐，可是拚了命在做，吃了很多苦頭，難道您不懂嗎？不，不只是少爺，連小姐也不明白我的苦心。我這種人乾脆死了算了。」

三碗紅豆湯上桌，但沒人動它。紅得發紫的熱紅豆泥，宛如春泥從小漆碗蓋溢出，就這樣慢慢地乾掉了。

這次的幽會極短，兩人約了十天後不曉得能不能再見的約定後，便告別了。

這天晚上，清顯苦惱至極，想到聰子不曉得要拒絕夜晚的幽會到什麼時候，他就覺得被全世界拒絕了。在這種絕望中，自己是否深愛聰子的疑慮也消失了。

以今天聰子的流淚來看，她的心顯然屬於清顯的。但同時，只有心心相印也已無濟於事，這也很清楚。

此刻清顯懷抱的是真正的愛情，和他曾經想像的所有愛情相比，這份愛情粗糙、無趣、荒涼、晦暗，而且離優雅很遠，無論如何都不能寫入和歌。清顯第一次將如此醜陋的材料變成自己的。

一夜未眠，清顯臉色蒼白去學校。本多見狀便問出了什麼事。面對本多欲言又止的細膩關懷詢問，清顯差點潸然落淚。

「你聽我說，她好像不想再跟我上床了。」

本多臉上露出童貞的迷惑。

「為什麼呢？」

「可能因為決定十二月要納采了。」

「所以她打算自重是嗎？」

「只能這麼想了。」

本多不知如何安慰朋友，既無法用自己的體驗出言安慰，更無法一如往常說出一番道理來安慰，覺得很難過。他認為有必要為朋友硬是爬上樹梢，俯瞰大地，做出心理分析。

「你不是說過，之前在鎌倉幽會的時候，你忽然覺得自己厭倦了。」

「可是，那只是一瞬間的感覺。」

「會不會是聰子希望你再度更深更強烈地愛她，所以擺出這種態度？」

本多以為清顯自戀的幻想在此時會起慰藉作用，但本多錯了。清顯對自己的美貌已不屑一顧，甚至對聰子的心也是。

他認為現在重要的是，兩人可以不忌憚任何人，能夠沒有顧慮地自由見面的時間與地點。

但這恐怕只存在於這個世界之外，要不就是這個世界毀滅的時候。

重要的不是心靈而是狀況。清顯那疲憊危險而充血的眼睛，夢想著這世界的秩序為了成全他們而崩壞。

「要是發生大地震就好了，這樣我就能去救她。要是發生大戰爭就好了，這樣我就……對了，與其這樣，乾脆發生能動搖根基的事就最好了。」

「可是你要知道，想要事情發生，總要有人去做吧。」本多帶著憐惜這個優雅年輕人的目光看著清顯。他領悟到，現在無論揶揄或嘲笑都能給朋友打氣。「那就你去做吧。」

清顯真的一臉困惑。忙於愛情的年輕人沒有這種閒工夫。

但本多發現，自己的話語再度在朋友眼中點燃一瞬破壞之光，不禁被這光芒迷住了。那目光澄澈的神域黑暗中，彷彿有狼群在奔跑。連清顯自己都沒意識到，那是無須行使力量，只在瞳眸中開始，也結束於瞳眸中，狂暴靈魂瞬間疾馳的影子……

「什麼力量能打開這種僵局呢？權力？還是金錢？」

清顯自言自語地說。松枝侯爵的兒子說出這種話實在有些滑稽，本多冷冷地反問：

「如果是權力，你會怎麼做？」

「只要能得到權力，我什麼都願意做。不過，這很花時間。」

「不管權力或金錢，打從一開始就沒有用。你別忘了，你打從一開始就把權力和金錢都無能為力的『不可能』當作對手。正因為『不可能』，才那麼吸引你，沒錯吧？如果變成『可能』，那就等同瓦礫了。」

「可是它曾經一度很有可能。」

「那是你看見了可能的幻影。你看見了彩虹。除此之外你還要追求什麼呢？」

「除此之外……」

清顯欲言又止。本多在清顯沒說完的部分，感受到一片自己始料未及的廣大遼闊虛無，不禁霎時戰慄。本多尋思：「我們交談的話語，像是被扔在深夜工地的雜亂石材。石材注意到工地上方廣大遼闊的星空沉默，只好噤聲不語了。」

這番話是第一堂邏輯學下課後，兩人環繞洗血池的林間小徑散步時所談的，第二堂上課在即就原路折返。秋天的森林裡，路面明顯掉落了許多東西，有濕漉漉厚厚堆積的葉脈清晰的褐色落葉，也有橡實，外殼依然帶綠卻已裂開腐爛的栗子，以及菸蒂等等……在這之中，本多發現一個扭曲泛白，而且是病態泛白毛茸茸的東西，止步定睛一看，發現這是一隻小鼴鼠的屍體。此時清顯也蹲了下來，藉由上方樹梢灑落的晨光，默默地仔細觀察這具屍體。

小鼴鼠的屍體仰躺，剛才看見的白色，其實只是胸部有一塊白毛，其他全身都是濕漉漉的天鵝絨黑毛，小巧的腳掌白色皺褶裡沾滿泥土，一看就知道是掙扎時嵌進皺褶裡。如鳥嘴般尖尖的嘴巴朝上微張，看得見裡面，兩顆精巧的門牙內側，有著柔和玫瑰色的口腔。

兩人同時想起，以前掛在松枝家瀑布口的黑狗屍體。那具狗屍，意外地享有一場周到的超渡。

清顯捏起小鼴鼠毛髮稀疏的尾巴，橫放在自己的手掌上。已經乾癟的屍體不會給人不潔感，只是蘊藏在這卑賤小動物體內胡搞瞎搞的宿命讓人覺得晦氣，那張開的小腳掌細微造型也令人厭惡。

清顯又捏起小鼴鼠的尾巴，站了起來，順著小徑走到洗血池旁，若無其事地將屍體扔進池裡。

「你幹什麼？」

本多對朋友這種滿不在乎的舉動蹙起眉頭。在乍看像學生的粗暴舉動裡，本多看出清顯不尋常的心靈荒廢。

三十九

七天過去，第八天也過去了，蓼科依然毫無音訊。第十天，清顯打電話給軍人公寓的主人，結果對方說蓼科臥病在床。又過了幾天，對方說蓼科還沒康復，清顯開始懷疑這會不會是遁辭？

在瘋狂思念的驅使下，清顯夜裡獨自跑去麻布，在綾倉家附近徘徊。行經鳥居坂附近的瓦斯燈時，他對著燈光伸出手來，看到自己的手背蒼白，內心頓挫，想起人們常說，臨死的病人常看自己的手。

綾倉家的長屋門緊閉，門燈昏暗，連風化的門牌上浮出的墨字也難以辨認。整座宅邸燈光不足。清顯知道從園牆外絕對看不見聰子房間的燈光。

沒人住的長屋格子窗，讓清顯想起幼時曾和聰子溜進去玩，那些充滿霉味的昏暗房間很恐怖，他們嚮往外頭陽光似的抓住窗櫺，當時窗櫺上的灰塵似乎就那樣堆積著。那時，對面人家的綠意非常眩目，恍如波濤翻滾的綠浪，所以是五月。從細密的窗櫺看出去，樹林的綠意沒有被切成一小塊一小塊，可見當時兩人年幼的臉蛋有多小。有個賣秧苗的經過，叫賣茄子或牽牛花的尾聲拉得長長的，兩人有樣學樣地模仿，相視而笑。

清顯在這座宅邸學到很多東西。墨香總是寂寞而纏綿地繚繞在他記憶裡，寂寞的記憶則和優雅難以區分地凝結在他心裡。伯爵給他看過紫藍底金線的寫經紙，還有京都御所風的秋草屏風……這些東西應該也曾閃爍煩惱的肉體之光，但在綾倉家一切都埋在霉味與古梅園[66]的墨味裡。此刻拒絕清顯的這道園牆內，優雅時隔多年重新綻放豔麗光芒時，他卻連碰也無法碰一下。

牆外勉強能看到的二樓黯淡燈光熄滅了，伯爵夫婦可能就寢了。伯爵向來早睡。聰子可能輾轉難眠吧。可是看不到她房間的燈光。清顯沿著園牆繞到後門，不由得伸手想按那個發黃乾裂的門鈴，卻又收手了。

就這樣被自己缺乏勇氣所傷，清顯落寞地走上歸途。

——連著幾天風平浪靜的恐怖日子過去，接著又過了幾天。清顯現在去學校只為消磨時間，回家後又不念書。

包含本多在內，許多同學為了明年夏天的大學升學考試在拚命用功，這些人在教室裡顯得特別突出。志願免試保送大學的同學則忙於體育運動。不管哪一邊，清顯和他們的步調都合不來，變得益發孤獨。即使同學跟他搭話，他也通常不回應，因此大家也漸漸疏遠他了。

有一天清顯放學回家，山田管家早已守在玄關，如此對清顯說：

「今天侯爵回來得早，說想和少爺玩撞球，現在在撞球室等您。」

這是相當不尋常的命令，清顯心神不寧。

侯爵極少一時興起找清顯打撞球，通常只限於在家吃晚飯後，趁著醉意找清顯玩一下。這樣大白天就起興打撞球，若非心情特別好，就是心情特別差。

清顯自己也幾乎不在白天去撞球室。推開沉甸甸的門進去後，看到夕陽透過全數關閉的波浪形玻璃窗射進來，照得四面牆上的橡木壁板閃閃發亮，清顯覺得好像走進了陌生房間。

侯爵正俯身伸出球桿，瞄準一顆白球。握著球桿的左手，手指彎成象牙琴柱般的稜角。

清顯穿著制服，佇立在半開的門邊。

「把門關起來。」

66 古梅園，日本高級製墨老舖。

侯爵依然俯身看著綠色球檯，映著一臉綠地說。因此清顯無法看出父親真正的臉色。

「你看看那個。那是蓼科的遺書。」

侯爵終於起身，以球桿指向窗邊小桌上的一封信。

「蓼科死了嗎？」

清顯感受到拿信的手在顫抖，如此反問。

「她沒死，被救活了。正因為沒死……所以才更奇怪。」

侯爵說完，並極力抑制自己不要走去兒子身邊。

清顯躊躇了起來。

「還不快看！」

侯爵首度厲聲斥喝。清顯依然站著，開始看寫在長卷紙上的遺書……

遺書

當侯爵大人看到這封信時，蓼科恐已不在人世。蓼科實在罪孽深重，唯有自絕這條賤命贖罪。在那之前，為表懺悔罪過，有件事想捨命請求。

綾倉家聰子小姐，因蓼科的懈怠，近日有懷孕徵兆，不勝恐懼之至。幾度勸小姐及早做處置，無奈小姐聽不進去。若再拖延下去，後果不堪設想，蓼科遂將此事全盤稟報綾倉伯爵大人，但伯爵大人只顧著說：「這該如何是好！這該如何是好！」完全不做任何決斷。此事拖愈久愈難收拾，屆時恐成為攸關國家之大事，雖說原本都是蓼科不忠所致，但事已至此，也只能懇求侯爵大人相助。

您得知此事，想必相當惱怒，但小姐懷孕也算您的家內事，懇請侯爵大人明察明鑑。老僕之死不足為憫，九泉之下懇求侯爵大人，好好照顧我家小姐，萬事拜託。蓼科叩首。

……清顯看完後，發現遺書沒提及自己的名字，霎時萌生卑鄙的安心，但也旋即拋在腦後，抬頭看向父親，祈禱自己的眼裡看不出裝蒜之色，卻也覺得嘴唇乾燥，太陽穴激烈跳動。

「看完了？」侯爵說：「你有看到她說小姐懷孕也算您的家內事，懇請我明察明鑑嗎？不管我們家跟綾倉家再怎麼親密，也不能算一家人吧，可是蓼科竟然敢說是我的『家內事』……你有什麼要辯解的嗎？說說看。在你祖父的肖像前說說看！……如果我推測錯誤，我向你道歉。身為父親，我原本也不想做這種推測。這是應該唾棄的事，應該唾棄的推測。」

這位向來玩世不恭的樂天派侯爵，從未像現在這麼可怕，又這麼偉大。侯爵背對祖父的肖像畫與日俄戰爭海戰圖，以球桿焦躁地敲打手心。

這幅日俄戰爭的畫，是日本海海戰[67]的敵前大調頭巨幅油畫，畫面有一半以上被大海的暗

67 日本海海戰，又稱對馬海峽海戰，簡稱對馬海戰，日方大獲全勝，俄國第二太平洋艦隊幾乎全軍覆沒，是近代海戰史上著名的以少勝多的戰例之一。

綠色波濤占據。這波濤以往都在夜晚看到，尤其燈光黯淡不太清楚，往往只看成連接昏暗牆壁的凹凸黑暗。此刻在白天看，沉重陰鬱的茄子色波浪，彷彿在眼前堆起千層浪，將暗綠中的明亮顏色疊向遠方，處處可見浪頭的白沫飛濺，而且那激情的北方大海，允許一起調頭迴轉的艦隊在海面拖曳出柔和寬闊的水痕，景象十分壯觀。畫面上縱列艦隊冒出的濃煙整齊地往右飄，天空清冷的藍色裡帶著北方五月的淡嫩草色。

相形之下，穿著大禮服的祖父肖像畫，不屈的個性透露出和藹可親，此刻看來也像以溫和的威嚴在諄諄教誨清顯，而不是斥喝他。清顯覺得面對祖父這幅畫像，什麼事都可以坦承說出。他覺得自己優柔寡斷的個性，在祖父腫脹沉重的眼瞼、臉頰的小肉瘤和厚下唇前面，儘管只是一時也顯著被療癒了。

「我沒什麼好辯解的，您說的沒錯。……是我的孩子。」清顯連眼皮都沒低垂地說。

松枝侯爵處於這種立場，內心不似表面那麼威嚇，反而困惑至極。他原本就不善於處理這種事。這時應該立即嚴厲斥責清顯，他卻只在嘴裡喃喃自語：

「蓼科那個老太婆，不只一次兩次來告狀。上次來說書生私通，那也就罷了，這回居然說起侯爵家的兒子……要是死了就算了，居然沒死成！真是個貪婪的傢伙！」

侯爵想將心靈的微妙問題矇混過去，總是哈哈大笑帶過，如今面對同樣的微妙該大發雷霆時，卻不知如何是好。這個滿面紅光、體格魁梧的男人，與他父親截然不同之處就在於，他甚至在兒子面前都想保有一種虛榮，不希望兒子認為他是遲鈍且殘酷無情的人。他想採取不因循守舊的發怒方式，結果這種憤怒失去了蠻橫無理的力量。然而他是離自我反省最遠的人，這一點對發怒倒是十分有利。

父親片刻的猶豫給清顯帶來勇氣。猶如從裂縫迸出的清水，這個年輕人說出有生以來最自然的話語：

「儘管如此，反正聰子是我的。」

「你的？你還真敢說！再說一次看看！你的？」

侯爵對於兒子幫他扣下怒火的扳機，感到滿意。這樣他就能安心變得盲目。

「事到如今你在說什麼！洞院宮家要向聰子提親時，老子問過你有沒有意見，你非常明確地說『我沒有意見』不是嗎？那時我還跟你說『現在還來得及，如果你對她有意思的話就直說』不是嗎？」

侯爵生氣時「老子」和「我」會亂用，經常出現顛三倒四的用法，例如罵人的時候用「我」，懷柔的時候卻用「老子」。他握球桿的手明顯在顫抖，沿著撞球桌步步進逼，這時清顯才感到害怕。

「那時候你是怎麼說的？啊？你是怎麼說的？你說『我對她完全沒有意思』！男子漢可是一言九鼎喔。你這樣也算男子漢？我常後悔把你養育得太過懦弱，但我萬萬沒想到你懦弱到這種地步。你不僅染指天皇敕許的宮家未婚妻，還讓她懷孕！你敗壞家風！讓父母顏面掃地！世上沒有像你這麼不忠不孝的人！這要是在以前，當父親的我可是要切腹向天皇謝罪！你的人格真是爛透了，你的行徑是貓狗幹的事！喂！清顯！你是怎麼想的？你倒是給我回答呀！難道你還想嘔氣？喂！清顯……」

父親罵得上氣不接下氣，掄起球桿就朝清顯揮去。清顯轉身想躲開球桿卻閃避不及，穿著制服的背上狠狠挨了一棍。為了護住背部，他將左手繞到後面，結果左手也被打到瞬間麻痺，接著球桿又朝頭部揮來，可是打偏了，打在清顯找逃生門的鼻樑上。清顯被椅子絆倒，抱著椅子應聲倒地，鼻子霎時血流如注。至此球桿就沒有再追過來了。

可能是清顯每挨一棍，就激烈地慘叫。因此這時門開了，祖母和母親出現在門口。侯爵夫人站在婆婆的背後發抖。

侯爵依然握著球桿，氣喘吁吁，呆立不動。

「這是怎麼回事？」清顯的祖母問。

聽到這句話，侯爵才發覺母親來了。但他的表情似乎還不敢相信母親就在那裡，更想不到是妻子發現事態緊急，去把婆婆請出來。母親居然離開隱居處，這是非比尋常的事。

「清顯做出丟人現眼的事。您看了那桌上蓼科的遺書就知道了。」

「蓼科自殺了嗎？」

「遺書是郵寄來的，我看了立刻打電話去綾倉家……」

「哦，然後呢？」母親坐到小桌旁的椅子，從腰際緩緩掏出老花眼鏡，像打開錢包般，小心翼翼打開黑天鵝絨眼鏡盒。

這時侯爵夫人才明白，婆婆對倒地的孫子看都不看一眼的用心。她擺出要獨自對付侯爵的架勢。看出這點後，侯爵夫人安心跑去清顯那邊。清顯已拿出手帕，按住血淋淋的鼻子。看起來沒有明顯外傷。

「哦，然後呢？」

母親看著遺書又問了一次。侯爵內心已頹喪氣餒。

「我打電話去問了一下，結果命保住了，現在在休養。伯爵覺得怪怪的，問我怎麼知道這件事？看來他不知道蓼科寫了這封遺書給我。我也再三提醒伯爵，千萬不可以把蓼科吃安眠藥自殺的事洩漏出去。可是不管怎麼想，這件事畢竟是我們清顯惹出來的，不能一味地怪罪對方。總之成了一通不得要領的電話。我也跟伯爵說了，盡可能在最近找個機會見面好好談一談。可是不管如何，我們要先決定自己的態度才能行動。」

「這是當然的。……這是當然的。」

老太太看著遺書，心不在焉地說。

她那肉厚光潤的額頭，宛如以粗線一筆勾勒出的面孔，依然殘留往昔的日曬膚色，白色切髮隨便染黑顯得不太自然……這種剛健鄉下風的特色，反而不可思議地和這間維多利亞風的撞球室非常協調，彷彿是鑲嵌在這裡。

「可是這封遺書裡，沒有清顯的名字呀。」

「您看家內事云云那裡。語帶諷刺，一看就知道了……而且清顯也親口招認了，那是他的孩子。所以您就快要有曾孫了，而且是見不得人的曾孫。」

「清顯說不定在袒護誰才撒那種謊。」

「您在說什麼呀。不然您親自問清顯就知道了。」

老太太終於看向孫子，彷彿在對五、六歲的小孩說話，滿是慈愛地說：

「清顯，你聽好了。轉過身來面對祖母，看著祖母的眼睛好好回答，這樣你就不會說謊了。剛才你爸爸說的是真的嗎？」

清顯忍受背部的疼痛，擦了擦還在流的鼻血，緊握鮮血染紅的手帕，轉過身來。五官端正的臉龐，因為胡亂擦拭留下血跡斑斑的秀氣鼻子，與帶著淚光的眼睛，看似宛如鼻子濕濡的稚氣幼犬。

「真的。」

清顯帶著鼻音說，隨即又連忙以母親遞來的新手帕壓住鼻孔。

接下來祖母說的一番話，宛如自由奔馳的駿馬，帶著響亮的馬蹄聲，將看似排列得井然有序的東西，痛快淋漓地踢散。祖母這麼說：

「居然讓宮家的未婚妻懷孕，真有本事。時下那些窩囊廢是辦不到的。實在太了不起了。清顯不愧是祖父的孫子。既然幹了這種事，想必坐牢也心甘情願吧。應該不至於判死刑。」

祖母顯然非常高興，嚴厲的嘴唇線條鬆緩了，長年的積鬱也在此解放了，自己的一番話，一舉驅散了現任侯爵接任以來在這座宅邸沉積的東西，臉上洋溢著滿足感。但這不光是自己的兒子，亦即不是現任侯爵一個人的錯。這座宅邸的四周有一種力量，試圖從遠處層層圍困她的晚年，想要壓垮她。祖母這種反擊般的聲音，顯然來自已被遺忘的動亂時代，那個誰都不怕入獄或死刑，生活緊鄰著死亡與牢獄氣味的時代。至少祖母她們那一代，是屬於在屍體漂流的河邊淡定洗碗筷的主婦時代。這才叫生活！這個乍看柔弱的孫子，完美地讓那個時代幻影在她眼前重現。祖母的臉上泛起陶醉恍惚的神情。而侯爵夫婦則頓時不知如何回應祖母這番驚人之語，只是茫然地望著這位身為侯爵家之母，深居簡出充滿野趣的老太太。

「您在說什麼呀。」侯爵回神後，有氣無力地反駁：「這樣松枝家也會連帶毀滅，對不起父親在天之靈吧。」

「你說的沒錯。」老母親立即回應：「你現在該想的不是打罵清顯，而是如何守住松枝家。國家固然重要，松枝家也很重要。畢竟我們家和綾倉家不一樣，我們不是二十七代都吃皇恩皇祿的家族……所以你打算怎麼辦？」

「只能當作什麼事都沒發生，從納采到婚禮，照原定計畫進行。」

「有這種覺悟很了不起，不過聰子肚子裡的孩子必須早點處理掉。如果在東京附近處理，萬一被報社發現就糟了。你有沒有什麼好辦法？」

「可以去大阪。」侯爵沉思半晌說：「請大阪的森博士極其機密地處理，當然要捨得花錢。不過得有個藉口讓聰子順理成章去大阪……」

「綾倉家在大阪也有很多親戚。既然納采敲定了，讓她去跟親戚們打個招呼也是個好時機吧。」

「可是跟那麼多親戚見面，萬一被看出身體有問題反而不妙……對了，我想到一個好主意，讓她去奈良的月修寺向住持拜別是最好的。月修寺本來就是皇族寺院，應該有資格接受這種拜別，怎麼看都不會突兀，而且聰子小時候也頗受住持疼愛……所以先安排她去大阪接受森博士的手術，靜養個一兩天再去奈良。而且聰子的母親也會陪她去吧……」

「這可不行。」老太太嚴厲地說：「綾倉夫人再怎麼說都是那邊的人，她如果去，我們也要派人去，從頭到尾看著博士的處置。而且一定要是個女的……啊，都志子，妳去吧。」祖母對清顯的母親說。

「好。」

「妳是去負責監視的，但不用跟到奈良去。確定該做的事都做好了，妳就獨自早點回東京來報告。」

「好。」

「您說的對，我會照您的吩咐做。出發的日期，我會跟伯爵商量決定，一定會做到萬無一失……」

——清顯覺得自己已經退到了後景，自己的行為與愛情，已經被當作死去的東西處置。祖母和父母，完全不在乎自己說的話被眼前的死者聽到，彷彿鉅細靡遺在商討殯葬事宜。不，在殯葬之前，有些東西已經被埋葬了。此時清顯是個衰竭殆盡的死者，也是個遭打罵受傷走投無路的小孩。

這一切都與行為當事人的意願無關，甚至無視綾倉家的意願，就這樣陸續拍板定案。連剛才說得那麼奔放的祖母，此刻也投入處理非常事態的美好快樂工作裡。祖母的個性雖與清顯的纖細大相逕庭，但都具有在不名譽的行為裡看出野性高貴的能力，而祖母的這項能力更具有為了守護名譽將真正的高貴迅速藏在手裡的本事。這種能力，與其說來自鹿兒島灣的夏日陽光，不如說來自祖父，是經由祖父學到的。

侯爵用球桿打了清顯之後，首度正面看著清顯說：

「從今天起，你要閉門反省，嚴守學生本分，努力準備考大學。知道了嗎？我不會再多說什麼。現在是你能不能成為一個男子漢的關鍵時刻……你當然不能再跟聰子見面，嚴禁你們見面。」

「以前的說法，這叫做閉門蟄居。要是念書念煩了，來隱居處找祖母玩吧。」祖母說。

於是清顯明白，現在侯爵父親是處於為了維護面子，不能和兒子斷絕關係的立場。

四十

綾倉伯爵，是個極度害怕受傷生病死亡的膽怯之人。

早晨，因為蓼科沒起床引發了一陣騷動。在她枕邊發現的遺書，立即被送到伯爵夫人手上，再交給伯爵。伯爵宛如在處理沾有細菌的東西，用指尖捏著打開。遺書的內容很簡單，就是為自己的不周到，向伯爵夫婦與聰子致歉，並感謝他們多年來的恩典與照顧，是一封被誰看到都無妨的遺書。

夫人立刻請醫師來。伯爵當然不會去看她，只在事後聽夫人詳細報告。

「醫生說她吞了一百二十顆安眠藥，現在還沒恢復意識。她一會兒手腳亂打亂踢，一會兒又痙攣地把整個身體弓起來，真的很折騰人，不曉得那個老太婆哪來的力氣。後來大家好不容易按住她，幫她打針，洗胃。不過洗胃太可怕了，我不敢看。最後醫生說總算保住了一條命。專家果然不一樣啊。我什麼都沒說，醫生只是聞了聞蓼科的鼻息就說：

『啊，有大蒜的味道，是卡莫汀[68]。』

馬上就猜中了呢。」

「要多久才會好？」

「醫生說靜養個十天就會好。」

「這件事絕對不能洩漏出去。要堵住家裡女僕的嘴，也要拜託醫生幫忙保密。聰子呢？」

「聰子一直關在房裡，也不肯去探望蓼科。聰子現在的那個身體，要是看到蓼科那個樣子，說不定會出什麼狀況，而且自從蓼科跟我們說那件事之後，聰子就不跟她說話了，現在突然去探望也會尷尬吧。我覺得就讓聰子靜一靜，別去打擾她。」

——五天前，蓼科深思熟慮後，將聰子懷孕的事告訴伯爵夫婦，以為自己會被罵得很慘，伯爵也會驚慌失措。不料伯爵的反應冷淡，使得蓼科更加焦慮，把遺書寄給松枝侯爵後，便吞了安眠藥。

首先是聰子無論如何不肯接受蓼科的建議，危險與日俱增。她只會命令蓼科不准說出去，卻一直拖著不做決定。蓼科左思右想，只好背叛聰子，將事情告訴伯爵夫婦。這對夫妻可能頓時嚇呆了，表情就像在聽後院的雞被貓叼走了。

得知這件重大件事的第二天，第三天，伯爵和蓼科照面時都不提這件事。伯爵打從心底困惑不已。這件事大到無法一個人處理，可是找人商量又有失體面，他恨不得趕快忘記。夫妻倆已談好，在想出辦法之前不跟聰子說。但感受敏銳的聰子覺得不對勁，詰問蓼科之後，得知父母已知道此事，便不再跟蓼科說話了，躲進自己的房裡。家中頓時籠罩著一種詭異的沉默氛圍。對於外來的聯絡，蓼科都以生病謝絕。

甚至連妻子，伯爵也沒跟她深談這個問題。這確實是很可怕的事，也是急需解決的問題，但他束手無策只能一天天拖下去，倒也不是相信會有奇蹟出現。

然而，這個人的怠惰有一種精妙之處。他凡事拿不定主意，確實不相信所有的決斷，但也並非一般說的懷疑論者。綾倉伯爵即使終日苦思，也不願把可以忍受的豐富感情，帶進一個解

68 卡莫汀（Calmotin），安眠藥的一種。

決方法裡。他的思慮就如家傳的蹴鞠，深知不管球踢得再高都會立刻落地。縱使像難波宗建 69
那麼厲害，抓著鹿皮白球的紫皮提手往上踢，飛過二十七、八公尺高的紫宸殿屋頂，博得眾人喝采，球還是轉眼就落在小御所的庭院。

因為所有的解決方法都缺乏趣味的好處，不如等別人來承接趣味的壞處，也就是靠別人的鞋子來接落下的球。就算是自己踢出去的球，球在空中飛的時候，說不定會自行產生難以預料的變化，被吹往意想不到的地方。

伯爵的腦海裡，從未有過破滅的幻影。如果獲得敕許的宮家未婚妻懷了別的男人的種不算大事，世上恐怕就沒有大事了。但無論怎樣的球，都不會一直在自己的手裡，總會出現可以託付的人吧。伯爵是個絕不會讓自己焦急的人，結果總是讓別人焦急。

——蓼科自殺未遂引發一場驚慌的隔天，伯爵就接到松枝侯爵的電話。

侯爵竟然已經知道這個祕密，實在離奇到難以置信。若是家裡出了內奸，事到如今伯爵也有了心理準備，不再那麼驚慌。最可疑的內奸是蓼科本人，但蓼科昨天一整天都昏迷不醒，因此所有合理的推測都變得不合理。

因此伯爵從夫人那裡得知，蓼科病情好轉，可以說話也有食慾了，便鼓起相當大的勇氣，想獨自去病房探望。

「妳不用來沒關係，我獨自一人去看她，或許她比較會說實話。」

「那個房間又髒又亂，你突然去探望，蓼科也會很困擾吧。還是先打個招呼，讓她整理一下吧。」

「這樣也好。」

然後綾倉伯爵等了兩小時。據說病人開始化妝了。

蓼科特別擁有主屋裡的一個房間，但陽光照不到且只有四疊半，棉被一鋪幾乎就滿了。伯爵從未去過這個房間。等到僕人終於來迎接，伯爵去了一看，只見榻榻米上為伯爵擺了椅子，棉被也收了，蓼科裹著袖被，將雙手抵在疊起的坐墊上，非常鄭重地行禮迎接主人，額頭幾乎快抵在那疊坐墊上。然而蓼科精心梳頭化妝，連額頭髮際都抹了濃厚粉底液。為了保護額頭的粉妝，儘管身體虛弱，行禮時仍努力保持額頭與坐墊間的些許距離。這些伯爵都看在眼裡。

「真是太危險了。幸好得救了，實在太好了。妳可別讓人太擔心啊。」

伯爵坐在椅上，居高臨下地俯視病人。這絕對並沒有不自然之處，但伯爵擔心自己的語氣和心意無法傳達給蓼科明白。

「奴婢不勝惶恐，實在不敢當，不知道該怎麼向您賠罪才好……」

蓼科依然低著頭，從懷裡掏出手紙按著眼角。但伯爵明白，這也是為了保護臉上的妝不被淚水弄花。

69 難波宗建，江戶中期的公卿，蹴鞠名家。

「醫生也說了，靜養個十天就會康復。妳不用想太多，好好靜養吧。」

「謝謝老爺……搞成這副模樣卻沒死成，我實在羞愧萬分。」

蓼科裹著綴有小菊花的紅豆色袖被跪伏在那裡，恍如曾經一度離世，在黃泉路上走了一遭又折返的人，散發著陰森不祥之氣。伯爵頓時心神不寧，覺得這小房間的茶櫃和小抽屜都著染上了某種汙穢。想到這裡，他又看向蓼科跪伏的後頸，白粉實在塗得太白，頭髮也疏得一絲不亂，反而加深這種難以言喻的陰森恐怖。

「是這樣的，今天松枝侯爵打電話給我，說他已經知道妳自殺的事，我大吃一驚。我想問妳，妳知不知道侯爵是怎麼知道的？」

伯爵假裝沒事問得一副泰然自若。但有些事一旦問出口，自然會有答案，因此他問的時候就預感到答案，不禁心頭一驚，此時蓼科也剛好抬起頭來。

蓼科今天的妝容也是京都風濃妝，但濃豔程度更勝以往。嘴唇內側射出京紅唇膏的茜光，蓋住皺紋的白粉上又抹了一層白粉，但因昨天才剛服毒，膚況很差不易上粉，整張臉宛如長了霉菌。伯爵悄悄移開視線，繼續說：

「妳事先把遺書寄給侯爵是吧？」

「是的。」蓼科依然抬著頭，毫不畏怯地說：「因為我是真的想死，想把一切後事拜託侯爵，所以寄了那封信。」

「妳什麼都寫了嗎？」伯爵問。

「沒有。」

「還有沒寫的事嗎？」

「是的。還有很多事沒寫。」蓼科爽朗地說。

四十一

伯爵問話的時候，腦海並沒有浮現不能讓侯爵知道的事，但聽蓼科說還有很多事沒寫，忽然不安了起來。

「妳說還有事情沒寫，是什麼事？」

「您在說什麼呀。因為剛才您問我『什麼都寫了嗎？』，所以我才那樣回答。既然您會這樣問，表示您也心裡有數吧。」

「不要跟我賣弄玄虛。我之所以一個人來看妳，就是希望能無所忌憚地談。妳就直說吧。」

「我沒寫的事情有很多，其中一件是八年前，您在北崎家跟我說的事。那件事我打算藏在心底，帶進棺材裡。」

「北崎……」

伯爵聽到這兩個字，彷彿聽到不祥的名稱，渾身顫抖。因此他也明白了蓼科的話中含意。

但明白歸明白，不安還是湧上心頭，只好再確認一次。

「我在北崎家，說了什麼？」

「那是下著梅雨的晚上，我想您不會忘記吧。那時小姐才十三歲，已經長得亭亭玉立。那天，松枝侯爵難得來家裡玩，侯爵走了之後，您的臉色不太好，為了散心去了北崎家。那天晚上，您對我說了什麼？」

……伯爵已經知道蓼科想說什麼。她想抓住伯爵當時的話柄，將自己的過失都推到伯爵身上。因此伯爵甚至赫然起疑，蓼科服毒是真的想死嗎？

此刻，蓼科坐在那疊坐墊旁抬起的雙眼，宛如白牆的濃妝臉上，鑿穿的兩個黑黝黝的射箭孔。牆內的黑暗充斥著過去的事情，利箭從黑暗深處瞄準外面身陷光亮險境的伯爵。

「現在提那個幹什麼。那是在開玩笑。」

「哦？是嗎？」

伯爵覺得射箭孔眼睛縮得更小了，尖銳的黑暗彷彿就要從那裡擠出來。蓼科又說一次：

「可是那晚，在北崎家……」

——北崎。北崎。北崎。伯爵恨不得忘記這個纏繞在記憶裡的名稱，蓼科不好惹的嘴巴卻一再說出這個名稱。

從那之後整整八年，伯爵從未再踏入北崎家，但連房屋的細微結構都歷歷在目。北崎家坐落在坡道下方，沒有大門也沒有像樣的玄關，倒是有個寬闊的院子用板牆圍起來。玄關陰暗潮濕，彷彿隨時會出現蛞蝓，擺著四、五雙黑色長靴，長靴內側的皮革隱約可見被汗水油垢悶出的赭紅色斑點，髒兮兮的外翻寬條紋短拉帶上，寫著長靴主人的名字。甚至在玄關都能聽到裡面粗曠的放聲高歌。日俄戰爭期間開設軍人公寓是相當安全的行業，也給了這棟房子簡樸的外觀與馬廄的臭味。伯爵被帶往後面的別屋，宛如走在傳染病醫院的走廊，甚至怕自己的衣袖碰到那裡的柱子。他打從心底討厭人的汗水之類的東西。

八年前的梅雨夜晚，伯爵送走訪客松枝侯爵後，心情遲遲難以平靜。這時蓼科敏銳地察言觀色說：

「北崎說弄到了很有趣的東西，非常希望您可以去看看。為了散心，今晚就去看看如何？」

聰子就寢後，蓼科有「去親戚家玩」的自由，所以晚上和伯爵在外面碰頭不是難事。那天北崎殷勤地接待伯爵，不僅端上了酒，還拿出一卷老舊的畫卷，畢恭畢敬放在桌上。

「真的是很吵啊。因為有人即將出征，今晚在舉行餞別會。雖然有點熱，還是關上窗戶的擋雨板比較安靜……」

主屋二樓在高唱軍歌，還拍手打拍子，北崎怕吵到伯爵，因此這麼說。伯爵也贊成。只是關上擋雨板，反而好像被雨聲包圍了。源氏襖的色彩，使這個房間有種被逼到無處可逃、令人窒息的妖豔感。彷彿這個房間就在淫書裡。

北崎伸出皺巴巴的手，一副拘謹耿直的模樣，從桌子的另一邊解開畫卷的紫色繫帶，然後在伯爵面前，煞有其事地徐徐展開。首先出現的題跋，引了《無門關》的一則公案：

趙州到一庵主處問：

有嗎？有嗎？

庵主豎起拳頭。

趙州說，水淺，此非泊船處。遂去。

那時非常悶熱，就連蓼科在後面以團扇搧風，那風也帶著宛如蒸籠裡散發的熱氣。酒過三巡後，伯爵覺得後腦袋裡響起雨聲，彷彿雨下在腦袋裡；外面的世界則是天真的戰爭獲勝。於是伯爵開始看起春畫。北崎的手在空中揮來揮去，拍死了一隻蚊子，為了自己弄出聲音嚇到伯爵而道歉。伯爵看到北崎蒼白乾癟的手心，有一隻被打扁的蚊子小黑點和血漬，覺得汙穢不堪。這隻蚊子為何不咬伯爵呢？難道他就這麼受保護嗎？

畫卷的第一景，始於穿著柿色衣服的和尚與年輕寡婦對坐在屏風前。畫風詼諧，筆觸流暢灑脫，和尚的臉被畫成滑稽魁偉的男根狀。

然後和尚突然侵犯年輕寡婦，年輕寡婦雖然反抗，但裙擺已凌亂不堪。接著兩人裸身相擁，年輕寡婦的表情相當柔和。

和尚的男根像巨松的根那樣盤曲，臉上伸出歡欣的褐色舌頭。年輕寡婦的腳趾，以胡粉塗得白白的，更以傳統畫法將腳趾都畫成向內深深彎曲。交纏的白皙大腿間傳出的顫動，一直到腳趾才被擋住。彎曲的腳趾有種緊繃感，彷彿在使力留住心醉神迷的恍惚，不讓它無限流逝。

伯爵覺得這個女人很勇敢。

另一方面，屏風外有一群小和尚，有的站在木魚上，有的站在誦經桌上，有的甚至騎在別人的肩上，一心想偷看屏風內的情景，難以壓抑已經勃起的東西，顯得十分滑稽。後來屏風終於被小和尚們壓倒，全裸的女人趕緊遮住身子想要逃跑，而和尚已無力斥責。然而極其狼狽的場面從這裡才開始。

小和尚的男根都被畫得等身長。畫家可能想以尋常無法接受的尺寸，來呈現煩惱的不堪重負。當他們一起撲向女人，臉上充滿難以言喻的悲痛滑稽，將沉重的男根扛在肩上，走得歪歪扭扭。

女人遭痛苦折騰後，全身慘白地死了。她的靈魂飛了起來，出現在隨風亂舞的柳樹蔭下。女人變成以女陰為臉的幽靈。

到了這裡，畫卷的滑稽感盡失，轉為陰慘氣氛。許多「女陰臉」幽靈，一頭亂髮，張著血盆大口襲向男人。四處逃竄的男人們，無法抵抗如疾風飛來的幽靈，最後包括和尚，所有男人的男根都被幽靈用嘴巴咬斷。

最後一幕在海邊。失去男根的赤裸男人們在海邊嚎啕大哭。一艘載滿剛才奪取的男根的船隻，駛向黑暗的外海。船上坐著許多披頭散髮的女陰臉幽靈，垂著蒼白的手，嘲笑岸邊哭得呼天搶地的男人。這艘船的船頭也做成女陰狀，突出的尖端有一撮陰毛，隨著海風飄動。

——伯爵看完後，心中滿是難以名狀的鬱悶。由於喝得有點茫了，心情更難以平靜，便叫人再端酒來，默默地喝。

儘管如此，他眼底依然殘留著畫卷中女人拚命彎曲的腳趾，還有那猥褻的白色胡粉。

接下來發生的事，只能說是梅雨的沉悶熱氣和伯爵的厭惡所致。

從這梅雨夜回溯十四年前，那時夫人懷著聰子，伯爵就染指了蓼科。當時蓼科已年過四十，所以只能說是伯爵一時興起，不久就停止了。伯爵自己也萬萬沒想到，過了十四年後，居然會跟年過半百的蓼科再做這種事。因此從那晚之後，伯爵沒有再跨進北崎家的門檻。

松枝侯爵的來訪，受傷的自尊心，梅雨之夜，北崎家的別室，酒，陰慘的春畫……這一切一起來襲，挑動了伯爵的厭惡，使他只想弄髒自己，所以才做出這種事。

蓼科的態度絲毫不見拒絕，更加深了伯爵的厭惡，不禁心想：「這個女人，不管十四年，二十年，甚至百年都打算等下去，只要我召喚一聲，她隨時都準備得好好的，不會懈怠。」……對伯爵來說，那完全是偶然，是出於某種鑽牛角尖的厭惡，才會被誘入昏暗的樹下，看見一直埋伏在那裡的春畫幽靈。

還有這時蓼科一絲不亂的舉止、恭謙的媚態與房事的教養，都有著顯而易見不遜於任何人的矜持，這對伯爵產生一種威壓作用，和十四年前一樣。

可能是事先串通好的，後來北崎就沒再露面了。完事後，兩人也沒說話。雨聲籠罩著黑暗，軍歌合唱衝破了雨聲，一句句歌詞清晰地傳進耳裡。

烽火連天的戰場上
護國的命運等著你
去吧！我忠勇的朋友
去吧！君國的壯士

——伯爵霎時變成了小孩，想一吐滿腔的憤怒，便把不該對僕人說的主人之間的事，一一說給蓼科聽。這也是因為，伯爵感到自己的憤怒裡，包含了代代相傳的憤怒。

那天，松枝侯爵來訪，留著妹妹頭的聰子向侯爵問好。侯爵摸摸聰子的頭，可能有幾分醉意，居然當著孩子的面，突然說出這種話：

「哇，聰子愈來愈漂亮了，長大後會漂亮得難以想像。不過妳放心，到時候叔叔一定會給妳找個好夫婿。凡事包在叔叔身上，一定會給妳找一個舉世無雙的好夫婿。妳父親也什麼都不用擔心，無論是金襴綢緞還是什麼的，我會讓妳的嫁妝排成上百公尺，排成綾倉家代代從沒有過的長長豪華行列。」

伯爵夫人聽了稍稍蹙眉，伯爵卻溫和地笑了笑。

他的祖先會對羞辱報以微笑，但多少也會展現優雅權威的反抗。但如今家傳的蹴鞠已然廢絕，失去了吸引俗人的誘餌。真正的貴族，真正的優雅，絕對不會這樣傷害他，因此面對贗品假貴族充滿善意的無意識羞辱，他只報以曖昧的微笑。面對新的權力與金錢時，文化所展現的這種曖昧微笑，隱約透露著一種極其虛弱的神祕。

伯爵將這些事告訴蓼科後，沉默了片刻，思索著如果優雅想要復仇，會用什麼方法復仇？難到沒有貴族公卿家那種衣袖薰香的復仇方式嗎？用衣袖掩蓋薰香慢慢燃燒，過程相當隱密，幾乎看不見火光便悄悄化成灰燼。凝固的香柱一旦點燃，就會把微妙的芳香毒氣染上衣袖，永遠留在那裡……

就在此時，伯爵確實對蓼科說了這句話：「今後就拜託妳了。」

伯爵進一步說明，也就是聰子成人之後，終歸得聽松枝的安排，為她決定婚事。既然如此，在婚前，聰子若有喜歡誰，只要是守口如瓶的男人，就讓聰子和他上床。這個男人是什麼身分都沒關係。唯一的條件必須是聰子喜歡的人。絕對不能讓聰子以處女之身嫁給侯爵安排的男人。這樣就能偷偷地反將松枝一軍。但這件事不能讓任何人知道，也不用跟我商量，照著妳的意思做就好，彷彿一切都是妳的過錯。話說床上的技巧，妳似乎是博士，妳要細心教導聰子兩種相反的技巧，讓以為和非處女上床的男人覺得聰子是處女，相反的，讓以為和處女上床的男人覺得聰子不是處女，妳辦得到嗎？

對此，蓼科堅定地回答：

「這不用您說。這兩種我都有辦法，不管多會玩女人的男人都察覺不出來，請您放心。我會好好教給小姐。可是話說回來，後面那一招是為什麼呢？」

「為了不讓那個偷睡婚前閨女的男人太自大。而且如果他知道聰子是處女，說不定會想負起責任，這就糟了。這一點也交給妳處理。」

「我明白了。」

蓼科沒有輕率地說「遵命」，而是正經嚴肅地接下這個任務。

……………………

——現在，蓼科說的就是八年前這晚的事。

伯爵痛切地明白她想說什麼，但蓼科這麼精明的女人，不可能沒看到八年前答應的事，如今有了意想不到的變化。對方是宮家，雖說是松枝侯爵牽線的，但這門親事可以重振綾倉家，事情已經和八年前伯爵在氣頭上預測的情況不同。蓼科不顧這些，硬要照原先的承諾做，想必是故意的。而且這個祕密已傳進松枝侯爵耳裡。

蓼科將一切推向破局，是想為怯懦的伯爵，堂堂地向侯爵家復仇嗎？抑或不是侯爵家，而是想對伯爵本人復仇？無論伯爵對此採取什麼行動都有所顧忌，生怕蓼科將他八年前在枕邊說的話告訴侯爵。

然而此刻伯爵已不想再多說什麼，既然事情已經發生，而且傳進了侯爵耳裡，自己也必須有心理準備，可能會被冷嘲熱諷得難聽，不過侯爵也會發揮他強大的力量，想辦法補救善後吧。如今已走到一切都託付別人的階段。

唯獨一件事，伯爵一清二楚，那就是不管蓼科嘴上怎麼說，內心絲毫沒有愧疚之意。絲毫沒有愧疚之意而服毒的老太婆，妝化得像跌入白粉的蟋蟀，穿著紅豆色袖被跪坐在那裡。那身形愈是瘦小，愈讓人覺世界充斥著一股要蔓延開來的鬱悶之氣。

伯爵發現這個房間的大小和北崎的別屋一樣，耳裡隨即聽到沙沙的雨聲，覺得不合時節的悶熱加速腐敗般襲來。蓼科又抬起塗滿白粉的臉，似乎想說什麼。燈光照進她布滿縱向皺紋的乾燥嘴唇內側，那京紅唇膏的紫紅，讓人誤以為濕濡的口腔充血。

蓼科究竟想說什麼呢？伯爵大概猜得到。蓼科可能想說她做的事，都和八年前那晚有關，只為了讓伯爵能想起那一夜的溫存。因為從那之後，伯爵沒有再對她表示關心……

伯爵突然像孩子般，問了一件殘酷的事：

「能夠獲救是再好不過……可是，妳真的打從一開始就想死嗎？」

伯爵以為蓼科會惱怒或哭泣，不料蓼科嫣然一笑：

「這個嘛……如果您叫我去死，或許我會真的想死。即使是現在，如果您命令我去死，我也可以再死一次喔。不過就算您下令了，八年後可能又會忘記吧……」

四十二

松枝侯爵見了綾倉伯爵，看到伯爵一副泰然自若，不禁目瞪口呆。不過侯爵提出的要求，伯爵全數爽快答應，侯爵心情也好轉了。伯爵表示，一切都照侯爵說的做，有侯爵夫人同行也比較放心，能將一切委請大阪的森博士祕密處理，更是求之不得的幸運，今後一切都照侯爵的指示做，萬事拜託。

綾倉家只提出一個卑微的條件，而侯爵也非答應不可。那就是聰子離開東京前，讓她見清顯一面。當然不奢望兩人能單獨談話，只要在雙方父母陪同下，讓他們見一面即可。若這個願望得以實現，聰子保證今後不再見清顯……這當然是聰子自己的意思，做父母的也希望能夠成全她。因此綾倉伯爵儘管猶豫，還是提出了這個請求。

為了不讓這次見面顯得不自然，侯爵夫人同行就發揮了作用。兒子送母親出遠門是順理成章的事，這時和聰子寒暄幾句也不奇怪。

事情決定後，侯爵採納夫人的建議，極其祕密地將忙碌的森博士請來東京。到十一月十四日聰子出發前的一星期內，博士都在侯爵家作客，私下關注聰子的狀況，若伯爵家有聯絡來就能立刻趕過去。

這麼做是因為聰子隨時有流產之虞。一旦流產，博士就能親自處理，絕不會讓風聲走露出去。此外，大阪之行是非常危險的長途旅行，博士也會坐在另一個車廂悄悄同行。

如此剝奪婦產科名醫的自由，隨心所欲地差遣他，侯爵得花一大筆錢。若計畫能夠順利進行，聰子這趟旅行就能更巧妙地避過世人耳目。因為世人做夢也不會想到，孕婦居然敢冒險坐火車旅行。

博士一身英國製西裝，是位無懈可擊的時髦紳士，但身材矮胖，長相有點像掌櫃的。他為病人診察時，會在枕頭鋪上高級的奉書紙[70]，看完一位病人就將奉書紙揉成一團扔掉，再換一張新的鋪上。這是博士贏得好評的原因之一。他待人非常殷勤鄭重，臉上總掛著微笑，因此病患多是上流階層的婦女，醫術出神入化，嘴巴緊閉猶如牡蠣。

博士喜歡聊天氣，此外就沒有特別的話題了。但就算只是聊「今天真的很悶熱啊」或是「每下一場雨就變得更暖和」，都足以令人著迷。此外他擅長漢詩，曾把倫敦見聞寫成二十首七言絕句，自費出版詩集《龍動詩抄》。他手上戴著三克拉的大鑽戒，診察前總是誇張地皺起眉頭，好像很難拔地將鑽戒拔下來，隨便扔在旁邊的桌上。不過沒聽說博士曾忘了這只鑽戒。他蓄的八字鬍，總帶著雨後羊齒草的暗淡光澤。

綾倉伯爵夫婦有必要帶聰子去洞院宮家，告知這趟旅行的事。考慮到聰子的身子，坐馬車去過於危險，因此侯爵安排了汽車，借山田的舊西裝給森博士假扮成管家，讓森博士坐在副駕駛座同行。所幸治典王殿下去參加演習不在家，聰子在玄關向妃殿下致意後便告辭了。這趟令人憂心的拜訪也平安無事度過了。

十一月十四日啟程時，洞院宮通知要派總管來送行，但伯爵婉拒了。如此一來，一切照侯爵的計畫順利進行，綾倉一家與松枝母子便能在新橋車站會合。這時博士裝作不認識，坐在二等車廂的一個角落。這趟旅行名為向月修寺住持拜別之旅，任誰聽了都是相當體面的名目，因此侯爵為夫人與綾倉一家訂了景觀車廂的座位。

這班從新橋到下關的特快列車，早上九點半從新橋出發，預計十一點五十五分抵達大阪。

新橋車站是由美國建築師布里堅斯（R.P.Bridgens）設計建造，明治五年竣工，木骨石造疊砌的伊豆石斑紋色澤暗淡，十一月的清澄晨光鮮明地刻劃出飛簷壁帶的影子。侯爵夫人想到這趟旅行沒帶女僕，回程也得孤單一人，從現在就緊張起來，幾乎沒和恭謹抱著行李箱坐在副駕駛座的山田，或身旁的清顯說話，一路靜默地抵達車站。到站後，三人下車便登上高高的石階。

火車還沒來。一大片朝陽斜斜地照在兩側都是鐵道的寬敞終端式月臺上，細微的塵埃在陽光中飛舞。侯爵夫人因旅行的不安，幾度深深嘆息。

「他們還沒來耶，會不會出了什麼事？」

儘管夫人這麼問，山田也只是低頭，眼鏡閃著白光，拘謹地回了一句沒意義的話：

「啊……」

夫人明知他會如此回答，但還是忍不住想問。而清顯也明知母親忐忑不安，卻沒伸出援手，反而站在離她稍遠之處。他覺得自己快暈倒了，努力以筆直的站姿撐住。他覺得自己已經垂直向前倒下，渾身無力，這站姿彷彿只是被熔鑄在空氣裡。月臺上寒氣逼人，他挺起綴有蛇腹形裝飾線的制服胸口，覺得等待的苦楚使內臟都結凍了。

---

70 奉書紙，昔日供貴族使用，並用於官方信函文件的高級白色和紙。

列車來了，先是露出景觀車廂的欄杆，穿越光帶，沉重地從車尾駛進月臺。這時夫人，遠遠地就從候車人群裡認出森博士的八字鬍，稍微安心了點。她與博士早已說好，除非情況特殊，一直到大阪為止，彼此都要裝作不認識。

山田將夫人的行李箱搬進景觀車廂。夫人忙著下指示時，清顯從車窗一直盯著月臺，終於看到綾倉伯爵夫人與聰子從人群中走來。聰子在和服上裹著彩虹色披肩。當她出現在月臺頂棚邊灑落的陽光裡，漠無表情的臉，白得像凝固的牛奶。

清顯心中交織著悲傷與至福。看到聰子在她母親的陪同下，極其緩慢地徐徐走近，他霎時覺得是在迎接走向自己的新娘。這儀式進行的速度，有種宛如疲勞一滴一滴累積，令人難受又喜悅的緩慢。

伯爵夫人走進景觀車廂，不顧扛行李的僕人，連忙先為自己的遲到向侯爵夫人道歉。清顯的母親當然回應得很客氣，但眉宇間依然高傲地露出不悅。

聰子以彩虹色披肩捂著嘴巴，始終躲在母親身後。她與清顯簡單打了招呼，立刻被侯爵夫人勸坐，只好深深地坐進緋紅色座椅裡。

清顯這才明白聰子為何遲到。她一定認為在這如苦澀清澄藥水的十一月晨光裡，無法好好說話的漫長告別時間，不如縮短比較好。

兩位夫人在交談時，清顯一直注視著低頭的聰子，卻也害怕自己的視線過於熱烈。當然他內心是渴望這種注視，但他也害怕過於激烈的目光會灼傷聰子的脆弱潔白。清顯知道在這裡使出的力道，在這裡交流的情感，都必須極其微妙，但自己卻採取過於粗暴的方式表達熱情。他萌生了一種有生以來未曾有過的心情，他想向聰子謝罪。

聰子和服裡的身體，他每一寸都熟悉。哪裡會先害羞泛紅，哪裡會柔軟彎曲，哪裡會像天鵝被抓到似的，發出振翅般的顫動，他都知道。哪裡會傾訴喜悅，哪裡會傾訴悲傷，他也知道。這些熟悉的一切綻放出朦朧微光，讓他得以從和服外面窺知聰子的身體，但現在，也許是心理作用，他總覺得聰子以衣袖護住的肚子，萌生了他完全不熟悉的東西。十九歲的清顯，欠缺對孩子的想像力，覺得那是一種形而上的東西，被黑暗溫熱的血肉緊緊包覆。

儘管如此，清顯也明白自己通往聰子體內唯一的東西，就是那個稱為孩子的部分，而不久這個也將殘酷地被切斷，兩人的肉體又將永遠成為個別的肉體。面對這種事態，他束手無策，只能眼睜睜地送行。其實「孩子」毋寧是清顯本身。他尚未具有任何能力。彷彿大家都開開心心去遊山玩水，這孩子卻受罰被迫待在家裡。那種被拋下的心慌、委屈與寂寞，無邊無際地使他渾身戰慄。

聰子抬頭，茫然看向靠月臺的車窗。清顯深切地感受到，她眼裡已被體內投出的影子占滿，沒有餘地映照他的身影。

車窗外響起尖銳哨音[71]。聰子站了起來。看在清顯眼裡，她是毅然決然以渾身之力站起。

71 當時是由列車長吹哨子，並非現在的電子鳴笛聲。

伯爵夫人連忙扶著她的手臂。

「火車要開了，你得下車了。」

聽子以有些激動的語氣說，聽起來甚至有些開心。清顯逼不得已只好和母親話別，兒子提醒母親外出要多小心，母親也提醒兒子在家要多留意，母子說了一番慌忙道別的話語。清顯非常訝異，自己居然也能流暢地演這種戲。

和母親話別後，清顯也簡短地向伯爵夫人道別，然後裝作順便地對聽子說：

「那麼，請多保重。」

他故意把話說得輕快，這份輕快也轉移到動作，若想將手搭在聽子的肩上，這時應該辦得到。但是，他的手卻像麻痺了動彈不得。因為此時他撞上了聽子正眼凝視他的目光。

那雙又美又大的眼睛確實是濕潤的。但這濕潤與清顯過去害怕的淚水相去甚遠。眼前的淚水活生生被斬斷，眼神像溺水者在求救，直勾勾地襲來。清顯不由得畏怯了。聽子美麗的長睫毛，宛如植物綻放蓓蕾，全部向外側彈放。

「清少爺也請多保重……祝你安好。」

聽子語氣端正，一口氣說完。

清顯遭驅趕似的下了火車。這時身穿五釦黑色制服、腰際配戴短劍的車站站長，正好舉手打暗號，隨即傳來列車長再度吹響的哨音。

清顯生怕站在身旁的山田聽見，只能在心裡不斷呼喚聽子的名字。火車輕輕晃動車身，宛如解開了眼前的纏線啟動了。聰子與兩位夫人的身影，到了最後都沒出現在車尾欄杆，火車就這樣逐漸遠去。只留下火車啟動時冒出的濃煙逆流在月臺上，周遭瀰漫著嗆人的煙味，彷彿黃昏提早降臨的薄暮。

四十三

一行人抵達大阪的第三天早晨，侯爵夫人獨自走出旅館，去最近的郵局拍電報。因為侯爵再三囑咐，要她親自拍電報回來。

侯爵夫人生平第一次來郵局這種地方，一切都不知所措，想起有位不久前過世的公爵夫人認為錢是很髒的東西，絕對不去摸它，就這樣終生沒摸過錢。後來侯爵夫人好不容易照著和丈夫約定的暗號，拍了電報如下：

拜會順利完成

夫人覺得如實體會到「如釋重負」的心情，旋即返回旅館，收拾東西，在伯爵夫人的送行下，獨自從大阪車站搭火車回東京。而伯爵夫人為了送行，也能暫時離開醫院，擺脫聰子。

聰子當然是以假名住進森博士的醫院。因為博士主張靜養兩三天。伯爵夫人一直陪在旁邊，聰子的氣色顯著好轉，卻始終不發一語，使得夫人苦惱不已。

住院只是為了謹慎起見，加上院方的細心照料，等到院長准許出院時，聰子的身體已經恢復到禁得起相當的運動。孕吐也停了，身心應該都很輕鬆，但聰子就是頑固地不肯說話。

照預定計畫，母女倆要去月修寺拜別，在那裡住一晚然後回東京。兩人於十一月十八日下午，在櫻井線的帶解站下車。這天是小春日和般的美好天氣，儘管伯爵夫人顧忌沉默不語的女兒，還是覺得頗為舒心。

為了不勞煩住持老尼，沒有通知她抵達的時間。伯爵夫人委請車站的人叫人力車，但車子遲遲未到。等候之際，夫人看到什麼都覺得稀奇，便把女兒留在頭等候車室，任由她耽溺在思緒裡，自己則去人煙稀少的車站周邊散步。

不久她就看到一面告示牌，介紹的是附近的帶解寺。

> 日本最古老的安產求子祈願靈場。
> 文德．清和兩帝，染殿皇后敕院所。
> 帶解子安地藏，子安山帶解寺。

夫人看到這些文字，立即想到幸好沒被聰子看到。待會兒人力車來了，為了不讓聰子看到這塊告示牌，必須請車子拉到車站的屋簷深處，在那裡讓聽子上車。夫人覺得這告示牌上的文字，彷彿是這充滿十一月亮麗晴空光線的風景中，意外滲出的一滴血。

帶解車站白牆瓦頂，旁邊有一口水井，對面是一幢古色古香的宅邸，擁有氣派壯觀的倉庫，圍著瓦頂板心泥牆。那倉庫牆壁的白，與泥牆的白，顯得格外耀眼，靜謐得有如幻境。

融霜後的暗灰色道路很難行走，鐵軌兩旁枯樹林立，朝著遠方逐漸高起，一直到一座橫跨鐵軌的陸橋。夫人看到橋頭有一片美麗的黃色，一時興起便撩起和服下襬走上坡道。

原來橋頭有好幾盆枝條低垂的懸崖菊，凌亂地放在橋頭的青柳下。說是陸橋，但也只是像馬鞍的小木橋，木頭欄杆上曬著方格條紋的棉被。棉被充分吸收了陽光，蓬鬆得彷彿要蠕動起來。

橋的周邊有幾戶人家，有的曬著尿布，有的用張布架繃著紅布。吊在屋簷下風乾的串串柿餅，依然顯得潤澤，呈現落日之色。四下依舊不見人影。

伯爵夫人看到兩輛黑篷人力車從道路的遠方搖搖晃晃走來，便連忙跑回車站叫聽子。

——由於天氣非常晴朗，兩輛人力車都掀開車篷。跑過有兩三家旅店的小鎮，又在田間小路走一會兒，朝著對面的山巒而去，月修寺就坐落在山腰處。

路邊有只剩幾片葉子、結實纍纍的柿子樹；田雖說是田，卻宛如迷宮般，到處架著曬稻的稻架。夫人坐的人力車走在前面，不時回頭看後面的女兒。看到女兒將披肩疊放在腿上，東張西望地欣賞四周景色，夫人也稍微寬心了些。

上了山路後，人力車走得比步行慢。兩個車伕都是老人，步伐看似也不是很穩。不過沒什麼急事，夫人覺得反而可以好好欣賞景色。

月修寺的石砌門柱愈來愈近，從這裡只能遠望門內有一條緩昇的坡道，還有透過芒草白穗看到的蔚藍天空，與遠處的低矮山巒。

「妳要好好記住從這裡到寺院的景色。我們想來隨時都可以來，但妳以後身分變了，要出遠門沒這麼容易。」

人力車終於暫停休息，兩位車伕擦汗聊天，夫人越過他們的談話，說給後面的女兒聽。聰子沒有開口回話，只是無精打采地微微一笑，輕輕點頭。

人力車又出發了，接下來也是坡道，速度比剛才慢。但是進門後，蒼鬱的樹林忽然迎面而來，陽光也沒強得令人冒汗了。

剛才停車時，夫人聽到這個季節的白晝蟲鳴，此時依然如耳鳴般縈繞在耳，但不久她的目光就被道路左側鮮豔的纍纍柿子吸引。

陽光照得柿子鮮豔奪目。有一根小枝條結了兩顆柿子，其中一顆在另一顆身上投下漆黑的影子。有一棵柿子樹，所有枝條都結滿密集的鮮紅果實，但它們與花不同，只有殘存的枯葉會稍稍隨風搖擺，果實則不為風力所動。因此這纍纍撒向藍天的柿子，恍如被圖釘牢牢地鑲嵌在不動的藍天裡。

「沒看到紅葉耶！為什麼呢？」

夫人像一隻伯勞鳥，高聲地對後車說，但無人應答。

連路邊都沒有草紅葉[72]，只有西邊的蘿蔔田和東邊的竹林青綠特別顯眼。陽光撒在蘿蔔田擁擠繁瑣的綠葉上，疊出層層黑影。不久西邊出現一排遮擋沼池的圍籬，圍籬上纏著結著紅色果實的美南葛，從圍籬上方可以看到大沼池的淤泥。過了這裡，道路立即暗了下來，進入一排排老杉聳立的樹蔭下。儘管陽光普照，也只能透過樹縫篩落在樹下雜草的矮竹上，其中一支突出的矮竹格外閃亮。

驀地，一陣寒氣襲來，夫人已不期待聰子回應，直接對後車做出將披肩披在肩上的動作。頃刻後，夫人再回頭一看，瞥見披肩飄揚的彩虹。夫人終於明白，雖然聰子不說話，但是很聽話。

兩輛人力車經過漆黑的門柱後，道路四周出現濃厚的宮庭內苑氛圍。夫人來到這裡才終於看見楓紅，不禁驚呼連連。

黑門內這幾棵楓樹已經染紅，雖然稱不上豔麗，但在深山這種凝重帶黑的紅，給夫人一種無法徹底洗淨罪孽的印象。這像一根錐子，倏地刺上夫人的心，使她滿心不安。當然她想到的是後面的聰子。

72 草紅葉，秋霜後，變成紅黃色的野草。

楓樹後面是細瘦的松樹和杉樹，不足以遮蔽天空，樹木間還有寬廣的天空。楓樹在天空的背光下，枝幹伸展如朝霞彩雲般裊繞。從樹下仰望天空，暗紅的纖細楓葉，一片片葉端接著葉端，宛如透過胭脂色的蕾絲在仰望天空。

伯爵夫人與聰子，在綿延鋪石路盡頭，看得見玄關的平唐門前下車。

四十四

夫人與聰子見到住持，離住持去年上東京以來，剛好時隔一年。兩人來到十疊的榻榻米房間，首先接待她們的一老[73]說，住持也非常期待她們這次來訪。不久住持就在一老的攙扶下來了。

伯爵夫人把聰子即將出嫁的事告訴住持，住持說：

「恭喜。下次妳再來的時候，就得安排在寢殿了。」

寺院的寢殿是接待宮家的房間。

既然來到這裡，聰子也不能再保持沉默，儘管寥寥幾句也做了回應。只是那一臉愁容，看在有些人眼裡可能只是害羞。住持謹慎有禮，對此當然不會露出詫異神色。伯爵夫人讚賞中庭排放的美麗菊花盆栽，住持說：

「這是村裡栽培菊花的花匠送的，每年都帶這麼多菊花來，吵著要我講經給他聽。」

然後住持要一老把花匠的話說給兩人聽，一老便說這是紅色一文字菊[74]的單株盆栽，那是黃色管物菊[75]的單株盆栽等等。

不久，住持親自帶兩人去書院。

「今年楓紅來得很慢啊。」

住持邊說邊示意一老打開拉門，眼前旋即出現枯黃草坪與假山的美麗庭院。庭院裡的幾棵大楓樹，都只有樹頂染紅，往下依序是杏黃色、黃色、淡綠色逐漸轉淡，頂端的紅也只是凝血般的暗紅。山茶花已開始綻放，庭院一角彎著柔軟枝條的百日紅枯枝光澤，反而更顯豔麗。

接著一行人又返回十疊的房間，住持與伯爵夫人天南地北的閒聊之際，晚秋日短，天色也暗了。

晚餐是豐盛的祝賀佳餚，也供上了喜慶的紅豆飯，一老和二老費心款待客人，但席間卻始終熱鬧不起來。

「今天御所舉行御火焚祭喔。」

住持如此一說，一老便說起以前在皇宮服侍時，看到的這項宮中例行祭典的情況，例如將

73 一老二老為寺院管理組織的職稱。
74 一文字菊，是大菊中的唯一單瓣品種，也是日本皇室家紋的特有菊花，別名御紋賞菊。
75 管物菊，又稱管狀菊，所有的花瓣都是細長的管狀，形成相當優雅的花形。

燒得很旺的火盆擺在中央，由宮中女官唸咒文，而且還邊說邊模仿。

那是十一月十八日舉行的古老祭典，在天皇面前，將火盆裡的火燒得很高，高到幾乎觸及天花板，身穿白色袿袴[76]的宮中女官會念誦這個咒語：

「燒啊！燒啊！御火焚啊！神靈啊！御火焚啊！蜜柑，饅頭，獻上……」

然後把扔進火裡燒得差不多的蜜柑和饅頭取出來，獻給天皇。模仿這種宮中祕事是相當不敬的事，但住持體諒一老為了炒熱氣氛的用心，並沒有加以責備。

——月修寺的夜晚來得早，山門五點就關了。用完晚餐不久，大家便回房休息，綾倉母子被帶到客殿。母子倆預定待到明天下午，好好地向住持拜別，搭明晚的夜行火車回東京。

母女兩人獨處後，夫人想出言提醒聰子，說她今天一天顯得過於憂愁有失禮節，但又想到聰子從大阪來的心情，也就作罷早早上床。

月修寺客殿的拉門，在黑暗中也白得肅穆。十一月夜晚的寒氣，彷彿在每一根紙纖維都滲進了白霜。拉門把手周圍的剪紙，清晰地浮現白色的十六瓣菊花與雲朵圖案。六朵菊花圍繞桔梗的裝飾鐵片，掩蓋著柱子上的釘帽。這些釘子在黑暗中牢牢地固守每個高處要衝。這是個無風的夜晚，聽不見松濤，但能感受到外面是深山野林，而且氣氛愈來愈濃。

夫人躺在床上尋思，無論如何，這對自己和女兒都是艱辛的任務，但也終於要全部結束了，接下來會慢慢迎來平安。儘管察覺到身旁的女兒輾轉難眠，但她不久也睡著了。

夫人醒來時，身旁已沒有女兒的身影。睡衣也整齊地疊放在床，想必是趁破曉前摸黑摺疊的。霎時，夫人心慌不已，但也猜想女兒可能去上洗手間，還是先等等看吧。可是等著等著，夫人又胸口冷得發麻，便去洗手間看看，但聰子不在那裡。寺院的人似乎還沒起床，天空是一片朦朧的藍。

此時遠處傳來廚房有動靜的聲音，夫人去了一看，早起的女僕看到夫人連忙下跪。

「妳有沒有看到聰子？」夫人問。

女僕嚇得渾身發抖，只是一味地搖頭，拒絕為夫人帶路。

夫人無依無靠走在寺院的走廊上，恰巧碰到剛起床的二老，便將實情告訴她。二老聽了大吃一驚，立即陪夫人去找。

走廊的盡頭是本堂，遠遠可見裡面燭光搖曳。不可能有人這麼早就來誦經。走進一看，本堂點著兩支花車圖案的彩繪蠟燭，聰子就坐在佛前。但夫人覺得這個背影有點陌生，原來是聰子自己剪髮了。剪下的頭髮供在經桌上，聰子手持念珠，一心在祈禱。

夫人看到女兒活著，這才鬆了一口氣。但此時也才意識到，原來在這之前，自己確信女兒不可能還活著。

「妳削髮了……」夫人緊緊抱著女兒說。

「媽，我沒有其他的路可走。」

76 袿袴是一種宮中女官的正裝。

這時聰子才看著母親說話。她眼裡搖晃著小小燭光火焰，但眼白的部分卻已映著拂曉白光。夫人從未見過女兒眼中射出這麼恐怖的曙光。繞在聰子手裡的一顆顆水晶念珠，也閃著和聰子眼裡同樣的白光。這許多冰冷的珠子，彷彿意志到達極限後喪失了意志，一顆顆一起滲出了曙光。

——二老急忙將事情的始末告訴一老，完成任務便退下了。一老則陪著綾倉母子來到住持的寢室前，在拉門外對著裡面說：

「住持，您起床了嗎？」

「嗯。」

「抱歉打擾一下。」

一老拉開拉門，看到住持端坐在被褥上。伯爵夫人吞吞吐吐地說：

「是這樣的，聰子剛才在本堂，自己削了頭髮……」

住持看向拉門外，目光停在聰子徹底改變的面容上，但絲毫不顯驚愕之色地說：

「我就知道，事情果然變成這樣。」然後稍稍停頓，似乎想起什麼地說：「其中想必有很多隱情，留聰子一個人在這裡，讓我跟她坦承地談一談，請伯爵夫人也迴避一下。」

因此夫人和一老照住持說的都退下了，只留聰子在房裡。

——這段時間，由一老陪侍伯爵夫人。然而端上早餐，夫人也不吃，一老知道她心事重重，但也不知該挑什麼話題為她排憂解悶。過了很久之後，終於傳來住持請夫人過去的訊息。於是夫人來到女兒面前，聽到住持說了一番意想不到的話。總而言之，聽子已表明遁世之志，住持想收她為月修寺的弟子。

打從剛才，夫人就一直在思索各種辦法以挽救此事。聽子無疑已下定決心，但只要能在剃度之前讓她打消念頭就行，雖然頭髮留回原來的長度也要幾個月到半年的時間，這幾個月就謊稱聽子在旅途生病，這樣納采也會往後延，然後借助伯爵或松枝侯爵之力去說服她，說不定能讓聽子回心轉意。夫人的這種想法，在聽了主持的話之後，不但沒有衰減，反而更加熾熱。通常成為弟子之前，需要一年的修行時間，之後才舉行剃度儀式，正式出家進入佛門。因此無論如何，聽子都有時間把頭髮留長。若聽子能早日回心轉意……夫人湧現美好的奇想。順利的話，說不定在納采時期，可以戴一頂精巧的假髮矇混過去。

夫人迅速打定主意，先把聽子留在這裡，自己盡快回東京商量善後對策。於是她對住持這麼說：

「請恕我直言。因為這是旅途突然發生的事，而且也會累及洞院宮家，我得立即返回東京和丈夫商量，然後再來這裡。這段期間，聽子就拜託您照顧了。」

聽子對母親這番話毫不動搖，連眉毛都沒動一下。夫人覺得和自己的孩子說話，甚至忌憚了起來。

四十五

夫人返家後將這樁重大變故告訴伯爵，但伯爵毫無作為地拖了一星期，終於惹怒了松枝侯爵。

松枝家這裡，一直以為聰子早已回來，也早早就稟告洞院宮家了。侯爵通常不會犯這種疏漏，因為侯爵夫人回來說計畫已天衣無縫完成了，所以侯爵對後續的進展相當樂觀，也就沒再跟綾倉家確認。

綾倉伯爵整個處於放空狀態。相信破局會被認為有點低級趣味，所以他不相信。與其相信破局，寧可假寐。即使看著坡道朝向未來無限傾斜下去，對球來說墜落是一種常態，沒什麼好大驚小怪。憤怒或悲傷，和抱有熱情一樣，都是渴求洗鍊的心會犯下的過錯。因此伯爵絕不渴求洗鍊。

他就只是拖下去。接受時間如蜜般的微妙點滴恩惠，總好過接受潛藏在所有決斷力裡的粗鄙。無論多麼重大的事，只要擱置不理，就會從擱置中產生利害，到時候就會有人站在自己這邊。這是伯爵的政治學。

待在這種丈夫的身邊，夫人也覺得在月修寺感到的不安日益轉淡。幸好這時蓼科不在家，不會輕舉妄動。蓼科病後為了休養，在伯爵的關照下，一直待在湯河原做溫泉療養。

一星期後，松枝侯爵打電話來綾倉家問，伯爵也終於隱瞞不下去了，因此在電話裡告訴侯爵，其實聰子還沒回來。侯爵霎時驚愕無言，所有不祥的預感紛紛湧上心頭。

侯爵帶著夫人，立即造訪綾倉家。起初伯爵回答得模稜兩可，最後終於說出真相。松枝侯爵知道真相後，大發雷霆，一拳打在桌上。

——這是綾倉家唯一的西式房間，以十疊和室改造成的客廳，顯得不倫不類。兩對交往多年的夫婦，在這裡首度露出從未給對方看過的真面目。

話雖如此，兩位夫人也只是別過臉去，只顧著偷看自己的丈夫。兩個男人倒是直接面對面，只是伯爵動不動就低下頭，放在桌布上的手恍如女兒節雛人偶的手又小又白，而侯爵的底氣雖然欠缺堅實的精力，但發怒時眉宇間青筋暴起，簡直像能面大癋見[77]，滿臉通紅，一副凶神惡煞的模樣。看在兩位夫人眼裡，都覺得伯爵沒有勝算。

事實上，是侯爵先大發雷霆亂罵一通，但罵著罵著也有些過意不去，總覺得自己一直站在強勢立場盛氣凌人。最衰頹弱小的敵人，莫過於眼前這個對手。這人氣色很差，稜角分明的薄瘦臉龐，彷彿是泛黃象牙雕製的，表情分不清是悲傷或困惑，一直靜默不語。此外他那動不動就垂眼的眼睛，深深的雙眼皮使得眼窩的凹陷與寂寥更加明顯。侯爵這才發現，其實這是女人的眼睛。

伯爵一副慵懶又不情願地斜靠在椅子上，從那模樣可以清楚看見，侯爵的血統裡沒有的古

77 大癋見，能劇裡天狗角色戴的面具，緊抿雙唇、迸足力氣的表情。

老嬌弱優雅嚴重受傷的情況。那像一具白色羽毛已徹底髒掉的白鳥死骸。生前的啼鳴或許婉轉動聽，但肉不好吃，反正是一隻不能吃的鳥。

「令人嘆息啊！實在太難堪了！沒臉面對天皇！也沒臉面對國家！」

侯爵用浮誇的語彙連珠炮發飆，但也感受到這條憤怒的繩索就快斷了。他不僅意識到，對這個絕不爭論也絕不行動的伯爵發脾氣根本是徒勞，還逐漸地發現，自己愈是憤怒，這股怒火只會反彈到自己身上來。

雖然伯爵不至於一開始就有這種企圖，但他一直不動如山，無論事情會發展成多麼可怕的破局，他都堅守把責任推給對方的立場，這一點是確實的。

當初來拜託伯爵教導兒子文雅教育的是侯爵自己。這次引發禍端的罪魁禍首無疑是清顯的肉體，若要說這是因為清顯的思想從小受到綾倉家毒害，可是造成這種毒害的始作俑者，仍然是侯爵本身。還有，這次在緊要關頭沒有先見之明，硬把聰子送去關西的也是侯爵……如此看來，侯爵的怒火會反彈到自己身上也理所當然。

最後，侯爵滿心忐忑，疲累至極地沉默了。

房裡四個人都沉默，時間一久宛如在修行。後院傳來白日的雞啼聲，窗外初冬的松樹，風一吹就搖晃神經質的針葉光芒。家中的人或許察覺到這間客廳的氣氛不尋常，沒人膽敢做出任何聲響。

後來綾倉夫人終於開口了。

「都怪我的疏忽，事情才會變成這樣，實在不知如何向松枝道歉。既然事以至此，還是早日讓聰子回心轉意，讓納采也順利進行才是上策。」

「頭髮怎麼辦？」松枝侯爵立刻反問。

「關於這個，可以趕緊訂製一頂假髮，瞞過世人的眼睛……」

「假髮啊。這我倒是沒想到。」

侯爵沒讓綾倉夫人說完，就稍微提高嗓門欣喜地說。

侯爵夫人也立即附和丈夫：

「有道理，我也沒想到這個。」

然後大家看侯爵興致昂然，便熱烈地談起假髮。客廳首度出現了笑聲，四個人爭先恐後提出想法，彷彿在搶一塊扔過來的小肉片。

但四個人對這條妙計的信任程度不盡相同，至少伯爵根本不相信有什麼用。就不相信而言，松枝侯爵或許也一樣，但侯爵能威風地裝出相信的樣子。因此伯爵也連忙仿效他的威風。

「就算治典王殿下會覺得怪怪的，應該也不至於去摸聰子的頭髮吧。」

侯爵不自然地壓低嗓音笑說。

雖然只是短暫的，四個人都圍繞這種虛偽，變得和樂融融。大家都心知肚明，這種場合最需要的就是這種形式的虛偽。沒人在乎聰子的心情，只有她的頭髮關係到國家大事。

松枝侯爵的祖先，以那種驚人的膂力與熱情，為建立明治政府做出貢獻，獲得侯爵家這個名譽，如果知道如今這個名譽居然要靠一頂女人假髮來維繫，不知會有多失望。這種微妙陰濕的把戲，不是松枝家的家傳技藝，毋寧是綾倉家的看家本領。只因侯爵醉心於綾倉家擁有的「優雅與美」這種已死的虛偽特質，松枝家才會落到不得不共謀騙局的下場。

儘管如此，這只是還不存在的假髮，與聰子的意願無關，只是夢想中的假髮。但若能順利將這假髮鑲嵌進去，那麼一度散亂的拚圖，就能天衣無縫地靈巧完成。因此侯爵著迷於這個念頭，認為一切的關鍵都在假髮。

大家忘我地討論這看不見的假髮。例如納采時要戴大垂髮假髮，平時需要束髮的假髮。為了以防萬一，聰子連入浴都不能摘掉假髮。

每個人心中都認為聰子一定會戴上假髮，想像著她戴假髮比真正的頭髮更光澤亮麗，更烏黑耀眼的模樣。這是強加授予的王權。烏黑髮髻浮在半空中的虛幻形象，以及那豔麗的光澤。在白晝的光中泛著黑夜的精髓……但這下面應該有一張臉，要嵌上一張美麗又悲傷的臉有多麼困難。四個人未必都沒想到這點，只是盡量不去想。

「這次務必請伯爵親自出馬，以毅然決然的態度去說服她。同時也勞駕夫人再跑一趟，內人也會再度陪同前往。其實我也非去不可……」侯爵死要面子地說：「可是連我也去的話，世人會以為出了大事。所以我還是別去的好。這趟旅程一定要極度保密，內人不在家的這段期間，我會對外界說她生病了。此外我會在東京找一位手藝高超的假髮職人，私下為聰子做精巧的假髮。要是被新聞記者聽到風聲就慘了，不過這一點包在我身上。」

四十六

清顯驚訝於母親再度收拾行李準備旅行，但母親沒說要去哪裡，也沒說要辦什麼事，只交代他絕對不能說出去便啟程了。清顯覺得一定是聰子出了非比尋常的事，但身旁一直有山田監視著也無可奈何。

綾倉夫婦與松枝夫人到了月修寺後，遇見令人驚愕的事：聰子已經剃度了。

——為何突然剃度，事情的經過是這樣的。

那天早晨，住持聽完聰子說完一切，便洞悉除了讓聰子剃度別無他法。身為恪守皇族傳統寺院的住持，最重要的是以天皇為尊，即使這麼做一時有違天皇旨意，但除此之外沒有更好的方法維護天皇，因此住持毅然決定收聰子為弟子。

既然住持知道他們意圖欺瞞天皇，當然不能置之不理。既然知道那是華而不實的不忠，當然不能視若無睹。

因此平常謹慎謙和柔軟的老住持，也有了威武不能屈的覺悟。為了默默地守護天皇的神聖，儘管與現世的一切為敵，甚至違抗天皇的旨意也在所不惜。

聰子見住持的決心下得如此堅毅，自己也重新立誓捨棄塵世。儘管這是聰子一直在想的事，但沒料到住持竟願意成全她的心願。聰子遇見了佛。住持以仙鶴般的慧眼，一眼就洞悉聰子堅定的意志。

按規定，要有一年的修行才能舉行剃度儀式。但事已至此，住持和聰子都認為要儘早剃度。可是再怎麼樣，住持也沒想到要在綾倉夫人回來之前為聰子剃度。住持甚至暗自希望，至少要讓清顯對聰子的殘髮好好惜別。

可是聰子急著剃度，每天都像吵糖吃的小孩，央求住持為她剃髮。住持也終於讓步，如此說：

「如果我為妳剃髮，妳就不能再跟清顯見面，妳願意嗎？」

「願意。」

「如果妳下定決心此生不再跟他見面，我可以為妳剃髮，可是妳不能後悔喔。」

「我不會後悔。此生我不會再跟他見面。我已經充分和他道別了。所以，請為我剃髮……」

聰子說得爽快堅定。

「真的沒問題吧。那明天早上，我就為妳剃髮吧。」

住持又給了她一天的時間考慮。

這時綾倉夫人還沒回來。

這段期間，聰子已主動投入寺院的修行生活。

法相宗是教學性質的宗派，比起「行」更注重「學」，尤其深具國家祈願寺的特性，也不收施主。因此住持偶爾會開玩笑說：「法相宗根本沒有『感謝』這種事。」在只祈求佛陀本願的淨土宗興起之前，沒有「感謝」的隨喜之淚。

此外大乘佛教本來就沒有像戒律的戒律，雖然寺內的規定援用小乘戒律，但在尼寺，《梵網經》的菩薩戒，亦即從殺生戒、盜戒、淫戒、妄語戒到破法戒等四十八戒，基本上都是戒律。

比戒律更嚴格的反倒是修行。聰子這幾天已經背熟法相宗的根本法典《唯識三十頌》與《般若心經》。她每天早起，在住持頌經前就將本堂打掃乾淨，然後跟著住持學習經文。她已捨棄作為客人接受款待，受住持委託指導她的一老也嚴格得彷彿變了一個人。

舉行剃度式這天早晨，聰子淨身穿上黑色僧衣，手持念珠在本堂合掌。住持先以剃刀剃了第一刀，接著由一老動作嫻熟地繼續剃完。此間住持念誦《般若心經》，一老也隨著念誦。

觀自在菩薩。
行深般若波羅蜜多時。
照見五蘊皆空。
度一切苦厄……

聰子也閉目跟著念誦時，覺得自己的肉體像一艘船，船底的壓艙物逐漸被卸掉，船錨被拔起，乘著這凝重豐饒的誦經聲浪開始漂浮。

聰子持續閉著眼睛。清晨的本堂冷若冰室。自己雖然漂浮著，但周圍布滿清瑩的冰。庭院倏然傳來伯勞鳥的尖銳叫聲，冰面出現閃電般的龜裂，但這龜裂隨即又縫合得完美無瑕。

剃刀綿密地在聰子頭上動著，時而像小動物的尖銳小白門牙在啃咬，時而又像悠閒草食動物的溫婉臼齒在咀嚼。

隨著頭髮一束束掉落，一股聰子生平從未體驗過的冷冽沁入她的頭部。隨著將自己和宇宙隔開，充滿悶熱煩惱鬱氣的黑髮逐漸被剃掉，頭頂出現一個從未被摸過的新鮮冷冽的清淨世界。裸露的頭皮愈來愈大，宛如被塗上薄荷的刺骨寒冷部分也愈來愈大。

頭部的寒氣，感覺就像寒月死寂的天體肌膚，直接連結宇宙的浩氣。頭髮恍如現世本身，逐漸頹落。頹落而無限遠去。

頭髮或許是一種收穫。飽含嗆辣夏日陽光的黑髮，如今被剃掉，落在聰子身體的外側。但這是無用的收穫。因為那麼烏黑亮麗的頭髮，離開身體的剎那，就成了醜陋的頭髮亡骸。曾經屬於她的身體，和她的內在與美相關的東西，此刻全部被扔到身體之外，彷彿手和腳從人體脫落，聰子的現世也剝離而去……

當聰子的頭變成發青的光頭時，住持愛憐地說：

「出家之後的出家才是最重要的。我真的很佩服妳現在的覺悟。今後若能靜心修行，妳一定能成為尼僧之光。」

——以上就是聰子突然剃度的經過。綾倉夫婦和松枝夫人，對聰子的急遽轉變感到驚愕，但尚未死心。因為還有假髮這個餘地。

四十七

來訪的三人中，綾倉伯爵始終和顏悅色，慢條斯理地和聰子與住持閒話家常，沒說半句催促聰子回心轉意的話。

侯爵每天都拍電報來問結果如何。最後綾倉夫人也哭著求聰子，但仍毫無作用。

第三天，綾倉夫人與松枝夫人，將一切交給留下的伯爵，便回東京去了。伯爵夫人勞心過度，回到家就病倒了。

之後伯爵獨自留在月修寺，無所事事地待了一星期。因為他害怕回東京。

伯爵沒說半句勸聰子還俗的話，因此後來住持也放下了警戒心，給了聰子與伯爵兩人獨處的時間。但是一老暗中窺看他們父女的情況。

父女倆一直默默對坐在冬陽照耀的簷廊上。枯枝間可見些許雲朵與藍天，鶲鳥飛到百日紅的枝頭嘎嘎啼鳴。

父女倆沉默了許久，後來伯爵終於討好似的微笑說：

「因為妳的關係，我今後不太敢在人前露面了。」

「請原諒我。」聽子不帶感情，平淡地說。

「這座庭院有很多鳥飛來哪。」過了片刻，伯爵又說。

「是啊，有很多鳥。」

「今天早上我也去散步了一下，柿子也被鳥啄了，熟透了掉在地上，但都沒人去撿。」

「是啊，沒人撿。」

「差不多快下雪了吧。」

伯爵說，但聽子沒回答。然後父女倆的目光就這樣庭院游移，沒人說話。

翌日早晨，伯爵終於離開月修寺。松枝侯爵看到伯爵一無所獲地回來，已經懶得生氣了。這天已是十二月四日，離納采只剩一週。侯爵極其隱密地將警視總監請來家裡，企圖借警察之力奪回聽子。

警視總監向奈良警署下達祕密命令，但進入皇族寺院恐與宮內省產生糾紛，儘管月修寺是皇室每年補助不到一千圓的寺院，奈良警方也不敢隨意冒犯。因此警視總監只好帶著便衣心腹，非正式地親自前往奈良，造訪月修寺。住持看到一老遞來的名片，眉毛連挑都沒挑一下，完全不為所動。

奉上茶水後，警視總監與住持談了約莫一小時，完全被住持的威儀震攝，只好告辭離去。

松枝侯爵能想到的招數都使了，至此他領悟到除了向洞院宮家提出解除婚約，別無他法。其實洞院宮家常派總管去綾倉家，對於綾倉家詭異的對應早已心生疑惑。

松枝侯爵將綾倉伯爵叫來家中，說明緣由，面授機宜。設法弄一張國醫開的診斷證明書說聰子患有「嚴重精神衰弱」給洞院宮家看，把這件事當作洞院宮家和松枝、綾倉兩家之間的祕密，藉由分享祕密取得信賴感，如此也能緩和洞院宮殿下的怒氣。至於對外則放出風聲，說洞院宮家突然不明原因解除婚約，聰子厭世而遁入空門，讓這種風聲在社會上流傳即可。這種倒因為果的做法，雖然會使洞院宮家多少遭人怨憎，但能保住顏面與威望，而綾倉家雖不光彩，但也能博得世人的同情。

可是這件事不能做得太過頭。做得太過頭，世人的同情會過度集中於綾倉家，洞院宮家就會被迫必須向不明究裡的世人說明原因，以致於不得不將聰子的診斷書公諸於世。至於新聞記者那邊，最重要的是不要暴露洞院宮家解除婚約和聰子出家的因果關係，只要把這兩件事陳列出來，將時間先後錯開即可。即使如此，記者還是會追查真相。到時候只要裝得很痛苦，稍微暗示一下因果關係，請他們筆下留情即可。

雙方談妥後，侯爵立即打電話給小津腦科醫院的小津博士，拜託他火速祕密來松枝侯爵邸出診。小津腦科醫院對這種貴顯人士突然提出的請求，非常能保守祕密。小津博士遲遲未到，侯爵要面對這段時間被留在這裡的伯爵，已經難掩焦慮，但這種情況又不便派車去接博士，只能焦急等待。

博士到了之後，立即被帶往洋館二樓的小客廳。壁爐的火燒得紅通通，侯爵做完自我介紹、也介紹了伯爵之後，就遞了一支雪茄給博士。

「病人在哪裡？」小津博士問。

侯爵與伯爵面面相覷。

「其實病人不在這裡。」侯爵回答。

這種場合要他寫沒見過面的病人診斷書，小津博士勃然大怒。然而比起這件事本身，更讓博士惱怒的是，侯爵的眼神似乎認為他一定會寫。

「為什麼提出這種無禮的要求？難道你們認為我是那種能用錢就買通的庸醫？」博士說。

「我們絕對不認為您是這種人。」侯爵拿下叼在嘴邊的雪茄，在房裡徬徨踱步了一陣子，遠眺壁爐火焰照出博士胖嘟嘟的臉氣得顫動的模樣，然後以非常鎮定的語氣說：「這份診斷書是為了讓天皇安心。」

——松枝侯爵拿到診斷書，立即詢問洞院宮方便的時間，當天晚上立即前往拜訪。

所幸治典王殿下參加聯隊演習不在家。侯爵特別請求單獨拜見治久王殿下，因此妃殿下也離席了。

洞院宮拿出法國貴腐酒 Chateau d'Yquem 招待客人，心情顯得很好，談起今年去松枝邸賞花的趣事。雙方很久沒這樣聊天了，因此侯爵也談起一九〇〇年巴黎奧運的往事，例如去「香檳噴泉之家」的各種趣事作為消遣娛樂，彷彿這世上已沒有煩惱。

然而侯爵明白，儘管洞院宮表面威風凜凜神采飛揚，但內心懷著不安與恐懼，等著他開口說正事。洞院宮完全沒有主動提到幾天後就要納采一事，但那帥氣的半白鬍鬚在如日光疏林的燈影照射下，嘴角不時浮現困惑的陰影。

「其實我今晚前來造訪，」侯爵裝得像悠閒飛翔的小鳥，輕盈地想一直線飛入鳥巢般，故意輕佻地進入正題，「是想向您報告一件不知該怎麼說的壞消息，就是綾倉家的女兒罹患腦疾。」

「啊？」洞院宮驚愕得瞠目結舌。

「綾倉也真是的，居然一直隱瞞這件事，也沒跟我商量，為了顧及體面讓聰子出家為尼了，直到現在都沒勇氣將內情告訴您。」

「怎麼會這樣？都到這個時候了！」

洞院宮緊咬嘴唇，鬍子也順著嘴型貼在嘴上，一直盯著伸向壁爐的鞋尖。

「這是小津博士開的診斷書。日期居然是一個月前，綾倉連這件事也瞞著我。都怪我疏忽才會發生這種事，不知該怎麼向您賠罪才好……」

「生病也是沒辦法的事，可是為什麼不早說呢？去關西旅行也是為了這個吧？這麼說來，那天她來辭行的時候氣色不太好，內人還很擔心呢。」

「我也是現在才知道，因為腦部的疾病，所以從九月起，她出現種種奇怪的舉止。」

「既然如此，那也沒辦法。明天早上，我立刻進宮向天皇賠罪，不曉得天皇會怎麼說？到時候可能必須把這份診斷書給天皇過目，可以借我一下吧。」洞院宮說。

洞院宮完全沒提到治典王殿下，這也表現出他品格高尚。而侯爵畢竟是侯爵，這段時間始終在觀察洞院宮的表情變化。一個暗潮動盪而起，看似平息了，但只是波濤深深陷沒，隨後又澎湃竄起。幾分鐘後，侯爵覺得終於可以安心了，最可怕的瞬間已經過去。

——這一夜，侯爵和洞院宮連同妃殿下一起商量對策後，直到深夜才離開。

翌日早晨，洞院宮準備進宮時，很不巧的兒子治典王剛好演習歸來。洞院宮將兒子叫到一個房間裡，把事情坦承告訴他。治典王年輕英勇的臉上絲毫不見動搖，只說一切交給父親處理。不僅沒有怨恨，也不見絲毫怒氣。

治典王徹夜演習相當疲累，送父親出門後，便匆匆回房休息。妃殿下心想他可能難以入眠，便前來探望。

「昨晚，松枝侯爵是來報告這件事吧？」

治典王因徹夜未眠，眼睛多少有些血絲，但目光一如往常堅定無畏，如此問母親。

「是啊。」

「我莫名地想起很久以前，我還在當少尉時，宮中發生的事。這件事我以前也跟您說過吧，就是我進宮謁見天皇時，在走廊湊巧遇見山縣元帥。我不會忘記，那是在表御座所[78]的走廊。那時元帥可能剛謁見完畢出來，一如往常在普通軍服套上寬領外套，軍帽戴得很低，雙手隨便插在口袋裡，掛在腰間的軍刀簡直快拖到地上，從昏暗長廊走來。我立刻退到一旁讓路，以直立不動的姿勢向元帥敬禮。元帥從軍帽的帽簷下，以絕對不笑的銳利眼神瞥了我一眼。元帥不可能不知道我是誰，但他忽然不高興地別過臉去，也沒答禮，就聳著高傲自負的外套肩頭走了。

不知為何，我現在想起了這件事。」

——報紙報導「洞院宮家因故」解除婚約，因此世人期盼慶祝已久的納采儀式也取消了。清顯對家裡發生的事一所無知，直到看報才知道這件事。

四十八

這件事公諸於世後，侯爵家對清顯的監視更加嚴厲，就算去上學，山田管家也跟在一旁監視。不知情的同學，對這種小學生般誇張的護送都瞠目結舌。而且後來，侯爵夫婦見到清顯也絕口不提此事。松枝家所有的人，都裝作什麼事都沒發生。

輿論則是一片譁然。學習院裡像清顯這樣相當地位人家的子弟，也有對真相一無所悉的，其中有人來問清顯對這件事的感想，清顯驚愕萬分。

「輿論好像一面倒同情綾倉家，不過我認為這是傷害皇族尊嚴的事件。聰子這個人腦袋有

78 表御座所，天皇處理政務的皇居宮殿。

問題，是後來才知道的吧？為什麼以前不知道呢？」

清顯不知如何回答，有時本多會從旁出手相助。

「生病這種事，在症狀還沒出現以前當然不知道吧。不要談這種像女學生在聊的八卦啦。」

可是這種硬充「男子漢」的偽裝，在學習院行不通。因為想當一個對這種事下這種結論的消息靈通人士而言，本多的家世背景還不夠格。

要能自誇地說「那是我的表妹」或「那是我伯父的小妾生的兒子」，炫耀自己和犯罪或醜聞多少有些血緣關係，同時也炫耀自己高貴的漠不關心完全不會受傷，還要擺出一臉冷漠，隱約透漏一些和流言蜚語不同的內幕，才有資格當消息靈通人士。這所學校連十五、六歲的少年都會說：

「內大臣為這件事很頭痛，昨晚還打電話跟我 father 商量喔！」

或是，

「內務大臣說自己感冒了，其實是進宮時太慌張，一腳踩空馬車踏板扭傷了腳啦！」

可是奇妙的是，關於這次的事件，可能是清顯長年的祕密主義奏效了。沒有同學知道他與聰子的關係，也沒人知道松枝侯爵和這件事有何關聯。只有一位相當於綾倉家親戚的公卿華族，再三主張美麗又聰明的聰子，腦袋絕對不會有問題。但反而招來冷笑，說他只是在擁護自己的血統。

這一切，當然不斷刺傷清顯的心。但和聰子所受的輿論詆毀相比，自己又沒受到排擠譴責就在那邊暗自受傷，充其量只是卑怯者的苦惱。同學談起這件事，每當說出「聰子」二字，他就覺得像在空氣極為清新的早晨，從二樓教室的窗戶，眺望深冬遠山的雪，看見聰子又高又遠地在眾人眼前，默默揭示她光輝潔白的姿影。

閃耀在遙遠山巔的潔白，只映在清顯眼裡，只射中清顯的心。她藉由一身承受罪過、詆毀與瘋狂，已經淨化得潔白無瑕。可是自己呢？

清顯有時會有一種衝動，想到處去大聲告白自己的罪過。但如此一來，聰子可貴的自我犧牲就白費了。真正的勇氣是，即使讓她白費也要卸下良心的重擔嗎？正確的堅忍是，默默忍耐現在等同虜囚的生活嗎？實在難以清楚分辨。但無論心中累積多少苦惱，也得靜靜地什麼都不做，換言之要實現父親與全家的這個希望，讓清顯難以忍受。

無為與悲傷，曾是清顯最容易親近的生活元素。難道他不知在何處遺失了享受這個的能力，遺失了毫不厭倦沉浸在其中的能力？像是不經意把雨傘忘在別人家裡。

對現在的清顯而言，忍受悲傷和無為都需要希望。既然看不見希望，只好自己創造希望。清顯如此思忖：

「說她發瘋，是毫無議論餘地的捏造。這種謠言根本不能信。既然如此，她的遁世與剃髮，說不定只是一時的偽裝。這只是她為了逃避嫁入宮家的權宜之計，換言之她可能是為了我，才豁出去演這場戲。若是如此，在社會輿論平息之前，就算兩人身處異地，只要心靈相通，默默地等風波平息即可。這種沉默不正說明了，為何她連一張明信片都沒捎給我。」

若清顯相信聰子的個性，就會立刻發覺這是不可能的。若聰子的好強只是昔日清顯的怠惰所描繪出來的幻影，那麼後來的聰子就是在他懷裡融化的雪花。當清顯只凝視一個真實，就會一直相信讓這個真實勉強成立的虛假。此時，他是將希望寄託於欺瞞中。

於是這希望裡有卑鄙的陰影。因為如果他把聰子描繪得很美，這裡應該就沒有希望存在的餘地。

他那顆堅硬的水晶心，不知不覺被溫柔憐憫的夕陽染紅了。他想溫柔待人，於是環顧了一下四周。

有個同學是門第相當古老的侯爵之子，大家都叫他「妖怪」。傳說他得了痲瘋病，但校方不可能讓痲瘋患者來上學，所以一定是其他沒有傳染性的病。他的頭髮脫落了一半，臉色灰黑沒有光澤，有些駝背，甚至在教室裡都特別被允許戴制帽，而且戴得很低，沒人看過他眼睛長得什麼樣。他總是發出像在煮東西的吸鼻涕聲，不跟人說話，休息時間總是抱著書坐在校園盡頭的草地上。

他和清顯原本就不同科，所以清顯當然也沒跟他說過話。若說清顯是在校生的美的總代表，同樣是侯爵之子，他卻是醜陋與暗影與陰慘的代表。

「妖怪」平時坐的草地，儘管枯草被冬陽曬得暖烘烘，大家也都避開這裡。清顯走過來一坐，「妖怪」倏地闔上書本，緊張得縮起身子，一副隨時準備逃跑的樣子。沉默中，只有他拖著柔軟鎖鏈般的吸鼻涕聲。

「你都看些什麼書啊？」美麗的侯爵之子問。

「沒什麼……」

醜陋的侯爵之子把書藏到背後。但清顯看到書脊印著里歐帕迪[79]這個名字。「妖怪」迅速藏書時，封面的燙金霎時在枯草間映出一道微弱金光。

「妖怪」不跟清顯說話。清顯挪動身體稍稍離開了點，沒有拍掉沾在呢絨制服上的許多枯草，便單手抵地，伸長雙腿而坐。前方不遠處，「妖怪」就在蹲那裡，一副很不自在的樣子，打開書本又闔上書本。清顯覺得在他身上看到自己不幸的諷刺畫，先前的溫柔消失了，心中漫起輕微的憤怒。冬日暖陽充滿強加於人的恩惠。這時，醜陋的侯爵之子的姿態，慢慢變得輕鬆起來。他戰戰兢兢伸直彎曲的雙腿，以和清顯相反的那一隻手抵地，其餘歪頭的方式、聳肩的方式，甚至身體歪斜的角度都和清顯相同，宛如一對狛犬供在那裡。他戴得很低的制帽簷下的嘴唇，看起來不像在笑，但確實至少試著表現詼諧。

美麗的侯爵之子與醜陋的侯爵之子，成了一對。為了對抗清顯一時興起的溫柔與憐憫，「妖怪」不示以憤怒或感謝，倒是出動所有正確鏡像般的自我意識，擺出彼此是對等的型態。若不看長相，從綴有蛇腹形裝飾線的制服到長褲的褲腳，兩人在明亮枯草上，形成了完美對稱。

79 里歐帕迪（Giacomo Leopardi, 1798-1837），義大利詩人，孱弱體質和成長背景，使其內在思想帶有強烈悲觀氣質，同時反映在作品當中。

對於清顯的試圖接近，「妖怪」採取的是充滿親切的完全拒絕。但清顯也因遭拒而接觸到一種前所未有，逐漸漂近的溫柔。

附近的射箭場傳來令冬風凝結的犀利箭聲，以及與之相比像鬆弛太鼓般的中靶聲。清顯覺得自己的心已失去尖銳的白羽箭矢。

四十九

學校放寒假後，用功的學生早已開始準備畢業考，但清顯連書都不想碰。

明年春天畢業後，夏天要考大學的人，除了本多之外，全年級只有三分之一。因為大部分會利用免試入學的特權，去讀東京帝大缺額較多的科系，或京都帝大與東北帝大。清顯也不顧父親的意向，選擇免試入學。若進入京都帝大，離聰子所在的寺院就很近了。

因此，目前，他光明正大委身於無為。十二月下了兩場大雪，積雪頗厚，但即使下雪的早晨，他也不像孩子般滿心快活，只是拉開窗簾，待在被窩裡，意興闌珊眺望池中島的雪景。但他也不會只是這樣，因為連在家裡散步，山田都嚴密監視他，為了報復山田，他曾故意在北風呼嘯的夜晚，讓腳有點跛的山田拿著手電筒，自己將下巴埋在大衣領子裡，步伐激烈飛快地奔上紅葉山。夜間的森林有各種聲音，時而也傳來貓頭鷹叫聲，雖然腳下是沒把握的山路，他也以火速的步伐飛奔而上，痛快不已。彷彿下一步會踩到柔軟生物般的黑暗，一心想把它踩扁似的飛奔而上。到了紅葉山的山頂抬頭一看，整片璀璨閃耀的冬夜星空。

年關將近時，有人送了一份刊載飯沼文章的報紙來侯爵家。侯爵看了之後，對飯沼的忘恩負義勃然大怒。

這是右翼團體出的小報，發行量不多。看在侯爵眼裡，是一份以恐嚇手法揭露上流社會醜聞為能事的報紙。若飯沼已潦倒到事先來要錢的地步還情有可原，但他沒有通知就寫這種東西，根本是公然挑釁的忘恩負義行為。

這篇文章頗有憂國之士的風格，標題直接下「松枝侯爵的不忠不孝」，文中極力譴責松枝侯爵，說促成這門婚事的其實是松枝侯爵。皇族的婚姻會由《皇室典範》詳加規範，是因為攸關日後萬一發生皇位繼承順位的問題。儘管松枝侯爵後來才知道，但介紹一位腦袋有毛病的公卿小姐給皇族，並取得天皇敕許，到了即將納采之際，事情才爆發導致婚事告吹，侯爵對此居然慶幸自己的名字沒被公諸於世，簡直恬不知恥，不僅是莫大的不忠，對維新元勳上代侯爵也是不孝至極。

儘管父親盛怒，清顯讀這篇文章時，內心萌生種種疑問。首先是飯沼為何具名寫這篇文章，再則他很清楚清顯與聰子的情況，為何寫得好像相信聰子腦子有病。現在不知住在哪裡的飯沼，會不會是甘犯忘恩負義的罪名，偷偷想讓清顯知道他的下落，一心想讓清顯讀到這篇文章才寫的？至少這篇文章帶著一種暗示性的教訓：清顯可別變得像父親侯爵那樣。

清顯忽然懷念起飯沼。他覺得再度接觸飯沼那種笨拙的關愛，去揶揄他奚落他，對目前的自己是最好的慰藉。但在父親盛怒時去見飯沼，事情只會變得更麻煩。況且他對飯沼的懷念，也不到不顧一切去見他的地步。

倒是見蓼科或許比較容易。自從蓼科自殺未遂以來，清顯對這個老女僕有種難以言喻的反感。這個女人既然能用遺書把自己出賣給父親，想必是個會將她牽線幽會的男女全部出賣而大感痛快的人。清顯在她身上見識到，世上有種人精心培育花朵，只為了在花朵綻放後撕碎花瓣。

現在父親侯爵幾乎不再跟兒子說話了。母親也夫唱婦隨，一心只想讓兒子自己靜一靜。

侯爵怒火中燒，其實內心相當害怕。他申請增派一名警察看守自家大門，後門也申請新增兩名警察看守。但後來侯爵家並沒有遭受脅迫或騷擾，飯沼的言論也沒有在社會上發酵，就這樣到了歲暮年終。

平安夜這天，侯爵家照例會收到兩家租屋的西洋房客請帖。無論答應去哪一家，都會冷落到另一家，因此侯爵家採取的態度是兩家都不去，轉而送聖誕禮物給兩家的孩子。今年清顯想去參加西洋人的家庭團聚，讓心靈休息一下，因此透過母親去拜託父親，但父親不答應。

父親不答應的理由並非擔心厚此薄彼，而是應房客之邀去接受招待，有損侯爵之子的體面。這話暗地裡在說，他懷疑清顯不懂該如何維持侯爵之子的體面。

侯爵家的年底大掃除，不可能除夕一天做完，因此都在年關將近時每天打掃一些，非常忙碌。清顯無事可做，只覺得今年就要結束了，這種痛切的感慨啃咬著他的心。他覺得今年才是人生再也不復返的絕頂之年，這種感懷日益濃厚。

清顯離開人們忙碌工作的宅邸，想獨自去池裡划船。山田隨後追來說要陪他一起划，清顯凶巴巴地斷然拒絕。

小船壓倒枯葦敗荷向前滑行，嚇飛了好幾隻野鴨。野鴨誇張地振翅飛起，扁平的小腹部霎時出現在冬日晴空下，絲毫沒有濕掉的柔軟羽毛閃著絹絲光澤。野鴨斜飛的影子，落在茂密的蘆葦叢上。

倒影在池面的藍天與雲色顯得冷冽。船槳攪亂的水面延展出鈍重的波紋，清顯對此感到不可思議。這沉重幽暗的水所傾訴的東西，是玻璃質的冬日空氣和雲朵都沒有的。

他停下船槳，回首望向主屋大廳，覺得在那裡忙碌工作的人，彷彿是遙遠舞臺上的人。瀑布在池中島的另一邊看不到，雖然還沒結冰，但可聽見水聲變得尖銳刺耳。遠處紅葉山的北邊，可見枯枝間髒掉的斑駁殘雪。

不久，清顯將船繫在池中島灣口的木樁上，登上松葉褪色的島上頂端。三隻鐵鶴中，兩隻鶴嘴朝天的鐵鶴，像是尖銳的箭頭瞄準冬日天空。

清顯立即找到一個冬陽溫暖的枯草處，仰躺而下。這樣就不會被人看到，可以完美地享受獨處。當他感到枕在後腦勺的雙手，殘留著划船時的冰冷麻痺，突然那些見不得人的悲慘感慨，全部在心裡吵嚷了起來。他對吵嚷的心咆哮：

「對……『我的年』過去了！過去了！隨著一片雲彩消逝了！」

宛如在心裡，用語言鞭打自己現在的處境，完全無懼殘忍而誇張的話語不斷湧現。這些話語是清顯以前禁止自己說的。

「一切都對我太殘酷了。我已經失去了陶醉的工具。如今有一種可怕的明晰，彷彿只要指尖一彈，整片天空都會以纖細的玻璃質共鳴回應，這種可怕的明晰統治著現在的世界……而且，寂寥是滾燙的，燙得宛如要吹很多次才能入口的濃稠熱湯，總是擺在我眼前。這厚實白色湯盤所裝的湯，竟然有種棉被的骯髒遲鈍厚重感！到底是誰為我點了這種湯？

我獨自一人被拋下。愛慾的饑渴。對命運的詛咒。無邊無際的心靈徬徨。漫無目的的心靈願望……小小的自我陶醉。小小的自我辯護。小小的自我欺瞞……失去的時光，與失去的東西，烈火灼身般的眷戀。年齡的虛度推移。青春歲月的窩囊蹉跎。人生一無所獲的這種憤怒……一個人的房間。一個人的每個夜晚……與世界和人們的絕望隔離……吶喊。無聲的吶喊……外表的華麗……空虛的高貴……

……這就是我！」

——此時他聽到聚集在紅葉山的眾多烏鴉，一起發出彷彿不出聲就不會打呵欠的聲音，振翅飛過頭上，朝著神宮所在的緩丘飛去。

五十

新年開始不久，宮中舉行例行的御歌會。清顯從十五歲開始，綾倉伯爵每年都照例帶清顯去參加，作為他以前對清顯施予的優雅教育，一年一度的紀念。清顯覺得今年伯爵不會讓他去了，不料卻接到宮內省下達的參觀許可。今年伯爵也厚著臉皮擔任御歌會承辦人員，顯然是伯爵斡旋要來的。

松枝侯爵看到兒子出示的許可證，四位連署的御歌所人員中有伯爵的名字，不禁蹙起眉頭。他再度清楚地看到優雅的頑強，與優雅的厚顏。

「既然是歷年的慣例，你就去吧。如果只有今年沒去，別人會認為我們和綾倉家不和。而且關於那個問題，我們的方針本來就設定為那是綾倉家的事，與我們無關。」侯爵說。

清顯對這個歷年舉行的儀式很熟，甚至有些期待。他覺得這個場合最能增添伯爵的威風，也是最適合伯爵的盛會。雖然現在看到伯爵只會痛苦，但清顯想把曾經來到自己的心裡並占有一定分量的和歌殘骸，清楚地飽覽一番。而且去到那裡，也能追憶聰子。

清顯已不認為自己是一根刺進松枝家族粗壯手指的「優雅的刺」，但也並非轉念認為自己是這家族的一根粗壯手指。他認為自己的優雅已然枯竭，靈魂也已頹廢，和歌元素的流麗哀傷已不復存在，唯有空虛的風在體內狂吹。他從未像現在如此深感，自己竟然離優雅這麼遠，甚至遠離了美。

但是成為真正的美，可能就是這麼回事。像這樣什麼都感受不到，也沒有陶醉，連眼前清晰可見的苦惱，都不相信是自己的苦惱，甚至連疼痛也不認為是現實中的疼痛。這實在很像瘋病人的症狀。原來成為美的化身，可能就是這麼回事。

清顯已失去照鏡子的習慣，因此沒發現刻在他臉上的憔悴與憂愁，已然是一幅「為愛憔悴的年輕人」畫像。

有一天，清顯獨自吃晚餐，女僕端上一只小小的雕花玻璃杯，裡面裝著暗紅色液體。清顯懶得問侍餐女僕這是什麼，心想大概是葡萄酒便一飲而盡，不料舌頭殘留一種異樣的感覺，餘味暗沉滑溜拖得很長。

「這是什麼？」

「鱉的鮮血。」女僕回答：「上面有交代，如果您沒問，不可以告訴您。廚師說想給您補補元氣，特地從池裡抓來做菜。」

等待這種噁心的滑溜東西通過胸口時，清顯想起幼時多次遭僕人嚇唬鱉的往事，再度看見鱉從幽暗池裡抬頭窺伺他的可怕幻影。那是埋身於池底的微溫汙泥，時而撥開腐蝕時間的夢或惡意的水藻，伸出半透明的池水，長年凝視清顯成長的東西。如今這咒縛倏忽解開了，鱉被殺了，清顯不知情喝下它的鮮血。於是頃刻間，好像有什麼結束了。恐懼順從地在清顯的胃裡，開始變成未知且不可測的活力。

——御歌會的吟詠，照慣例從預選的和歌中，由地位低者的作品開始吟詠，依序到地位高者的作品。只有第一篇作品從標題讀起，接著讀官位姓名，下一篇開始就不用讀標題，直接讀官位姓名，然後吟詠正文。

綾倉伯爵擔任光榮的講師。

天皇、皇后兩位陛下，與東宮殿下都駕臨會場，聆聽伯爵柔美清澄的嗓音。他的聲音裡沒有罪過的顫音，甚至明朗到有些悲戚，一首一首地吟詠下去，速度極為悠緩，恍如神官穿著黑鞋，一步步拾級登上灑滿冬日陽光的石階。那聲音裡沒有任何性的香氣。皇宮的這個會場，安靜到連一聲咳嗽也沒有，唯有伯爵的聲音占據了滿室沉默。即使在這種時候，他的聲音也無法超越語言，去調戲人們的肉體，只是帶著明朗的悲愁。一種恬不知恥的優雅，從伯爵的喉嚨直接出來，恍如畫卷中的霧靄在會場繚繞。

臣下的和歌都只吟詠一遍。

東宮殿下的和歌吟詠完第一遍會說：

「……以上吟詠的是皇太子殿下之御歌。」

然後再吟詠一遍。共兩遍。

皇后的和歌要吟詠合誦三遍，第一句由吟詠師吟詠，第二句開始由合誦全體人員齊誦。吟誦皇后和歌時，其他皇族與臣下自然不在話下，連東宮殿下也要起立恭聽。

今年皇后為御歌會作的和歌，確實是美麗高雅的佳作。清顯起立恭聽時，也偷偷地瞄到遠處伯爵如女人白皙嬌小的手中，捧著兩張疊在一起的鳥子御懷紙[80]，那御懷紙是紅梅色。

不久前才發生那麼震撼社會的事件，但清顯從伯爵的聲音裡，絲毫感受不到戰慄或膽怯，更看不出身為父親失去俗世女兒的哀傷。儘管如此，清顯已不驚訝。伯爵只是在奉獻自己美麗、無力、清澄的聲音。縱使千年後，伯爵一定也會像音色美妙的小鳥做出奉獻。

御歌會終於進入最後階段，要開始吟誦天皇的和歌。

講師恭敬地走到聖上前面，拜領御硯蓋上的和歌，吟詠合頌五遍。

伯爵的聲音更加澄明地吟詠之後說：

「……以上吟詠的是大御歌。」

此間，清顯誠惶誠恐地仰望龍顏，想起幼時承蒙先帝摸頭的事，霎時百感交集。當今聖上看起來比先帝羸弱，聽群臣吟誦自己的和歌，沒有流露任何自豪之色，始終保持冰冷的平淡——雖然這是不可能的——但清顯覺得聖上隱藏著對自己的憤怒，不禁心生恐懼。

「我冒犯了聖上。非死不可。」

清顯如此想著，彷彿快要倒在高雅的薰香繚繞中，一陣分不清是快感或戰慄的感覺貫穿全身。

五十一

進入二月後，畢業考迫在眉睫，同學們忙於準備考試，唯有凡事失去興趣的清顯相當超然。本多不吝於幫清顯複習功課，但覺得清顯會拒絕便自我節制。他深知清顯最討厭「囉嗦的友情」。

這時，父親突然建議清顯去讀牛津大學的墨頓學院，說這所創立於十三世紀歷史悠久的學院，有系主任教授的門路很容易進去，要清顯務必通過學習院的畢業考。侯爵看到即將成為從五位的兒子日益蒼白衰弱，所以想出這個辦法來拯救他。這個拯救辦法實在太離譜，反倒引起清顯的興趣，因此他裝作非常高興地接受這個建議。

清顯也曾如同一般人嚮往西方國家，如今他的心執著於日本最纖細最美麗的部分，可是打開世界地圖，別說遼闊的海外國家，就算畫得紅紅像小紅蝦的日本也感到庸俗低劣。他所認識的日本，原本是更為青藍、不定形、瀰漫著濃霧般悲傷的國家。

父親侯爵更在撞球室的一面牆上，貼了大幅世界地圖，希望開闊兒子的雄大氣宇。但地圖冰冷平板的海，無法讓清顯動心，只會讓他想起那個本身帶有體溫、帶有脈搏、會血液沸騰、會咆哮吶喊，恍如巨大黑獸般的海；那個令他煩惱至極又激動興奮的鎌倉夏夜之海。

80 御懷紙是正式書寫和歌獻給皇室的用紙，尺寸、折法、寫法都有規定。「鳥子」即「鳥子紙」是和紙的一種品牌，紙色淡黃光滑有如鳥卵，故稱鳥子，適用於抄寫經文、小楷等。

他沒有對別人說，其實近來常常暈眩，也感到輕微頭痛，失眠的狀況也愈來愈嚴重。夜晚躺在床上，他一幕幕地鉅細靡遺想像，明天聰子的信一定會來，兩人約好私奔的時間與地點，在沒人認識的陌生鄉下小鎮，一條有土藏造建築[81]的銀行的街道轉角，張開雙臂迎接跑來的聰子，將她緊緊擁在懷裡。但這想像的背面貼著錫箔般冰冷易破的東西，不時可透見背面的蒼茫。清顯淚濕枕頭，在深夜連連空虛地呼喚聰子的名字。

就在此時，聰子的倩影突然清晰出現在夢與現實的分界線。清顯的夢，已不再是夢日記所記錄的客觀故事，只是願望與絕望輪番上陣，夢與現實相互否定，宛如在晝海浪打到岸邊的線條那樣難以捉摸，但海水在平滑沙灘退去後的水鏡裡，赫然又映出聰子的臉。沒有比這更美麗更悲傷的容顏。清顯湊上前去，想吻那恍如金星閃耀的臉，聰子的臉便立即消失了。

想逃家的念頭與日俱增，成為他心中難以抵抗的力量。一切的事物，時間、清晨、中午、傍晚，還有天空、樹林、雲朵和北風，都在告訴他只能死心，但這種不確定的苦楚若要繼續折磨他，無論如何他都想親手抓住確定的東西，縱使只是一句話，也要親耳聽聰子說出確實無疑的話。若不能說話，哪怕只見一面也好。他思念聰子思念得快發狂了。

另一方面，社會上的流言蜚語很快就平息了。這門婚事從敕許下達到納采前夕才告吹，實在是前所未有的醜聞，但也逐漸被人們遺忘，社會的憤怒轉向海軍的收賄問題。

清顯決心離家出走。但他一直受到監視，而且家裡已不給他零用錢，所以根本沒錢可以得到自由。

於是清顯開口向本多借錢，本多大為吃驚。基於父親的教育方針，本多在銀行有一些可以自由使用的存款。他把存款全部提出來借給清顯，而且不過問這筆錢的用途。

二月二十一日早上，本多將這筆錢帶來學校交給清顯。這是個晴朗嚴寒的早晨。清顯收下錢後，弱弱地說：

「離上課還有二十分鐘，你來給我送行吧。」

「你要去哪裡？」

本多驚愕地問。他知道校門有山田在看守著。

「那裡。」

清顯微笑指向森林那邊。本多久違地看到朋友臉上充滿活力，內心雖然高興，但朋友那張臉並沒有因此泛起紅暈，反倒像結了一層春日薄冰，顯得緊張蒼白而消瘦。

「你的身體不要緊吧？」

「我有點感冒，不過不要緊。」

清顯踩著快活的步伐率先往森林走去，邊走邊說。本多久違地看到朋友的步伐如此快活，已經知道朋友要去哪裡，但沒說出口。

81 土藏造，一種日本傳統建築工法，以竹或木編成牆體再敷上厚厚的土泥，表面再塗石灰泥，防火、防水、除濕效果較一般土牆更佳。從外觀上看，牆壁厚重、多為白色，不見樑柱。

朝陽的雲隙光黯淡地照在沼池上，在結冰的池面形成一條條錯綜複雜的浮木形狀。兩人看著這幅景象，聽著小鳥忙碌的啼鳴，越過森林，來學校的東邊。這裡有一處緩和的山崖，朝著東邊的工廠區延伸而去。這一帶沒有築牆，只有隨便以鐵絲網代替圍牆，孩子們經常從鐵絲網的破洞偷溜進來。鐵絲網外面有一段雜草叢生的斜坡，斜坡連接道路的地方有一道低矮石牆，往前還有一道低矮柵欄。

兩人在此停下腳步。

右邊是國鐵電車軌道，眼下是充分沐浴在朝陽下的工廠區，鋸齒狀屋頂的石板瓦閃閃發光，各種機械聲早已轟隆大作，恍如大海的聲音。煙囪悲愴地聳立，煙影爬過屋頂，遮暗了工廠間貧民小巷曬衣服的陽光。有間房子從屋頂伸出一塊平臺裝飾著許多盆栽；有個不曉得什麼地方，不停地閃光又熄滅；有根電線桿上看見電工腰際的鉗子；有間化學工廠的窗戶出現幻影般的火焰……以為轟隆的機械聲終於停了，接著又傳來鐵鎚敲鐵板的猛烈連續敲打聲。

遠處有清澄的太陽。眼下有沿著學校的白色道路，清顯就要從條路奔跑而去吧。低矮的屋簷影子鮮明地映在路上，幾個小孩在玩跳格子遊戲。一輛鏽到沒有光澤的腳踏車通過這裡。

「那，我要走了。」清顯說。

這話顯然是「出發」之意。本多聽到朋友說出如此符合青年的爽朗話語，將它銘記在心。清顯連書包都放在教室，只穿了制服和外套，並瀟灑地將縫有成排櫻花金釦的外套前襟左右敞開，露出海軍風格的立領與一條細細的純白內領，看得見推擠柔軟皮膚的年輕喉結。清顯在制帽帽簷陰影下露出微笑，以戴著皮手套的單手弄彎鐵絲網破洞，側身鑽了過去……

——清顯失蹤的消息立即傳到松枝家，侯爵夫婦嚇得驚慌失措。這次又是祖母的意見穩住了這場混亂。

「事情不是很清楚嗎？他對可以出國留學那麼高興，所以放心吧。既然打算出國，就只是行前去向聰子告別。如果事先跟你們說要去那裡，一定會被你們阻止，所以他就一聲不響地去了。一定是這樣啦。」

「可是我不認為聰子會見他。」

「那他就會死心回來吧。年輕人嘛，想做的事就讓他做到甘願為止。你們就是把他管得太緊才會變成這樣。」

「可是媽，發生了那種事，當然要把他管緊一點。」

「所以變成這樣也是理所當然。」

「不管怎樣，這件事要是讓社會上的人知道就慘了，我得趕快通知警視總監，請他私下祕密地尋找清顯。」

「這還需要找嗎？他會去哪裡很清楚呀。」

「那就得趕快把他抓回來……」

「這樣是不行的！」老太太怒目瞪視，大聲說：「這樣做是錯的！如果你把他抓回來，下次他說不定會做出無可挽回的事。

當然以防萬一，請警方私下尋找也是好事。查出清顯在哪裡，立刻回報，那也很好。可是既然已經知道他的去向與目的，請警方不動聲色遠遠地監視他就好。一切要以息事寧人為準則。為了避免事情鬧大，沒有別的辦法。要是把事情搞砸了，後果會很嚴重喔。我可是先提醒你們。」

——清顯於二月二十一日晚上入住大阪的飯店，隔天一早就離開飯店，搭櫻井線火車到帶解站下車，然後去帶解町的「葛屋」商務旅館訂房間，訂到房間便立刻叫人力車，前往月修寺。人力車急駛在月修寺大門內的坡道上，抵達平唐門後，清顯下車。

他在關得緊緊的白色拉門玄關外呼喊。一名寺院的男僕出來應門，問了他的姓名與來意，請他稍待片刻，不久一老就出現了。一老硬是不讓他進門，還說住持不見他，況且弟子是不能見客的，就這樣極其冷淡地讓清顯吃了閉門羹。但清顯早已多少料到會遭此對待，也就不再強求，暫且返回旅館。

他把希望寄託在明天。獨自細細思量後，他認為這次的失敗，歸咎於自己疏忽大意，不該坐人力車到玄關前。雖然這是出自刻不容緩的性急，但既然見聰子是一種祈願，不管有沒有人看到，至少在大門前就該捨棄人力車，步行前往。無論如何，必須展現修行的誠意。

旅館的房間很髒，飯菜難吃，夜裡寒冷，但想到這裡和東京不同，已經離聰子所在之處很近，清顯的心就得到很大的安慰。這晚他久違地睡了個好覺。

翌日，二月二十三日，清顯覺得自己元氣大增，上午一次，下午一次，兩次都讓人力車在大門前等候，自己獨自登上長長的參道前去拜訪，但寺方依然冷淡以對。回程他開始咳嗽，胸口深處隱隱作痛，因此回到旅館後也不敢入浴。

從這天晚餐起，以鄉下旅館來說，菜色變得格外豐盛，顯然是一種款待。房間也硬被換到旅館最好的房間。清顯問旅館的女僕，但女僕不回答。經過再三逼問才揭開謎底。據女僕所言，今天清顯外出時，當地警察來問過他的事，且說清顯是身分高貴的少爺，要他們鄭重接待，此外警察也特別交代，警方來調查的事絕對不能告訴清顯，還有他出門時，也希望旅館要立刻悄悄通知警方。清顯聽完後，焦急不已，心想必須加快腳步。

隔天，二月二十四日清晨，清顯起床後覺得很不舒服，腦袋昏沉，渾身乏力。但他認為這樣更要去修行，更要去承受苦難，否則無法見到聰子。因此他甚至沒叫人力車，從旅館步行了約四公里路到月修寺。所幸今天是美好的晴天，步行雖然辛苦，咳嗽也愈來愈烈，胸痛時而宛如金沙沉在胸底。站在月修寺的玄關時，他又激烈地咳嗽，出來應門的一老卻面不改色，說同樣的話加以拒絕。

又過了一天，二十五日，清顯渾身畏寒，發起高燒。心想今天就稍微休息一下吧，但終究還是叫了人力車去，同樣又被拒於門外。清顯開始絕望，用發燒的腦袋想了又想，就是想不出辦法。最後他拜託旅館的掌櫃，拍了一封電報給本多。

「請速來。拜託。我在櫻井線，帶解，葛屋旅館。這件事，切勿告訴我父母。松枝清顯。」

——就這樣，清顯徹夜難以入眠，來到二十六日的清晨。

五十二

這天，大和平原[82]的枯黃芒野上雪花紛飛。說是春雪又太淡，宛如白羽飛蟲降落，天空陰霾時與天色混為一體難以辨認，在微弱陽光照射下才恍然大悟，這確實是細雪紛紛飄落。但寒氣卻遠勝真正冷冽刺骨的下雪天。

清顯躺在床上，思索該如何向聰子展現自己至高的誠意。昨晚終於拍了電報向本多請求協助，今天本多一定會飛奔而來。靠著本多的友情，說不定能打動住持的心。可是在那之前還有該做的事。應該嘗試去做的事。那就是不借助任何人之力，向聰子表達自己最後的誠意。如今回想起來，自己一直沒機會向聰子表達這樣的誠意。又或者說，因為自己的怯懦，一直避開這樣的機會。

現在自己能做的只有一件事：病得愈重，愈要不顧病情前去修行，這樣才有意義也才有力量。聽子或許能感應到這樣的誠意，也或許感應不到。不過縱使無法期待聰子的感應，對現在的清顯而言，已經到了不這麼做無法釋懷的地步。起初是無論如何想見聰子一面的強烈企盼，占據了他所有的靈魂，但後來靈魂自己動了起來，已經超越這個企盼與目的。

但是他的肉體，卻傾力對抗這徬徨游離出去的靈魂。高燒與疼痛，彷彿以沉重的金線縫遍全身，他覺得自己的肉體彷彿被織成了錦繡。明明四肢無力，但抬起手臂，裸露的皮膚立即起雞皮疙瘩，明明無力的手臂卻比裝滿水的井水吊桶更重。咳嗽愈咳愈深，步步逼入胸底，宛如流著墨汁的天空深處，不斷傳來轟隆的遠雷聲。連指尖都喪失力氣，唯有真摯的病痛高燒貫穿倦怠無奈的肉體。

清顯不斷在心裡呼喚聰子的名字。時間就這樣空虛地流逝。旅館的人到了今天才發現房客生病，趕緊將房間弄暖，無微不至地照顧他，但他卻頑固地拒絕為他請看護與醫生。

到了下午，清顯吩咐女僕叫人力車時，女僕不知所措便告訴旅館老闆。老闆來說服清顯時，清顯為了展現自己很健康，立刻起身，不假借他人之手，自己穿上學校的制服與外套。然後人力車來了。他用館方硬塞給他的毛毯裹在腿上便出發了。明明全身包得緊緊的，依然覺得冷得要命。

清顯看到些許雪花從車篷隙縫飄進來，想起去年和聰子坐人力車賞雪的情景。這難以忘懷的回憶湧上心頭，使他覺得胸口彷彿被緊緊勒住。其實是他的胸部陣陣抽痛。

他忍著頭痛蜷縮在昏暗搖晃的車裡，忽然感到一陣厭煩，便掀開車篷，用圍巾蓋住口鼻，

82 大和平原，亦即奈良盆地，又稱大和盆地。

以發燒濕潤的雙眼追看外面不斷更迭的景色，覺得舒服了些。他已經受不了充滿痛苦的內心世界，凡是會讓他憶起過往的都厭惡至極。

人力車已穿過帶解町一個個狹小路口，正走在農田間的平坦小路，朝著坐落於山腰雲霧繚繞的月修寺前去。收割後殘留稻架的農田上，桑田的枯枝上，或是夾在其間襯出些許綠意的冬季蔬菜田上，池沼裡帶著幾分淡紅的枯蘆枝和香蒲穗上，都無聲無息飄落著細雪，但不到積雪程度。落在清顯膝毯上的雪，還沒化成可見的水滴就消失了。

天空逐漸轉白，白得如水，射下了稀薄陽光。雪花在陽光裡益發輕盈，如灰般地飄著。處處可見枯芒隨微風搖曳。微弱的陽光照在低垂的芒穗上，穗毛也泛著微光。田野盡頭的低矮山巒朦朧，反倒是遠方天際露出一方青藍，可以看見遠處山頂的皚皚白雪閃耀。

清顯看到這幅風景，以痛得嗡嗡作響的頭尋思，深感不曉得睽違了幾個月看到外界的景象。這裡真是靜謐的地方。人力車的搖晃與沉重的眼皮，或許歪斜或攪亂了這幅景色，但近來每天活在捉摸不定的苦惱和悲愁中的他，覺得很久沒有看到如此明晰的東西了。而且這裡沒有半個人影。

人力車已來到竹林圍繞的月修寺山腰附近，大門內坡道兩側的松林也愈來愈清晰。雖然只是立著兩根石柱的門，但清顯在田間迂迴小徑看見這座門時，痛切的思緒猛地襲上心頭。

「就這樣坐著人力車進門，到玄關還有三百多公尺。可是坐車進去的話，我覺得今天聰子也絕對不肯見我。說不定寺院現在發生了微妙的變化，或許一老去說服住持，住持也心軟了，看在我今天也冒雪前來的份上，說不定會答應讓我見聰子一面。可是如果我坐車進去，對方的心感應到了，說不定又會發生微妙的逆轉，決定不讓我見聰子。我最後的努力結果，會在他們的心裡結晶。現實是，現在在收集許多看不見的薄片，想編成一把透明的扇子，只要稍稍不慎，扇軸就會脫落，扇片四散紛飛……退一步想，如果我坐人力車到玄關，今天聰子也不肯見我的話，到時候我一定責備自己：『都怪我誠意不足。無論多麼辛苦，只要下車用走的來，我那不為人知的誠意說不定會打動她，她就肯和我見面了。』……沒錯，不該留下誠意不足這個懊悔。不賭上性命見不到她，這種念頭會將她推上美的巔峰。我就是為此而來。」

他已分不清這是理智的思考，還是發燒浮現的譫妄。

他下車，叫車伕在門前等候，然後走進門內的坡道。

天空又稍微開了些，雪花依然在稀薄的陽光下飛舞，聽得見路旁灌木叢的雲雀啼轉。坡道兩旁的松樹間夾雜著櫻樹，冬日的櫻樹幹上長了青苔，灌木叢裡一棵白梅樹已經開花。

這已是清顯第五天、第六次來訪，理應看到什麼都不感驚奇了，但下了人力車，走在地面上，卻覺得輕飄飄地彷彿踩在棉花上，以高燒的眼睛環顧四周，覺得一切異樣虛幻清澈，明明是近日已熟悉的景色，卻像今天第一次看到，新鮮到令人毛骨悚然。這之間陣陣寒顫依然不斷襲來，宛如尖銳的銀箭射穿背脊。

路邊有羊齒草、紫金牛的紅色果實、隨風沙沙作響的松針、樹幹亮綠葉子發黃的竹林、大片的芒草，一條有著結冰輪痕的白色道路貫穿其間，沒入遠處杉林聳立的黑暗裡。這是個全然靜謐，每個角落都明晰，帶著難以言喻的悲愁的純潔世界。在這世界中心的深處的深處，最深處的地方，聰子毫無疑問就在那裡，宛如一尊小小的純金佛像屏息在那裡。但這如此清澈生疏的世界，果真是住慣的「現世」嗎？

走著走著，清顯覺得呼吸困難，只好坐在路旁的石頭休息。明明隔著好幾層衣服，石頭的冷冽卻彷彿直觸肌膚。他咳得又深又猛，咳著咳著忽然發現，吐在手帕裡的痰帶著鐵鏽色。

咳嗽好不容易停了些，清顯轉頭望向遠處，聳立在疏林彼方的山頂白雪。由於咳出了淚水，白雪顯得更為濕潤耀眼。霎時，十三歲的記憶重現，他憶起當年為春日宮妃牽裙襬，仰望到的情景。那烏黑秀髮下的耀眼白皙頸脖，彷彿就在眼前。這是他人生裡，第一次憧憬令人眩目的女人之美。

天空又轉陰了，雪也下得愈來愈密。他脫掉皮手套，以手心接雪。雪花落在灼熱的手心，瞬間就消失了。這雙美麗的手，完全沒有弄髒，也沒長出半個水泡。清顯心想，我這一生終於護住了這雙優美的手，沒有讓它被泥土、鮮血或汗水弄髒。這是一雙只用於感情的手。

——他好不容易站了起來。

他開始擔心是否能在雪中走到寺院。

不久進入杉林聳立的下方，寒風愈發冷冽，風聲在耳邊呼嘯而過。杉樹間可見冬日天空如水，漾著冰冷漣漪的池沼終於映入眼簾，只要過了這裡，老杉樹就更為茂密，落在身上的雪花也會變少。

清顯一心步步往前，沒有其他念頭。他的回憶已全然崩壞，只想一點一點剝掉，一點一點逼近自己的未來的薄皮。

不知不覺經過了黑門，平唐門已在眼前，門上成排的菊花形瓦簷覆著白雪。

——清顯在玄關的拉門前倒下。由於他不斷猛咳，根本無須求見，一老就出來了，輕撫他的背。清顯在似夢非夢間，以為現在是聰子在輕撫自己的背，感到無以名狀的幸福。

一老和以前一樣，雖然嘴上沒立即拒絕，卻把清顯留在門外就進去了。清顯覺得漫長的等待恍如永遠。等著等著，他覺得眼前飄來一團霧氣，痛苦與淨福之感朦朧地融合為一。

不久傳來女人們慌張的交談聲，接著又停了。又過了一段時間，出現的只有一老一人。

「還是沒辦法讓你見她。不管你來幾次都一樣。我讓寺裡的人送你回去，你請回吧。」

就這樣，清顯在強壯的寺院男僕攙扶下，在雪中回到人力車。

五十三

二月二十六日深夜，本多來到帶解的葛屋旅館，看到清顯非比尋常的病容，立即想把他帶回東京，但病人不答應。傍晚請鄉下醫生來診察，說是有肺炎徵兆。

清顯希望本多明天無論如何都要去月修寺，見到住持本人，懇求住持改變心意，讓他和聰子見面。第三者說的話，住持或許聽得進去。清顯還說，如果住持答應了，就把他抬去月修寺。

本多起初反對，但最後還是聽病人的話，將回東京的日期延到明天。他說會想辦法見到住持，盡力達成清顯的願望，但若萬一無法達成，要清顯保證立刻和他一起回東京。這晚本多徹夜照顧清顯，為他更換胸部的濕布。在旅館昏暗的煤油燈下，清顯白皙的胸部因濕布冷敷顯得泛紅。

三天後就要畢業考了，本多原以為父母當然會反對他這時去旅行，不料父親看了清顯的電報，沒問詳情就說：「快去！」母親也順從父親的意見，使本多相當意外。

由於終身制的廢除，本多大法官打算和忽然被迫離職的老友們同進退而提出辭呈，不料未能如願，這時他叫兒子「快去」是在教導兒子友誼的尊貴。本多在去程的車裡也努力準備考試，來到這裡之後儘管徹夜看護清顯，也趁空檔閱讀邏輯學的筆記。

在煤油燈如黃霧般的光圈下，兩個年輕人的心所抱持的兩個相反世界的影子，尖銳地呈現出它的尖端。一個為愛病倒，一個為堅固的現實在苦讀。清顯在似夢非夢中，儘管腳被海藻纏住也努力在混沌的愛情海游泳；本多則夢想在地面建造一座堅固而井然有序的理智建築物。一個發燒的年輕頭腦，和一個冷靜的年輕頭腦，在這個早春寒夜的老舊旅館房間裡互相依偎，卻也各自被自己世界的最終時刻的到來所束縛。

本多從未像此刻深切地感受到，自己絕對無法將清顯腦袋裡的東西變成自己的。雖然清顯的身體躺在眼前，但他的靈魂在飛馳。他常在似夢非夢中呼喚聰子的名字，潮紅的臉上絲毫不見憔悴之色，反倒比平時更生氣勃勃，美得宛如在象牙內側放置了火盆。但本多知道，那個內部根本無法觸及。那裡面有著自己無論如何都無法化身的情念。不，其實不管哪一種情念，自己都無法成為它的化身吧。因為自己缺乏允許這種東西滲入內部的資質。儘管自己富於友愛，也懂得眼淚，但想擁有的「感受」還缺乏某種東西。為何自己專注於保持內外的井然有序，無法像清顯那樣，讓風火水土這不定形的四大元素寄宿在體內呢？

——他又將目光轉回寫得密密麻麻又工整的筆記本。

「亞里斯多德的形式邏輯學，直到中世紀末期都支配著歐洲學界。以時間可分為兩期，首先是《古邏輯學》時期，以《工具論》裡的《範疇篇》和《命題論》為其祖述，其次是《新邏輯學》時期，始於十二世紀中期，可說是以拉丁語全譯本的《工具論》完成為其開端……」

本多不禁覺得，這些文字宛如風化的石頭，一片片從自己的腦袋剝落。

五十四

聽說寺院的人都起得很早，因此本多小睡不久就在拂曉醒來，匆匆吃了早餐，請旅館叫人力車，準備出發。

清顯在床上睜開濕潤的眼睛，頭依然枕在枕頭上，只是發出懇求的眼神，但這已刺痛本多的心。在這之前，本多只是想姑且去寺院碰碰運氣，內心傾向於儘早把重病的清顯帶回東京，但此刻看到清顯這種眼神，他改變了心意，一定要盡力讓清顯和聰子見上一面。

所幸這天早晨春意盎然，天氣暖和。本多抵達月修寺時，發現原先在打掃的寺院男僕遠遠就看到他了，見他走近便跑了進去。於是本多明白，因為自己穿的是和清顯一樣的學習院制服，引發了對方的警戒心。出來應對的尼僧，沒等本多報上姓名就一副要趕人的樣子。

「我姓本多，是松枝的朋友，從東京來到這裡。不曉得能不能讓我覲見住持？」

「請您稍待片刻。」

本多在玄關的門框前漫長等待，心中盤算著如果遭拒該如何應對。後來同一位尼僧出現了，出乎意料帶他前往客廳。儘管只是一絲絲，也看見了希望。

到了客廳後，又是漫長的等待。由於拉門緊閉看不到庭院，但聽得到黃鶯啼鳴。拉門把手周圍的剪紙，隱約浮現菊花與雲朵的紋樣。壁龕裡插著油菜花與桃花，即將綻放的桃花蓓蕾，從黯淡枝條與淡綠葉子間高挺而出。隔間的拉門紙清一色素白，但立著一扇看似頗有來歷的屏風，本多湊近一看，這是野獸派畫風加上大和繪風色彩的四季圖案屏風，便細細欣賞了起來。

季節從右手邊的春日庭園開始，公卿貴族們在白梅與松樹的庭園遊玩，檜木圍籬內的宮殿，從金色叢雲中露出了一角。再往左看去，各種毛色的春駒[83]在躍動，水池不知何時已轉為農田，畫了許多年輕女子在插秧。小瀑布從黃金色雲朵深處分為兩段傾瀉而下，與池邊的青草一起宣告夏天來了。公卿貴族們聚集在池畔，豎起水無月祓[84]的白幣帛，男僕或紅衣侍童隨侍在側。群鹿在神苑的紅色鳥居附近嬉戲，白馬從神苑裡被牽出，攜弓的武將忙著準備祭典，緊接著倒影楓紅的水池已接近寒冬，在金光閃耀的雪裡，鷹獵已經開始。竹林裡一片白雪，竹與竹之間可見金色閃耀的天空。枯蘆裡的白狗，對著一隻如箭飛過冬日天空的紅頸雉雞狂吠。人們手上的老鷹，露出威猛眼神，凝視這隻雉雞飛去的方向……

欣賞完四季屏風後，本多回到座位，住持依然還沒來。剛才的尼僧以托盤端來點心與茶水，告知住持等一下就來，並對本多說：

「請慢用。」

桌上擺著一個押繪小盒子，想必是這裡的尼僧的手工藝品，但那做工顯得有些急躁，或許是出自聰子不熟練之手。小盒子四周雜貼著千代紙，盒蓋上的押繪隆起，配色極具皇宮風格，竭盡華美之能事到令人覺得沉重。押繪的圖案是追蝴蝶的童子，童子裸身追著紫紅比翼的兩隻蝴蝶。這童子的造型和皇宮人偶一樣，五官與肥肥的身體都塞了很多白皺綢，顯得圓滾滾。本多覺得剛才走過早春的冷清田野，又爬上荒涼的冬木坡道而來，此刻坐在月修寺的微暗客廳裡，才感受到如熬煮麥芽糖般的女人濃醇甜美氣息。

一陣衣服的窸窣聲傳來，拉門映出一老攙扶住持的身影。本多重新端坐，難以止住心中的

83 春駒，春天在野外遊玩的馬。

84 水無月即六月，水無月祓又稱夏越祓，在古代是正式的宮中行事，於六月最後一天舉行，為去除前半年的罪惡及汙穢，並祈禱後半年的平安。

悸動。

住持應該相當年邁了，但紫色法衣上的小臉，清潤得宛如黃楊木雕刻的，完全看不出歲月的塵埃。住持笑容可掬地坐下，一老守在旁邊。

「聽說你是從東京來的？」

「是……」面對住持，本多有些語塞。

「他說他是松枝先生的同學。」一老從旁補充。

「說真的，松枝少爺也真可憐啊……」

「松枝現在發高燒，病倒在旅館裡。我接到他的電報立即趕來。今天我是代替松枝來請求您。」

本多終於能流利地說話。

本多覺得，年輕律師站上法庭就是這種心情吧。不要斟酌法官的心情，必須只是陳述主張，只是辯護，只是維護當事人的清白。因此他從自己和清顯的友情說起，然後告知清顯現在的病況，以及清顯賭上性命只為見聰子一面，甚至說清顯如果有什麼萬一，月修寺會留下遺憾。本多說得激動，身體也熱了起來，儘管身處寒寺的微冷房間，他覺得耳朵發燙，頭腦也彷彿在燃燒。

這番誠摯的話語，似乎打動了住持與一老的心，但兩人都謹守沉默。

「希望您也能體諒我的立場。松枝向我訴說他的苦境，我借錢給他，他用這筆錢當旅費來到這裡，結果在這裡染上重病，我對他的父母也深感責任重大。您可能認為，既然如此應該趕快把病人帶回東京。以常理來說，我也是這麼想。但是，我不惜違背常理，抱著事後會被他父母怨恨的覺悟，也想達成他的願望，所以才來這裡求見您。因為這是松枝用眼神拚命希望我為他達成的願望，要是您看到那雙眼睛，我想您一定也會動容。在我看來，松枝的願望比治好松枝的病更重要，我不能忽視這麼重要的事。說句不吉利的話，我覺得松枝的病是好不了了。所以我是來傳達他臨死前最後的願望，希望您念在我佛慈悲，讓他和聰子見一面吧。難道您無論如何都不允許嗎？」

住持依然沉默不語。

本多生怕再說下去，反而會妨礙住持改變心意，儘管內心依然激動澎湃，也就閉口不說了。冷颼颼的房間一片寂靜。雪白的拉門透著如霧光芒。

這時本多聽到一種彷彿紅梅花開的微弱竊笑，絕非來自一扇隔間門那麼近的地方，但也不遠，像在走廊的一角或相隔一個房間之處。但他隨即又想，可能不是年輕女孩的竊笑聲，如果沒聽錯，應該是春寒空氣裡傳來的偷哭聲；比強忍的嗚咽傳得更快，恍如斷弦般，隱約傳來嗚咽斷絕後的餘韻。但這一切都讓本多覺得是耳朵瞬間產生的錯覺。

「你們可能認為我太嚴厲了，」住持終於開口：「所以不讓他們兩人見面。其實這不是人力能阻擋的事吧？因為聰子已經在佛前發誓，發誓此生不再和他見面。所以佛祖才會安排他們不要見面。少爺真的很可憐啊。」

「那麼，您還是不同意嗎？」

「是的。」

住持的回答有種難以言喻的威嚴，令人無法反駁。這一聲「是的」具有將天空如絲綢般撕裂的力量。

……住持以柔美的聲音，對氣餒的本多說了很多寶貴的話。但現在的本多不太聽得進去，只因不想看到清顯沮喪的模樣，遲遲沒有告辭。

住持開始說起因陀羅網的故事。因陀羅是印度的神，這位神明一旦撒網，所有的人，所有活在這世上的生物，都會被網住無法遁逃。所有生命體都是落入因陀羅網的存在。

一切事物都是根據因緣果的法理而起，名為緣起。因陀羅網也就是緣起。

法相宗月修寺的根本法典，是唯識開祖世親菩薩的《唯識三十頌》。在唯識教義裡，關於緣起，採用賴耶緣起說，其根本就是「阿賴耶識」。阿賴耶是梵語「alaya」的音譯，意譯為「藏」，意味著收藏一切活動結果的種子。

我們的眼、耳、鼻、舌、身、意六識深處，尚有第七識「末那識」，亦即具有自我意識。再往更深處則是第八識「阿賴耶識」，正如《唯識三十頌》寫道：

「恆轉如瀑流。」

意即如水之激流，恆常相續轉起不斷絕。這個識才是有情的總報果體。

無著[85]的《攝大乘論》，便是基於阿賴耶識的變換無常之姿，開展出關於時間的獨特緣起說。所謂阿賴耶識與染污法同時互為因果，指的就是這個。唯識說認為諸法（其實這就是識）只存在於現在的一剎那，一剎那過後便會滅亡成「無」。所謂因果同時，就是阿賴耶識與染污法同時存在於現在的一剎那，彼此互為因果。這一剎那過後，雙方都會變成「無」，但下一個剎那又會重新產生阿賴耶識與染污法，互為因果。藉由存在者（阿賴耶識與染污法）每個剎那的滅亡，時間便於此成立。藉由剎那剎那的斷絕滅亡，時間便有了連續性，這種狀況好比點與線的關係……

——本多漸漸覺得被住持闡述的深奧教義吸引。可是在這種情況下，他的究理精神沒有出動，只覺得艱深的佛教用語恍如暴雨突然來襲，此外本來就該包含時間經過、從無始以來繼起的因果，居然說是同時互為因果，藉由這種乍看矛盾的觀念操作，反而說是時間成立的要素……這些種種難懂的思想，本多都抱持疑問，但也心無餘裕向住持請教。而且住持每說完一段話，一老就從旁附和「就是這樣啊」「就是這樣啊」「就是這樣啊」，本多感到煩不勝煩。因此他只把住持舉的書名《唯識三十頌》與《攝大乘論》牢記在心，打算改天好好研究，有問題再請教住持。本多並沒有察覺到，住持這番看似不切實際的議論，其實宛如照亮水池的天心之月，從遙遠的地方，細緻地照出現在的清顯與自己的命運。

85 無著，古印度高僧，「著」乃「執著」的「著」，和弟弟世親是印度瑜伽行派創始人，開創大乘佛教唯識學。

本多道謝後，匆匆離開月修寺。

五十五

返回東京的火車上，本多看著清顯痛苦的模樣，難受極了。他心焦如焚，只盼趕快回到東京，根本沒心思看畢業考的書。看著清顯那麼渴望見到聰子卻終究未果，還染上了重病，就這樣躺在寢台列車被載回東京，痛切的悔恨啃噬著本多的心。他不禁尋思，那時協助清顯離家出走，真的是當朋友該做的事嗎？

清顯迷迷糊糊睡著後，本多睡眠不足的腦袋反而很清醒，任由各種回想在腦海穿梭。在這些回想中，月修寺住持的兩次講經說法，分別以截然不同的印象浮現。第一次是在前年秋天，住持說了骷髏水的故事，後來本多將這個故事比喻成愛情，認為若能將自己的心的本質與世界的本質穩固結合就太完美了。之後本多學習法律，甚至涉獵《摩奴法典》的輪迴思想，但今晨聽住持第二次講經說法，覺得那難解之謎的唯一鑰匙，彷彿在眼前微微晃動，卻又過於難解跳躍，使得這個謎反而更深奧了。

火車應該會在明晨六點抵達新橋。夜已深了，列車轟隆聲的稍歇空檔，車廂裡充滿乘客的鼾聲。本多坐在清顯對面下舖，打算徹夜看護清顯。他讓臥舖的簾子開著，以便能立即應對清顯的任何細微變化，一邊看著玻璃窗外的夜間田野。

田野一片漆黑，夜空陰霾，連山巒的稜線都模糊不清，因此火車確實在奔馳，黑暗中的景色卻像沒在移動。時而出現小火焰或小燈火，像是黑暗出現了鮮明的破綻，但這不能當作辨認方位的標誌。轟隆隆的聲音，不是火車發出的聲音，毋寧是廣大黑暗所發出的聲音，籠罩著這列在空虛鐵道上滑行的小火車。

清顯可能是向旅館老闆要了粗糙的信紙，在上面潦草寫了幾句話，在收拾行李離開旅館時，將這封信交給本多，請他轉交給母親侯爵夫人。本多將這封信小心翼翼收在制服的內袋裡。此刻百無聊賴，本多掏出這封信，在黯淡的燈光下看了起來。鉛筆字跡歪扭顫抖，不像平時清顯的字。清顯平時寫字雖然稚拙，但大器有力。

母親大人：

我有一件東西想送給本多，就是放在我抽屜裡的夢日記。本多喜歡這種東西。別人看了也覺得無趣，所以請務必送給本多。

清顯

這顯然是遺書，用無力的手指寫的。但若真的打算寫遺書，理應多少會對母親說幾句話，但清顯只拜託事務性的事。

聽到病人的痛苦呻吟，本多連忙藏起信紙，走到對面的臥舖，察看清顯的氣色。

「怎麼了？」

「我胸口很痛，痛得像刀割。」

清顯呼吸急促，說得斷斷續續。本多不知如何是好，只能輕輕按摩他說疼痛的左下胸。黯淡的燈光邊緣稍微照到清顯的臉，顯得非常痛苦。

但那痛到扭曲的臉依然美麗。痛苦給了他不同以往的精氣，也使他的臉出現青銅般威嚴的稜角。美麗的眼睛含淚，眉頭可怕地朝中間攏聚，拉出的眉型反而更顯雄武，增添了漆黑瞳眸裡的悲愴光輝。形狀姣好的鼻翼抽動，彷彿想吸取空中的什麼，又乾又熱的嘴唇露出潔白的門牙，閃耀著珍珠貝殼內側的光彩。

不久，清顯的痛苦減輕了些。

「睡得著嗎？睡一下比較好喔。」

本多說。他懷疑剛才看到的清顯痛苦表情，會不會是清顯在這世界的盡頭，看到了不准看的東西的歡喜表情？他嫉妒朋友看到了，這份嫉妒摻雜著微妙的羞恥與自責。本多輕輕搖頭，擔心悲傷會麻木頭腦，陸續如蠶絲般抽出自己也莫名其妙的情緒。

清顯似乎又睡著了，卻又突然睜開眼睛，要握本多的手。然後緊握本多的手，說：

「剛才我做了一個夢。我們會再見面。一定會再見面。在瀑布下。」

本多心想，清顯一定在夢中回到了自家庭園，描繪侯爵家那廣闊庭園一角的九段瀑布。

——回到東京兩天後，松枝清顯二十歲辭世。

《豐饒之海》第一卷 完

＊後註——《豐饒之海》是出典於《濱松中納言物語》夢與轉世的故事。順帶一提，這個書名是取自月球上一座月之海的拉丁文「Mare Foecunditatis」之日譯。

春雪

豐饒之海【第一卷】

作　　者　三島由紀夫
譯　　者　陳系美
主　　編　郭峰吾

總 編 輯　李映慧
執 行 長　陳旭華（ymal@ms14.hinet.net）

社　　長　郭重興
發行人兼出版總監　曾大福
出　　版　大牌出版／遠足文化事業股份有限公司
發　　行　遠足文化事業股份有限公司
地　　址　23141 新北市新店區民權路 108-2 號 9 樓
電　　話　+886- 2- 2218 1417
傳　　真　+886- 2- 8667 1851

印務協理　江域平
封面設計　許晉維
排　　版　藍天圖物宣字社
法律顧問　華洋法律事務所 蘇文生律師
（本書僅代表作者言論，不代表本公司／出版集團之立場與意見）

定　　價　450 元
初　　版　2022 年 6 月

電子書 E-ISBN
978-626-7102-60-2（EPUB）
978-626-7102-59-6（PDF）

國家圖書館出版品預行編目（CIP）資料

春雪：豐饒之海【第一卷】/ 三島由紀夫 著；陳系美 譯 . -- 初版 . -- 新北市：大牌出版 , 遠足文化事業股份有限公司 , 2022.6 面 ; 公分
譯自：春の雪
ISBN 978-626-7102-56-5（平裝）

861.57　　111006164